Rolf Ersfeld

Gedankengeräusche

Für Gudrun

Originalausgabe 2018

Covergrafik: Nicolai Franz
Umschlaggestaltung: Ulinne Cover Design
Satz: lerch buchdesign
ISBN: 978-3-906240-70-1

Rolf Ersfeld

Gedankengeräusche

Roman

‚Ich bin ein Unsichtbarer ... Die Unsichtbarkeit, die ich meine, ist die Folge einer eigenartigen Anlage der Augen derer, mit denen ich in Berührung komme.'

Ralph Ellison „Der unsichtbare Mann"

- Joris -

Joris Jenner war selten missmutiger als an diesem Morgen, wo er vor weit geöffnetem Fenster im Sog feuchtkühlen Sauerstoffs die eindrucksvolle *Figur des Kriegers* probte, während sein Magen respektlos und mit zunehmender Renitenz knurrte. Die Übung hatte sein Therapeut ihm in Ermangelung besserer Ideen empfohlen. Ächzend ging er in Positur, nahm die Kampfstellung ein, ließ den *furchtlosen* Blick, statt ihn auf imaginäre Feinde zu richten, verschlafen über die unter schiefergraue Wolken geduckten Dorfhäuser, das bucklige Pflaster streifen und am satten Grün der Tannen haften, die der Großvater einst zum Schutz des Anwesens gepflanzt hatte. Die Knie schmerzten, im Lendenbereich machte sich widerliches Ziehen breit, und die Oberschenkel brannten wie von heißem Öl durchströmt.

‚Spürst du das Fließen des Blutes, dass neue Kräfte sich wie kampfbereite Armeen in deinem Körper sammeln, Energie in die schlaffen Glieder pumpen und Gefühle von Stärke und Freiheit in dir entstehen?‘

Er hörte in sich hinein, wollte verstehen, was sich dort Interessantes abspielen sollte, spürte aber nichts von alldem, was man prophezeit hatte, nur hungriges Magengrummeln, stumme Schreie der gepeinigten Gelenke, den dringenden Wunsch, sich aufzurichten und die Figur des Kriegers sang- und klanglos sterben zu lassen, bevor die *Schlacht* begonnen hatte. Zum Schluss noch in den *Lotussitz*? Nein, Yogaübungen oder was man ihm auch immer zur Bereicherung seines Daseins angetragen hatte, kamen für ihn nicht infrage. Dafür war sein muskelarmer und alles andere als adonisgleicher Körper nicht gemacht. Seufzend richtete er sich auf, atmete tief ein, bis ihn leichter Schwindel befiel und befand in einem Anfall morgendlicher Niedergeschlagenheit, dass er ein

Versager, ein unsichtbares Nichts, ein ideenloser Parasit sei, vom Erbe seiner Vorfahren lebend, sonst läge er womöglich längst vergessen unter der Erde. „Ich halte mich nicht mehr aus, mein Leben ist leer, ohne Antrieb, ohne Aufgabe, mit einem Wort, erbärmlich", stieß er zwischen den Zähnen hervor.

Dass es sich nur Monate später dramatisch ändern würde, konnte er zu diesem Zeitpunkt weder ahnen, noch hätte er es jemals für möglich gehalten.

Joris war, so formulierte man es damals, ein Kind des Zufalls, wie sie dem Herrn dort oben, der nichts von Geburtenkontrolle hält, am liebsten sind. Jahrelang blieb seinen Erzeugern trotz Anwendung erfolgversprechender Methoden und Berechnungen des günstigsten Konzeptionszeitpunkts der Kinderwunsch verwehrt. Doch als sie sich endgültig damit abgefunden hatten und den Liebesakt ohne konkrete Zielsetzung nur noch dreimal jährlich leidenschaftslos praktizierten, an Geburtstagen und am Heiligen Abend, kündigte sich überraschend Nachwuchs an. Ein blasser Junge mit durchscheinender Haut, großem Kopf, der vom dünnen Hals schier herabzufallen drohte, kleinem Wuchs und rötlich geflammten Haaren, zart wie Vogelflaum, kam Ende September (was auf einen weihnachtlichen Liebesakt mit Tannenduft und Glockenklang schließen lässt) bei einer unkomplizierten Geburt zur Welt, obwohl seine Mutter schon die Mitte Vierzig überschritten hatte.
Georg sollte er heißen, man entschied sich aber für die abgewandelte modernere Form. Es war praktisch mit bequemen Nächten, dass er nicht schrie, allerdings auch beängstigend, da man ihn für stumm hätte halten können und entsprechende Befürchtungen hegte. Selbst Hunger artikulierte er nicht auf die kaum überhörbare akustische Weise, sondern durch heftiges Schlagen der spindeldürren Ärmchen. Besorgnis lag über seinem jungen Erdendasein wie eine bleigraue Wolke.

Behütet und abgeschirmt wuchs er auf, was einerseits der zarten Konstitution, andererseits der Ängstlichkeit seiner Mutter zuzuschreiben war, die ihn möglichst vor Gefahren bewahren wollte und sie gerade deshalb heraufbeschwor. Er litt darunter, keine Geschwister zu haben und äußerte, als er endlich sprechen konnte, seine Herzensbitte laut unter energischem Fußstampfen. Aber die unnachgiebige Natur versagte ihm den brennenden Wunsch. Vermutlich war sie verärgert und empfand die *verkehrsberuhigte Zone* des elterlichen Schlafgemachs mit lediglich drei Vereinigungen im Jahr als unangemessenes, lächerliches Bemühen um neues Leben, das nicht belohnt werden sollte, was durchaus nachzuvollziehen ist. Die einen reden bekanntlich über Sex, die anderen haben ihn, und seine Eltern schienen ihn vergessen zu haben bis die erotisierten Feiertage sie an vergangene Leidenschaften erinnerten.

Großvater Karl betrieb eine Schreinerei in Wangenbach, einem kleinen Eifeldorf, die sich guter Aufträge erfreute. Ein tüchtiger, klein gewachsener Mann mit lebhaften grünbraunen Augen, denen nichts entging, und die so emsig umherblickten wie aufgeregte Vögel, wenn sie nach Futterkörnern Ausschau halten. Seine leuchtend roten Haare zeugten von geballter Energie und quollen so üppig aus dem Kopf, dass man ihn für einen Iren hätte halten können. Im Wind wehten sie von Weitem wie eine Signalflagge. Er engagierte sich für die Gemeinschaft, sponserte die Dorfvereine; alle mochten seine hilfsbereite Art, dankbar für die Beschäftigung, die sie bei ihm fanden, gab es doch wenig andere Möglichkeiten auf dem Land. Man schnitt Bauholz zu, fertigte Möbel, Fenster, Türen, Kisten, Leiterwagen für Heu, Obst, Gemüse, Holzspielzeug für Kinder und, auch das gehörte zu den unabänderlichen Notwendigkeiten des Dorflebens, Särge.
Einfache aus Fichtenholz, gediegene aus Buche, repräsentative aus massiver Eiche mit schweren kupferschimmernden Beschlägen, die Joris ehrfurchtsvoll bewunderte und als bevorzugte Verstecke nutz-

te. Er genoss den Geruch von frischem Holz, die wohltuende Ruhe und Geborgenheit, die er in dem schlanken Gehäuse fand, das heimliche Belauschen der Arbeiter, wenn sie von ihren Amouren erzählten. Die stillen Zufluchtsorte hätte er gerne länger in Anspruch genommen, wenn sich nicht eines Tages unglücklicherweise ein Deckel verklemmt und ihn förmlich darin begraben hätte. Erst abends, nachdem die aufgeregte Mannschaft stundenlang erfolglos Gebäude und Gelände durchsucht hatte, hörte man die schwachen, kaum noch sauerstoffgesättigten Rufe des kleinen Eingeschlossenen. Von da an herrschte striktes *Einsargungsverbot* für ihn.

Fertigte man schon Särge, lag es nahe, auch die Herrichtung der Toten, anfallende Formalitäten und Beerdigungen zu übernehmen. Das Geschäft florierte, so dass man bald ein aufgegebenes Gehöft kaufen und nach eigenen Bedürfnissen umbauen konnte. Jetzt stand genügend Fläche zur Verfügung, um zu expandieren. Ende der Sechzigerjahre übernahm Joris' Vater Leo den Betrieb, der mit der stolzen Zahl von 30 Gesellen seine Handwerkskollegen deutlich überragte. Auch Leo war beliebt, nur eins wollte man ihm nicht verzeihen, dass er keine der Ihren geheiratet hatte, keine ihm gut genug erschienen war, obwohl es durchaus hübsche Weiber im Dorf gegeben hätte, die alles andere als abgeneigt gewesen wären. Warum auch immer, er musste sich für eine – zugegeben engelsgleich aussehende – blonde Frau vom Rhein mit für dörfliche Verhältnisse geradezu progressiver Lebensart entscheiden. Eine kultivierte Dame, die Klavier spielte (welche Zeitverschwendung), Blumen statt Gemüse im Garten aufzog (so wenig vorsorgend), schlanke Havannas rauchte (wie unmoralisch), regelmäßig zum Friseur in die Stadt fuhr (welch unnötiger Luxus) und gleich bei ihrer Ankunft im extravaganten Kleid mit dottergelbem Hut zu passenden Handschuhen den Neid der Dorfschönen erregte. Modisch, und was den Mut, sich zu kleiden, anbelangte, war Clara Jenner den Landfrauen um Jahre voraus. Ohne Hut aus ihrem reichhaltigen Fundus sah man sie selten. Man gewöhnte sich mit der Zeit daran, bewunderte die *weltläufige* Aura, die sie umgab und versuchte ihren Stil heimlich nachzuahmen. Mit ihrer fröhlichen Art und gehobenen Lebensweise blieb sie den eher verschlossenen, teils abergläubischen Bewohnern, die sie nie als eine der Ihren akzeptierten, lange suspekt.

Clara Jenner, geborene Falstaff, aus Boppard, Tochter eines gutsituierten Weingutbesitzers mit Parzellen in den sonnenverwöhnten Lagen ‚*Hamm*' ‚*Mandelstein*', und ‚*Feuerlay*' kleidete Joris nach neuester Kindermode, achtete streng auf gutes Benehmen, verhätschelte ihn wie ein Schoßhundchen und förderte damit nicht nur seine Verweichlichung, sondern auch ein paar Skurrilitäten. Leider hatte sie dem *scheuen Reh*, wie sie ihn in einer Anwandlung trauriger Resignation nannte, weder die rheinische Frohnatur, noch ihren Optimismus vererben können, was sie partout nicht verstehen konnte, war es doch ihr eigenes Fleisch und Blut.

Joris fühlte sich wohl im Schneckenhaus des kleinen Kosmos von Familie und Firma, den er in den Anfangsjahren nie verließ. Jeder gab ihm gute Worte, streichelte über den rotblonden Schopf. „Wie geht's Joris? Malst du mir ein Bild, das kannst du doch so gut?" Nur sein Vater lobte ihn nie, hätte sich lieber einen robusten Draufgänger gewünscht statt des verzärtelten Jungen, gewollt, dass er ihm einmal widersprechen oder sich zur Wehr setzen würde, was nie geschah. Benno Texter, der älteste Geselle, hatte einen Narren an ihm gefressen, erzählte spannende Geschichten aus der Dorfchronik oder von Kinderstreichen, spendierte Lakritze, trug ihn auf den Schultern wie ein Bär, traurig, dass er nicht mit anderen Jungen tobte und raufte. Bald kannte Joris jeden Winkel der Gebäude, sämtliche Werkzeuge, Sägen und Maschinen, konnte sich mühelos ihre Anzahl merken, zeigte aber zu Vaters Leidwesen kaum Interesse an den Arbeiten der Schreinerei oder am Einsargen, obwohl ihn der makabre Anblick der Toten seltsamerweise nicht störte.

Ungerührt ging er an den hygienisch versorgten Aufgebahrten vorbei, befühlte die kalten, wächsernen Hände, suchte in den starren, würdevollen Gesichtern mit geschlossenen Augen und hochgebundenen Unterkiefern nach Anzeichen ihrer früheren Wesensart. Waren es freundliche oder zänkische, gütige oder böse, großzügige oder geizige Menschen gewesen? In seinen Vorstellungen ließ er sie lebendig werden, mit ihm reden, ihren Charakter präsentieren. Nie täuschte er sich dabei. Manche wurden auf Wunsch einbalsamiert, eine Technik, die der alte Wendel meisterhaft beherrschte, obwohl er kein ausgebildeter Thanatopraktiker war. Auch so wusste er, auf welche Weise er verunfallte Opfer herzurichten und Totenflecken zu beseitigen hatte, damit sich Angehörige und Bekannte ohne Erschrecken von ihnen verabschieden konnten, denn es war Brauch hier, Verstorbene aufzubahren. Frauen erhielten gewöhnlich etwas Rouge aufgelegt, was die Illusion verbliebener Lebendigkeit nährte, er schminkte sie dezent und so gekonnt, dass sie oft hübscher wirkten, als zu Lebzeiten.

Garantiert seien die Vorfahren Ägypter gewesen, die Pharaonen und deren Sippe ins Grab gebracht und das Know-how über Generationen weitervererbt hätten, meinte er schmunzelnd, auf seine Kunst angesprochen, wobei er nicht ohne Stolz den Neffen erwähnte, der die Familientradition fortführe. Tatsächlich gehörte Frank Wendel, der den Beruf hingebungsvoll ausübte, mit streng gescheiteltem schwarzem Haar, gekrümmter Nase und akkurat gestutztem Oberlippenbart, der ihm eine militärische Attitüde verlieh, schon einige Jahre zur Belegschaft und galt als Josephs designierter Nachfolger.

Joris unterhielt sich oft mit dem flinken Burschen und dessen wortkargem Onkel. Der lange Umgang mit Leichen, die bekanntlich denkbar schlechte Gesellschafter sind, hatte den alten Mann schweigsam werden lassen. Zudem wusste er auf manch seltsame Frage des kleinen Kerls schlicht keine Antwort. Denn

Joris liebte Fragen, die keiner beantworten konnte. So wollte er allen Ernstes wissen, warum Ursache und Wirkung sich nicht umkehren, das Leben nicht mit dem Tod beginne und erst am Ende die Geburt stehe, warum sich Scherben nicht zu einem Glas zusammensetzen, statt in solche zu zerbrechen, Menschen vorwärts und nicht rückwärts gehen, was sie doch ebenso gut könnten, wieso Leim nicht schon in seinem Eimer festklebt? Solch abstruse Gedanken im Hirn des jungen Jenner waren ihm nie gekommen, geschweige denn, dass sie ein anderer jemals ausgesprochen hätte. Geradezu als Teufelswerk erschien ihm Joris' Bekenntnis, intensive Gedanken würden zuweilen von inneren Geräuschen oder Musik in seinem Kopf begleitet. Seither betrachtete der alte Mann ihn mit unverhohlener Skepsis und ernsten Zweifeln an seiner Normalität.

Joris' Blick bekundete Respekt, auch ein wenig Mitleid mit den Verstorbenen, aber weder Furcht noch Erschrecken. Es hatte nichts Beunruhigendes für ihn, was jeden wunderte, war es doch kein zu erwartendes kindliches Verhalten. Schon früh erfuhr er, dass Toten weder Nägel noch Haare weiterwachsen, was sich außerhalb als hartnäckiger Aberglaube hielt. Dass es Leute gab, die schon zu Lebzeiten ihren Sarg kauften, im festen Glauben, sich mit einem hochwertigen Stück den besseren Platz im Himmel sichern zu können. Adam Bramer, der Dorfmetzger zum Beispiel, soll einer dieser Vorsorglichen gewesen und sogar mehrmals zum *Probeliegen* erschienen sein. Für Joris gehörte der Tod zu den normalen Lebensgeschehnissen, zu Alltäglichkeiten wie andere Ereignisse auch, die einfach passierten, Bestimmung waren, ohne dass man Einfluss auf sie nehmen konnte. Wie aufziehende Gewitter, Hagel, Missernten, den von der Säge abgetrennten Finger des Gesellen Hans oder die Drillingsgeburt der tumben Josefa, von deren *Dreifaltigkeit* niemand etwas ahnte, und die bei allen Heiligen schwor, nur mit Mann und Schwager, keinesfalls aber einem Dritten geschlafen zu haben. Nicht ohne Grund glichen Stammbäume in diesen Dörfern oft einem Kreis.

Viel mehr als Arbeit interessierten ihn die Tiere auf dem Hof. Schweine, die fürstlich von Küchenabfällen lebten, dicke Schwarten bekamen und sich für sein Empfinden recht menschlich verhielten, vor allem, wenn er die Wasserpistole auf ihre Nasen richtete und sie zum Nießen brachte. Das blinde Prachtschwein Rosetta, das gegen jede Ecke torkelte, ließ sich geduldig von ihm reiten und Großvaters Nachtmütze aufsetzen, bis es ihn irgendwann in übler Laune abwarf, mitten in einen Tümpel mit entsorgter Beize, in dem er um ein Haar ertrunken wäre. Für Umweltschutz fehlte noch jede Einsicht. Dass man Rosetta anschließend schlachtete, rührte ihn wenig; im Gegenteil empfand er es als verdiente Strafe. Schweine waren schließlich zum Essen da. Futter fiel reichlich ab, denn Mutter und Gerlinde, die Küchenmagd, mit ähnlich dicker Schwarte, rosiger Haut und üppigen Brüsten, von denen er jeden Tag die Sprengung der bedrohlich engen Bluse erwartete, kochten wochentags große Mengen für Familie und Gesellen, die alle gemeinsam zu Tisch saßen.

Gerlinde war eine gute Köchin, herzlich, aber von schlichtem Gemüt. Als sie, so erzählte man im Dorf, von einem amerikanischen Soldaten geschwängert wurde, hätte ihre größte Sorge darin bestanden, ob sie das Kind später auch verstehen könne.

Hühner, die allein mit der segensreichen Eierproduktion ihre Existenzberechtigung bewiesen, pickten friedlich im Sand. Ihr fescher Hahn, der Pascha hieß, weil er sich gebieterisch über den Hof tragen ließ, war morgens zu faul zum Krähen oder erschöpft von Liebesdiensten. Kaninchen, deren weiches Fell Joris hingebungsvoll streichelte, was früherotische Gefühle erweckte, obwohl er noch nicht wissen konnte, was sie bedeuteten. Katzen hielt er für hinterhältig, nicht nur, weil er gekratzt wurde und Entzündungen davontrug, die lange nicht heilen wollten. Sie hatten es verdient, dass er ihnen Blechdosen an den Schwanz band, mit denen sie hektisch über den Hof schepperten oder das Fell in bunten Farben lackierte.

Unter dem Dach, im luftigen Speicher, über eine Klappleiter zu erreichen, baumelten geräucherte Schinken und Speckseiten an den Balken, verströmten ihren würzig salzigen Duft so betörend, dass sich Joris, kaum war er groß genug, um heranzureichen, mit dem Taschenmesser zur täglichen *Schinkenernte* hinaufschlich.

Rosettas Blindheit regte ihn an, sich in denselben Zustand dunkler Orientierungslosigkeit zu versetzen, die Welt um sich mit verschlossenen Augen zu erkunden. Er tastete an Wänden entlang, erkundete Laufwege, zählte die Schritte bis zu Mauerecken, Treppen oder Abzweigungen. Die Spitze seines geschnitzten Taststocks verfing sich am Boden, blieb stecken, verhakte sich erneut, ließ ihn Stufen verfehlen, stolpern oder hinfallen. Nachts schlich er heimlich hinaus in die Dunkelheit, um seine Ziele ohne Licht zu finden. Deutlicher als sonst hörte er knisterndes Gras, knirschenden Sand, knackende Zweige, roch Gerüche, die Haus und Bäume verströmten, spürte nackte Steine, Schlamm oder Kiesel unter den Füßen, deren Kälte die Wärme aus den Sohlen zog. Die gewonnenen Eindrücke beflügelten seine Fantasie, flatterten wie gefangene Vögel im Kopf umher, ließen ihn hineinversetzen in die Gefühle eines Blinden. „Trag nicht so viel Schmutz ins Haus, du bist ungeschickt in letzter Zeit“, ermahnte ihn seine Mutter, die nichts von den nächtlichen Ausflügen ahnte, und Joris hatte große Angst, auch sie zu enttäuschen, nachdem er schon dem Vater nicht genügen konnte.

„Vermisst man die Welt nicht, das Licht und ihre Farben, wenn man blind ist?“, fragte er.

„Natürlich, aber andere Sinne werden dadurch geschärft und das Gespürte in Bilder umgesetzt, an denen man sich orientieren kann."

„Glauben blinde Kinder, dass auch die anderen sie nicht sehen?"

„Du stellst schwierige Fragen Joris, ich denke nicht, dass sie das glauben."

„Hättest du mich weniger lieb, wenn ich nicht sehen könnte, wie schön du bist, Mama?"

„Aber nein, kleiner Charmeur, vielleicht sogar noch ein klitzekleinwenig mehr."

Da er sich nie außerhalb des Terrains befand, lernte er keine anderen Kinder kennen und blieb Fremden gegenüber scheu, vor denen er sich meist versteckte. Manches an ihm schien eigenartig zu sein, wie er den belauschten Gesprächen seiner Eltern entnahm. Oft stahl er sich aus dem Bett, schlich zum Wohnzimmer, blinzelte, auf dem Holzboden liegend, durch den Türspalt, während kühler Luftzug seine Augen streifte, begierig zu hören, was sie sich erzählten. Mit zu spätem Sprechen hätte es begonnen und sich mit seiner menschenscheuen Isolierung fortgesetzt, woran allein Mutter die Schuld trage. In der Tat streifte er am liebsten allein durch Räume, Keller, Speicher und das von Tannen umschlossene Areal, penibel darauf bedacht, die feine Kleidung nicht zu beschmutzen.

Dass er Fleisch nur esse, wenn es ohne Soße und Beilagen auf dem Teller liege, sei ebenso befremdlich wie sein Tick, nur bestimmte Farben nebeneinander zu ertragen, gar Kleidung, Blumen; Gegenstände anders zu arrangieren, um die Farbenfolge zu korrigieren. So verursachte ihm *blau* neben *grün* Brechreiz, dasselbe bei *schwarz* neben *braun* oder gelb kombiniert mit rot. All das fand er völlig normal, keinesfalls merkwürdig, eher verwunderten ihn die rustikalen Sitten der anderen, sich am widerlichen Durcheinander ihrer soßenüberladenen Teller gütlich zu tun und für Farbharmonie nach seinen Vorstellungen blind zu sein. Höchst merkwürdig, erfuhr er, sei auch der Umstand, dass intensives Nachdenken Geräusche erzeugen sollte, was er immer beteuere.

Als er bei einem der *Lauschangriffe* aufschnappte, eine Tendenz zum Autismus läge vor, war er mächtig stolz. Fanfaren klarster Töne erklangen in seinem Kopf. Zwar hatte er keine Ahnung, was das Wort beinhaltete, es schien aber eine Auszeichnung zu sein, etwas Besonderes, das nicht jeder besaß, jedenfalls entnahm er es der bedeutungsschweren Stimme seines Vaters, die in ein ehrfürchtiges Flüstern überging. Joris sagte den interessanten Begriff so lange für sich auf, bis er sicher sein konnte, ihn für immer zu behalten.

Die Schule besuchte er aufgrund seiner schwachen Konstitution erst mit acht Jahren. Sie bedeutete nicht nur eine gravierende Umstellung, weil er weder an Kinder, noch an gemeinschaftliches Arbeiten gewöhnt war, sondern auch einen schmerzhaften Schock. Den Mitschülern erschien er gleich als Sonderling, anders geartet als sie. Erst hänselte man ihn, dann übersah man ihn regelrecht, als wäre er unsichtbar, kein Mensch, der lebt und Schatten wirft. Es bot sich nicht einmal an, ihn zu verprügeln, weil er sich nicht gewehrt hätte. Die Verachtung desjenigen, der von vermeintlich gültigen Normen abweicht. Joris litt darunter. Weil er sich zu schwach fühlte, aufzubegehren, machte er sich erst recht klein, so dass man ihn übersehen musste, seine ängstliche Gegenwart nicht wahrnahm. Am liebsten wäre er ein Wurm gewesen, ohne mit seiner Andersartigkeit anzuecken, und um sich bei Bedarf in die Erde verkriechen zu können.

Despektierlich riefen sie ihn ‚*Schnudelbaddi*', weil er häufig an Schnupfen litt und eine Rotzfahne mit sich trug, später den ‚*Transparenten*', weil man durch ihn hindurchblickte, als sei er gläsern. Der optischen Bedeutungslosigkeit wegen, schien er für niemanden interessant zu sein. Immer mehr zog er sich zurück, wollte der *Nichtexistente* in den Augen aller bleiben, meldete sich nie und schloss sich in einen Kokon demütiger Stille ein. Als er die

Frage des Klassenlehrers, warum er sich nie melde, mit der *Tendenz zum Autismus* beantwortete, was diesen so beeindruckte, als hätte er die Pocken oder Schlimmeres, wurde er nie mehr aufgerufen.

Kalt und abweisend empfand er das im Gegensatz zur *Streichelzooatmosphäre* zuhause. Es ist so leicht, den Schmerz anderer zu übersehen. Denen, die der Norm entsprechen, wird meist nicht bewusst, wie sehr sie andere ausgrenzen, es fällt ihnen schwer, sich ihre Wirkung auf diese vorzustellen, weil die eigene Akzeptanz für selbstverständlich gehalten wird. Erzeugten angenehme Gedanken ein frohes Vogelzwitschern oder munter dahinplätschernde Brunnengeräusche im Kopf, quälten ihn solche an die Schule wie kreischendes Bohren oder Hammerschläge auf Metall, zumal der Klassenlehrer die Spezialität besaß, sich über jeden Schüler lustig zu machen, der Fragen falsch beantwortete. Die Erniedrigung der anderen mitzuerleben, brachte Joris fast jedes Mal zum Weinen. Freunde fand er keine, was nicht verwunderte, wer wollte es schon mit einem unsichtbaren Sonderling zu tun haben. Trotz allem folgte er dem Unterricht konzentriert. Einige Fächer interessierten ihn besonders, wie Mathematik, Kunst und der Biologieunterricht von Frau Sperber, einer unverschämt hübschen Aushilfslehrerin, bei der ihm sein ausgeprägtes Zahlenverständnis half, den Rauminhalt des Büstenhalters nahezu perfekt zu berechnen. In anderen fielen die Noten zufriedenstellend aus, sah man vom verhassten Sportunterricht ab, wo man ihn mit perverser Schadenfreude alle Übungen zur Erheiterung der Klasse vorturnen ließ. Seine auffallende Begabung zum Zeichnen erfuhr dagegen keine Förderung. Wenn auch die bevorzugten Motive manchmal surreal waren, zeugten sie doch von perspektivischem Verständnis und einem guten Auge für Formen und Farben. „Noch hältst du die Welt von dir, aber du schaffst es, Geheimnisse aufs Papier zu bringen“, lobte ihn seine Mutter. Aber niemand interessierte sich dafür, bis auf Maxe Schrader, den Kräftigsten unter ihnen, Anführer einer üblen Clique, die die Klasse terrorisierte. Für ein Schulfestthema *'Sommer-Sonne-Wolkenspiele'* waren Bilder anzufertigen, deren beste prämiert werden sollten. Joris gelang ein ausnehmend schönes, das Maxe sich gleich unter den Nagel riss, als eigenes ausgab und feist grinsend den ersten Preis einheimste, während Joris mit leeren Händen dastand. In unspektakulärer Regelmäßigkeit versetzte man ihn Jahr für Jahr mit demselben Automatismus, in dem Herbstblätter zu Boden fallen, lautlos und unbemerkt.

Mit fünfzehn überkam ihn plötzlich das Bedürfnis zu schreiben, eine Kriminalgeschichte, schlüssig, mit messerscharfer Logik, aber mäßigem Sprachstil, zu der ihn seine Mutter ermutigte. Nie zuvor hatte es ähnliche Impulse gegeben. Großzügig sah sie über Mängel hinweg, lobte sein scharfsinniges Talent, tippte den Text mit der Schreibmaschine und sorgte dafür, dass er im Dorfblatt als Fortsetzung unter seinem Namen erschien. Solche Aufmerksamkeit war ihm nie zuteilgeworden, was das schwache Selbstbewusstsein stärkte, leider nur kurzfristig, denn sein Vater ohrfeigte ihn, weil er den *Quatsch* für vergeudete Zeit hielt, in der er sich besser Kenntnisse in der Schreinerei angeeignet hätte. Auch Zeichnungen extravaganter Hüte für seine Mutter oder futuristischer Sargformen, während galoppierender Geräusche im Kopf entstanden, fanden keine Zustimmung. „Hast nur Unsinn im Schädel, alles bleibt wie bisher, niemand will in einem *Ferrari* unter die Erde fahren", lautete Vaters entmutigender Kommentar.

Seine Mutter dagegen brachte es immer fertig, ihm ein wenig Glauben an sich zurückzugeben, Kummer zu nehmen und mit unerschütterlichem Optimismus Kraft zu spenden: „Du musst nie werden wie andere, denke daran, dass du einzigartig bist. Irgendwann wird etwas in dir explodieren, ich spüre es. Du besitzt Kreativität und Fantasie, das beweisen die Ideen und Kopfgeräusche. In dir ist etwas Leuchtendes wie die Flamme in einem Tropfen Wasser. Warte nur ab, du wirst dich selbst überraschen."

Für sie empfand er innige Liebe, obwohl auch diese nie ganz reibungslos war. Ihre Prophezeiungen trösteten, jedoch glaubte er nicht daran.

Mit einundzwanzig beendete er die höhere Handelsschule, wo er auch schnell zum Unsichtbaren geworden war, den man über den Haufen rannte, mit Schimpfwörtern traktierte, nie einlud, dessen Wünsche und Rechte man negierte, obwohl das nicht *Wahrgenommenwerden* die existentiellste Ausprägung fehlender Achtung ist. Aber Joris Andersartigkeit schien jede Handlung zu rechtfertigen. Wünschte er anfangs sehnlich, dass die Kränkungen aufhörten, man ihn integrierte, verkroch er sich später wieder hinter den Schild der Unsichtbarkeit, gefangen in der tiefen Melancholie des *Missachtetwerdens.* Kaum war der Abschluss geschafft, für den er sich endlich Lob vom Vater erhoffte, verunglückten die Eltern bei einem Autounfall auf eisglatter Straße. Leo Jenner starb, die Mutter wurde so schwer verletzt, dass sie nicht in der Lage war, die Firma weiterzuführen. Noch im Krankenbett richtete sie sich auf, fasste ihn an beiden Händen, fing den unsteten Blick ein und beschwor ihn mit eindringlicher Stimme: „Joris, jetzt kommt dir die Verantwortung für das Lebenswerk deines Großvaters und die Leute zu, die in Lohn und Brot sind. Du darfst sie nicht im Stich lassen, hörst du? Es hängt alles von dir ab. Ich weiß, du wirst es schaffen, den Betrieb zu erhalten." Dann lächelte sie optimistisch Zuversicht, drückte ihn an ihre Brust und hörte zufrieden seine leise, unsichere Zustimmung.

Aber wie sollte das gelingen, bar jeden Fachwissens, jeder Praxis, fragte er beklommen, während metallische Geräusche immer schriller anschwollen. Die auferlegte Bürde war zu schwer, die Verantwortung zu groß und die Schultern schienen zu schwach. Sein Vater hatte ihm nie etwas zugetraut, kein einziges Mal gesagt, dass er ihn liebe, stolz auf ihn sei, dass er etwas gut gemacht habe, was er sich brennend gewünscht hätte. Stattdessen hatte er als unbrauchbarer Schwächling gegolten, gelitten und sich schuldig gefühlt, weil er nicht so war, wie man ihn sich ersehnt hätte. Er wollte seine Eltern nie enttäuschen. So war der Wunsch nach Zurückgezogenheit in die Einsamkeit seiner Gefühle entstanden.

Zum Glück gab es Benno Texter, den erfahrenen Gesellen, der die Firma leiten konnte und das Witwenprivileg, das die Weiterführung ohne Meister gestattete. Während Benno den Meisterkurs belegte, arbeitete Joris sich in den kaufmännischen Bereich ein und tat es dank seiner Merkfähigkeit für Zahlen besser als erwartet. Mit soldatischer Disziplin erledigte er die Arbeit, kalkulierte, speicherte Zahlen, Maße und Bestände computergleich im Kopf. Kein Nagel hätte verschwinden können, ohne dass er es bemerkt hätte. Bald fand er Gefallen an der Tätigkeit, zum Buchhalter war er geradezu geboren, nur nicht zum Chef. Er konnte keine Entscheidungen treffen, das blieb Benno Texter und Frieda Kraus, der Sekretärin, überlassen. Am liebsten hielt er sich stumm im von winzigen Fenstern mäßig erhellten Büro auf, dessen Einrichtung er vom Vater übernommen hatte, ohne sich draußen blicken zu lassen. Die Zahlen wurden zu Freunden, traten nicht in Konkurrenz zu ihm, störten sich nicht an der an Unsichtbarkeit grenzenden Bedeutungslosigkeit und liebten seinen ausgeprägten Ordnungssinn.

- Frieda -

Frieda Kraus, die den Schriftverkehr erledigte, bekam er als Einzige tagtäglich zu Gesicht. Zwangsläufig war sie gleichzeitig *Wachhund* zur Abschirmung und Kommunikatorin zwischen ihm, Kunden und Arbeitern. Eine zupackende, dralle Person mit hübschem Gesicht, witziger Stupsnase, kräftigem, schokoladenbraun gelocktem Haar, in das sich ein paar graue Fäden verirrt hatten und runden, blauschwarzen Augen, die an reife Brombeeren erinnerten, wie sie üppig hinter dem Hofgelände wuchsen. Ihr blökendes Lachen war ansteckend, die Stimme hell wie das Zirpen eines Singvogels, dessen Namen er nie behalten konnte. Mit der Zeit fiel ihm auf, dass er Frieda nicht in derselben Neutralität gegenübertrat wie anderen und Frauen in seinen Zeichnungen plötzlich Gesichter trugen, die dem ihren verblüffend ähnlich sahen. Wenn sie sich im Raum bewegte, auf Zehenspitzen nach Ordnern reckte, was ihm reizvolle Blicke auf die fleischigen Schenkel erlaubte oder nach heruntergefallenen Schriftstücken bückte, wobei der Rock sich eng über den runden Hintern spannte, erfasste ihn ein merkwürdiges Sehnen, ein kaum zu unterdrückender Wunsch, die breiten Hüften zu umfassen und über die sanften Wölbungen zu streicheln, wie er das beim Kaninchenfell so gerne getan hatte. Plötzliche Wärme und angenehmes Prickeln machte ihm ein Körperteil bewusst, das sich bisher in profaner Bedeutungslosigkeit geübt hatte, jetzt aber sichtbar zu Wort meldete. Bilder blitzten in seine Gedanken, und die Geräusche im Kopf mutierten zum Brummen eines Bienenschwarms, zum Liebesgesang der Zikaden. Er hätte in Friedas Bewegungen ertrinken können, saß so starr da, dass es ihm fast wehtat. Nachts wachte er schweißnass aus schwülen Träumen auf, in denen sie sich, jeder Moral und Witterung zum Trotz, entblößt präsentierte, ihn mit ihrer Weiblichkeit neckte und dann schmählich seinem Verlangen überließ.

Frieda war die Seele des Betriebs und Mädchen für alles. Versiert, arbeitsam und das Gegenteil von unberührt. Die zweifellos vorhandenen körperlichen Qualitäten und ihr reiches Wissen in Liebesdingen waren daher nicht selten Gesprächsthema in der Werkstatt. Von alldem wusste Joris nichts. Stand sie vor seinem Schreibtisch, saß er kerzengerade dahinter, die Hände wie zum Gebet auf den Knien gefaltet, als wäre er auf dem Autositz angeschnallt. In solchen Augenblicken neigte er sogar zum Stottern. Der erfahrenen Frau entging sein Begehren nicht. Gerade ohne Liebhaber, was nicht häufig geschah, reizte es sie, den unscheinbaren Sonderling mit lauterem Gemüt zu verführen und zum schmackhaften *Erotik-Smoothie* zu werden, den er begierig trinken würde.

Joris wusste, wonach er sich seit langem sehnte. Nach Aufmerksamkeit, einem flüchtigen Moment des Interesses, einer Bestätigung seines Daseins und Erfüllung der drängenden Sehnsucht, die in ihm tobte. Erste, eher slapstickartige Versuche, diesem Ziel näherzukommen, schlugen kläglich fehl. Woher sollte er auch das gängige *Flirtvokabular* und *-handling* kennen? Schließlich gab es nie eine Freundin, die einzige Frau, der er jemals nahekam, war seine Mutter. Die Unbeholfenheit rührte Frieda, weckte geradezu Mutterinstinkte. Sie machte es ihm leicht, so leicht, dass er den ersten Schritt nicht gehen musste oder glauben konnte, ihn unbewusst gegangen zu sein. Sie nahm sozusagen alles in die Hand, was getan werden musste. Mit kindlichem Erstaunen in den Augen befühlte der Schüchterne ihre runden Brüste als prüfe er eine Frucht. Für ihn eröffnete sich eine neue Welt der Empfindungen, die er um jeden Preis erhalten wollte. Endlich interessierte sich jemand außerhalb der Familie für ihn, erfüllte gar seine schamlosen Wünsche, zeigte Empathie. Liebe konnte man es nicht nennen, eher Entwicklungshilfe, die Frieda leistete, und er gewöhnte sich nur zu gern daran. Der Sex gestaltete sich zweckmäßig nach exaktem Zeitplan, fast geschäftlich, man sprach kaum dabei, dennoch war er befriedigend und machte Joris mit siebenundzwanzig Jahren endlich zum Mann.

Auch ohne nennenswerte Einflussnahme wuchs die Firma dank Benno Texters Geschick, obwohl mit Frank Wendels unerwarteter Kündigung ein herber Verlust drohte. Der hatte seinen Urlaub an der Côte d'Azur verbracht, im malerischen Städtchen *Villefranche-sur-Mer* mit pastellbunten Häuserfassaden, wo sein Großonkel in der schmalen Rue Obscure, in die kaum einmal ein Sonnenstrahl fiel, ein ockerfarbenes Haus bewohnte. Er hatte ihn eingeladen, um die neuesten Familiengeschichten zu erfahren. Dort verliebte Frank sich Hals über Kopf in Marie-Claire de Roche-Brune, eine rassige Französin – Vater Pariser, Mutter nordafrikanischer Herkunft – mit schwarzem Kraushaar und glutvollen, dunklen Augen. Sie arbeitete in der Modeboutique „Le Paradis", wo sie Frank beim täglichen Vorbeigehen aufgefallen war. Ihr gazellenhafter Anblick ließ den ‚*coup de foudre*' so nachhaltig ausfallen, dass er nach Rückkehr in die Heimat keine Ruhe mehr fand. Nicht ein einziger Tag ging vorbei, ohne an Mademoiselle de Roche-Brune zu denken, sich ihr zauberhaftes Lächeln, die strahlend weißen Zähne, die entzückende Art, wie sie ihn *Fronk* nannte und die Begegnungen mit ihrem aufregenden Körper in sein Kopfkino zu rufen. Mit der Zeit erkrankte er regelrecht; schmerzvoll nagte die Sehnsucht an Seele und Körper. Er verlor den Appetit und an Gewicht, bis er irgendwann den Entschluss fasste, nach Frankreich überzusiedeln, um bei ihr wieder Ruhe zu finden.

Als Joris von Franks Absicht erfuhr, dort ein Bestattungsinstitut zu gründen, entzündete sich erstmals ein unternehmerischer Funke in seiner Buchhalterseele.

„Wie stellst du dir das vor, ohne Kapital?"

Frank zuckte mit den Schultern, es gab noch kein durchdachtes Konzept.

„Hab was gespart, Marie-Claire auch, was aber nicht reichen wird", räumte er kleinlaut ein, „ich werde mir zunächst eine andere Arbeit suchen müssen."

„Wie sieht's mit der Konkurrenz dort aus?", wollte Joris wissen.

„Keine, der nächste Betrieb ist etliche Kilometer entfernt. Bedarf ist vorhanden."

Joris dachte fieberhaft nach, begann zu rechnen, vom lebhaften Tuckern eines Motorbootes im Kopf begleitet.

„Ich mache dir einen Vorschlag", überraschte er Frank ungewohnt temperamentvoll nach ein paar Minuten, „ich sorge fürs Startkapital und du eröffnest das Institut als, sagen wir, unsere französische Filiale. Über die Details werden wir schnell einig; was hältst du davon?"

Frank brauchte keine Bedenkzeit, erklärte sich sofort einverstanden. Sein sehnlicher Wunsch würde sich schneller realisieren, als gedacht. Fünf Monate später hatte er ein passendes Gebäude angemietet und mit *Jenner-Sargmodellen* eingerichtet. Rasch erkannte man seine Qualitäten, schätzte das Organisationstalent, die zurückhaltend, freundliche Art, wie er mit Trauernden umging, und schon nach zwei Jahren war der Betrieb aus Villefranche-sur-Mer nicht mehr wegzudenken. Geschickt vergrößerte er ihn peu à peu, eröffnete, nachdem der Konkurrent aufgegeben hatte, eine Dependance im Nachbarort. Joris profitierte vom Erfolg, ohne selbst Entscheidungen treffen zu müssen. Zwar wurde er regelmäßig informiert, stellte die Maßnahmen aber nie infrage. Er wusste, wie umsichtig Frank handelte und vertraute ihm.

Bald wurde es ihm lästig, damit befasst zu werden, lieber blieb er mit den vertrauten Zahlen allein, zumal er sich inzwischen nicht ohne Erfolg im Aktiengeschäft engagierte. So war es nur eine Frage der Zeit, Frank das Geschäft zu übertragen und als stiller Teilhaber einzutreten. Das Modell gefiel ihm so gut, dass er es auf den Hauptbetrieb übertrug. Ohnehin managte Benno Texter alles, und als Gesellschafter konnte er sich auch dort weitgehend aus dem Tagesgeschäft heraushalten.

Anfangs erledigte er noch die Buchführung, irgendwann zog er sich ganz zurück, gab das Büro auf und wurde Privatier. Nach dem Frühstück, Tag für Tag zur selben Zeit und mit gleichen Komponenten, studierte er Aktienkurse, las die Zeitung, trank pünktlich um elf Uhr ungesüßten Kaffee, hörte Musik, zeichnete Portraits auf einem Block Papier, während Frieda die Wohnung staubfrei saugte, peinlichst darauf bedacht, alles unverändert zu lassen, um die Farbharmonie nicht zu gefährden. Hatte sie anfangs geglaubt, dass er nun mehr Zeit für Unternehmungen erübrigen würde, sah sie sich getäuscht. Die täglichen Abläufe unterlagen akribischer Präzision und erschreckender Eintönigkeit. Frieda, zum zeitprogrammierten Dienstleistungsroboter mutiert, schien er fast vergessen zu haben. Weder zu Ausflügen, Einkäufen, noch zu Urlaubsfahrten war er zu bewegen. Lange Zeit hatte sie sich bemüht, ihm alles recht zu machten, schon der wirtschaftlichen Absicherung halber, aber irgendwann erdrückte sie die starre Pedanterie. Schließlich war sie eine temperamentvolle Frau mit Wünschen, Ideen und Gelüsten, der das Leben noch einiges zu bieten hatte. So wollte sie nicht versauern.

„Deine Stereotypen und Eigenarten werden mir immer unerträglicher", warf sie ihm wütend vor, nachdem er wegen verschobener Teppichfransen außer sich geraten war und sie mit dem Kamm wieder in Ordnung brachte. Grell lachte sie auf, schüttelte verständnislos den Kopf und blickte ihn an wie einen seltsam vertrauten Fremden.

„Unflexibel bist du, gefühl- und einfallslos, jeden Tag dieselbe Routine, das gleiche Ritual, keine Spontaneität, das hält die Gutmütigste nicht aus. Lebst du überhaupt noch? Wenn ich dich wie einen Dackel auf dem Boden kriechen sehe, wegen drei lumpiger Fäden, könnte ich Lachkrämpfe kriegen. Was bist du nur für ein Mensch, Joris Jenner? Kannst keine zerdrückte Tuben sehen, keine falschen Farben nebeneinander, keine Beilagen beim Fleisch, ohne dass dir übel wird, hörst Geräusche, wo keine sind. In deinem Hirn ist Jahrmarkt, ich habe die Schnauze endgültig voll!"

Zornig trat sie auf den Teppichrand, zerstörte die wiederhergestellte Ordnung, packte wahllos Sachen ein und verließ das Haus. Krachend fiel die Tür ins Schloss. Stakkatoartig hörte er ihre wütenden Schritte auf den Steinplatten, dann wurde es still – quälend still, im Kopf hallten die dumpfen Schläge einer Kirchturmuhr wider.

Dabei verstand er die Aufregung nicht, er wusste, dass er kein guter Liebhaber und ein noch schlechterer Unterhalter war, das Gegenteil von dem, was Frauen offenbar bevorzugen, aber was konnte besser sein, als penible Ordnung, exakte Planung, Essen auf stets demselben Geschirr, umrahmt von Accessoires, die das Auge erfreuen und unverrückbar ihren angestammten Platz behaupten? Selbst bei Dunkelheit hätte er die gewünschten Gegenstände greifen können, weil ihre Position nie verändert wurde. Das gab ein sattes Gefühl von Sicherheit, Vertrautheit, Heimat. Alles andere hätte ihn beunruhigt. Warum schätzte sie das nicht?

Frieda meinte es ernst, holte in den nächsten Tagen ihre Sachen ab und kehrte nicht wieder.

Später erfuhr er, dass sie zu einem Gastwirt ins Nachbardorf gezogen war, mit dem es zwischendurch schon ein Techtelmechtel gegeben haben sollte. Einem echten Mannskerl mit braunem Bärenfell auf der offenen Hemdbrust und tätowierten Armen, dick wie Eichenäste, der öfter über den Durst trank, als ihm guttat und ein loses Handgelenk besaß, das auch vor Frauen nicht Halt machte. Alle wussten von der Liaison, nur er nicht. Eine Woge der Ernüchterung schwappte über ihm zusammen. Mit eingesunkenen Schultern kauerte er in seinem Lieblingssessel am Fenster. Die rissigen Lippen spannten vor Trockenheit, niemand hatte ihm Tee gekocht, Hunger wütete in den Därmen, in ihm war lähmende Schwäche. Wie soll es weitergehen, sinnierte er, so völlig isoliert? Ein schräger Sonnenstrahl fiel durchs Fenster, streifte flüchtig das Gesicht, blendete ihn für Sekunden, so dass er es abwandte, wobei sein Blick in den Hof fiel, wo Vögel sich gerade über den aus der Tonne quellenden Abfall hermachten. Das riss ihn aus seiner Lethargie, da musste er sofort Ordnung schaffen, der Anblick war nicht zu ertragen.

Jahre waren inzwischen vergangen, in denen es ihm vorkam, als habe es Zeitsprünge gegeben, als wäre eine Saison ausgefallen und gleich die nächste gekommen. Hatten sie diesmal Herbst gehabt, war überhaupt Winter gewesen? Vierzig zählte er mittlerweile, lebte allein in dem großen Haus, nachdem auch seine Mutter gestorben war und erhielt kaum Besuch bis auf den der Haushaltshilfe zweimal in der Woche und Benno Texter, der ihm ab und zu die Neuigkeiten aus dem Betrieb erzählte. Sie interessierten Joris schon lange nicht mehr, obwohl es seine Einnahmequelle war. Bennos Sohn Nikolai leitete ihn jetzt, aber der Alte konnte es nicht lassen, immer noch nach dem Rechten zu sehen und Ratschläge zu erteilen. Nicolai hatte früh die Zeichen der Zeit erkannt, wonach die Erdbestattungen mehr und mehr von Feuerbestattungen verdrängt werden würden, die Sargproduktion zurückgefahren und stattdessen den Bau von Segelflugzeugen und Paraglidern aufgenommen, einen Geschäftszweig, der boomte. Außerdem die Vermietung von Heißluftballons, was sich nicht nur der landschaftlichen Schönheit, sondern auch der günstigen Eifel-Thermik wegen anbot. Trotzdem hörte Joris Benno geduldig zu, froh über die rare Gesellschaft und Unterhaltung. Er fühlte sich schon länger unnütz, überflüssig, chronisch traurig; nichts wollte ihm mehr Freude machen, selbst Aktienkurse und Zeichnen nicht.

Ein Zustand, der sich gefährlich leise herangeschlichen hatte, als harmlose Niedergeschlagenheit getarnt, als Traurigkeit, die ihn fast wohlfühlen ließ, wie in einem warmen Mantel, durfte er sich doch ausgiebig bedauern. Anfangs hatte er sich noch gekocht, was Spaß machte, es aber später aufgegeben und sich mit Konserven begnügt. Stimmungsabstürze kamen und verschwanden lautlos wie streunende Katzen, wechselten mit guten Tagen. Aber nach solchen empfing er die anklopfende Traurigkeit regelmäßig wie einen Freund, einen alten Bekannten, dem man vertraut, weil man ihn kennt, öffnete bereitwillig die Tür, breitete die Arme aus. Weil es tröstlich ist, in alte, zerstörerische Muster zu verfallen und der melancholischen Musik im Inneren zu lauschen. Aber mit fortschreitender Zeit zeigte die Depression ihre Hinterhältigkeit, ihr wahres Gesicht und Krallen, aus denen er sich kaum zu befreien wusste. Dann hätte er morgens am liebsten das Bett nicht verlassen, besaß nicht die Kraft, sich zu rasieren, trug wochenlang denselben unverwüstlichen Pullover, ohne ihn zu wechseln. Er war aus der Balance geraten.

Medikamente halfen mehr schlecht als recht. Wegen der körperlichen Schwäche hatte er zuletzt einen Physiotherapeuten und sogenannten Heiler aufgesucht, dem man übersinnliche Kräfte nachsagte. Arthur Seidelbach aus Frankfurt, ein hagerer, groß gewachsener, vornüber gebeugter Mann im weißen wehenden Kittel mit dem verschlagenen Blick eines Waschbären, der seinen inneren Nöten mit schief gelegtem Kopf und geschlossenen Augen zuhörte oder jedenfalls so tat. Doch statt Hilfe zu erhalten, wurde er als egomanischer Sonderling ohne Mumm, der seine Eigenwilligkeiten pflege wie einen Rosengarten, beschimpft. Zu guter Letzt machte er ihm die blödsinnige *Figur des Kriegers* schmackhaft. Wunder sollte sie bewirken, dabei war der horrende Preis für zwei Sitzungen das eigentliche Wunder. Von Anfang an hatte ihn ein Gefühl von Scharlatanerie und Hinterhältigkeit beschlichen, als er den Tiergesichtigen mit den buschigen Augenbrauen und abstehenden Ohren in der Gemeinschaftspraxis sah. Lieber hätte er sich von seinem

Kompagnon Ramon Garcia behandeln lassen, der noch auf dem Schild vermerkt war, sich aber getrennt zu haben schien, wie man ihm zu verstehen gegeben hatte. Die Zulassung müsste man diesem Kerl entziehen, knurrte er, ihn nackt unter dem Gelächter aller seine kriegerische Pantomime austoben lassen. Jedenfalls wollte er dem selbstherrlichen Typen nie mehr begegnen.

Irgendwann hatte Benno Texter ihm einen Vorschlag gemacht, der sich gar nicht schlecht anhörte.

„Du musst unbedingt unter Leute, Joris, vereinsamst regelrecht. Urlaub machen, verreisen, etwas anderes sehen."

„Zu anstrengend", warf er unwillig ein, „Wandern ist nichts für meine schwachen Beine, Schwimmen kommt wegen der Kälte nicht infrage, und jeden Tag derselbe Blick aus einem Hotelfenster ist genauso eintönig wie die Misere hier."

„Hör erst mal zu! Eine Kreuzfahrt, da sparst du dir das Wandern, wirst buchstäblich im Schlaf zu anderen Orten gebracht. Jeden Morgen, wenn du aufwachst, ein neuer Ausblick. Wie ein großes Gemälde taucht er vor dem Kabinenfenster auf. Kannst alles an Deck genießen, genauso gut an Land gehen, Ausflüge machen, ganz wie es dir passt."

„Da werde ich nur seekrank und würge mir die Seele aus dem Leib."

„Unsinn, du merkst nichts vom Wellengang, die Schiffe liegen bleischwer im Wasser, haben Stabilisatoren für alle Fälle. Wie Riesenhotels sind die, mit Restaurants, Theater, Pool, Geschäften, vielen Decks und Bars, du findest, was dir gefällt. Meile für Meile lässt du den Alltag hinter dir."

„Kommt überhaupt nicht in die Tüte."

„Bist wieder verdammt übel drauf heute. – Du brauchst eine Frau, mein Junge, eine neue Aufgabe, wirst sehen, dann geht's dir bald besser. Glaub mir, auf dem Schiff gibt's nette, die alleine unterwegs sind. Mit dem großen Vorteil, dass sie dir nicht weglaufen können, sie müssen bis zum Ende der Reise an Bord bleiben. Zeit genug, dich mit einer anzufreunden. Wie findest du das?"

Joris hob den Kopf, seine gleichgültige Miene hellte sich um Nuancen auf, im Kopf erklangen Passagen einer Ouvertüre, die er nicht gleich zuordnen konnte.

„Kann ja mal darüber nachdenken."

„Kontakt bekommst du schnell, abends in der Abtanzbar geht das ganz unkompliziert."

„Unsinn, kann doch nicht tanzen."

„Brauchst du auch nicht, reicht schon, wenn du nur den Arsch zur Musik bewegst."

- Schiffsreise -

Soeben hatte er den Flughafen von Palma de Mallorca – grässlich, hektisch und zu weitläufig – (aber ihm fehlte ja jeder Vergleich), samt Gepäck verlassen, von dem er befürchtete, es nie wiederzusehen, als man ihm den Bus zuwies, der zum Hafen fuhr. Nie hätte er derart grelle Helligkeit und Wärme wie aus dem geöffneten Backofen erwartet, die ihm sofort Sicht und Luft nahmen. Nichts bewegte sich, nur die von Dächern und Asphalt hochwabernde Hitze. Unwillkürlich kniff er die tränenden Augen zu, wo hatte er nur die Sonnenbrille, jedenfalls nicht in der Kleidung, was angebracht gewesen wäre. Er stellte den elterlichen Koffer aus genarbtem Leder ab, wischte den Schweiß von der Stirn, und fischte die Brille heraus. Der Bus rechts außen, Nummer 32, das hatte er doch richtig in Erinnerung? Man schien auf ihn gewartet zu haben, denn die anderen Reisenden hatten bereits die Plätze eingenommen. Er war erstaunt, wie reibungslos alles bisher gelaufen war. Bald glitt die sonnenverbrannte Landschaft wie ein zu schnell gespulter Film an den getönten Scheiben vorbei, die Klimaanlage spendete angenehme Kühle, aus dem Radio plätscherten Gitarrenklänge, und Joris lehnte sich weit zurück, entspannte zum ersten Mal an diesem Tag. Leicht schläfrig schloss er die Augen, eine gute halbe Stunde, dann würden Meer und das als gigantisch groß beschriebene Schiff auftauchen, sein neues Domizil in den nächsten zehn Tagen auf der Fahrt durchs westliche Mittelmeer. Aufgeregte Turbulenz und Freude machten sich im Inneren breit, aber auch Stolz, sich zur ersten Alleinreise durchgerungen zu haben.

Nur ein einziges Mal war er mit den Eltern verreist gewesen, ans nordwestliche Ende Spaniens. Sein Vater wollte sich das Heiligtum der Schiffsjungfrau *Virxe da Barca* im galizischen Dorf Muxia ansehen. An der *Costa del Morte*, der spanischen Todesküste gelegen, stellt es mit dem *Kap Finisterre* das eigentliche Finale der Jakobspilgerreise zum Ende der Welt dar. Viele setzen ihre Wanderung über *Santiago de Compostela* hinaus fort zu der schroffen Küste mit dem unheilverkündenden Namen, die bis ins Mittelalter hinein den westlichsten Punkt der christlichen Welt in Europa bildete. Vater wollte sich, ihn an der Hand haltend, mit anderen Pilgern über die Felsen zum *steinernen Schiff* vortasten, in dem die himmlische Jungfrau dem Apostel Jakobus in der Brandung erschienen sein soll. Aber der schaurige Name und das wild tosende Meer hatten Joris so geängstigt, dass er bei seinem Anblick in Ohnmacht fiel, gar einnässte, was Vater dem Schwächling nie verzieh. Wie groß fühlte er damals seine Scham und Schuld, wie präsent waren ihm die Bilder dieser Reise wieder vor Augen und ließen ihn für einen Moment erschaudern.

Sanft schaukelnd wie eine Kinderwiege, bewegte sich der Bus, beschleunigte, als er die Autobahn erreichte und schenkte ihm einen kurzen Schlaf, aus dem er erst erwachte, als erste Koffer scheppernd aus dem Bauch gezerrt wurden. Vor dem Hotel *„Esplanade“* stiegen die meisten aus, vom Hafen war noch nichts zu sehen. Freundlich winkte man ihm zu und wünschte gute Erholung, als der Bus anfuhr, um bald darauf weitere Urlauber vor einem düsteren Betonkomplex abzusetzen. Vorfreude und Aufregung wuchsen von Minute zu Minute, nicht mehr lange, dann würde der Urlaub tatsächlich beginnen. Zum wiederholten Mal zog er die Reisedokumente hervor und las, was er schon auswendig hätte aufsagen können. Als der Wagen sich schließlich anschickte, schnaufend eine Serpentinenstraße zu erklimmen, regte sich ein jäher Verdacht in ihm. Dass Häfen sich selten auf Berghöhen befinden, brauchte ihm keiner zu erklären, und so wurde ihm mit Erschrecken klar, dass er im falschen Transferbus saß.

„Sofort anhalten, ich muss zum Hafen, Puerto, Puerto!“, schrie er wie von Sinnen, rannte nach vorne, rüttelte den Fahrer an der Schulter, der nicht im Mindesten beunruhigt schien, ein breites Grinsen zeigte und die Fahrt unbeirrt fortsetzte, bis auch der Letzte abgeliefert war. Angstschweiß trat Joris aus den Poren, sickerte durch die Haare, den Nacken hinunter, bis er kalt zwischen den Schulterblättern zu spüren war. Das Geräusch im Kopf nahm Ausmaße einer Sirene an. Kein Blick auf die Schönheit der mallorquinischen Landschaft, aber ein verzweifelter auf die Uhr – in einer guten Stunde würde das Schiff ablegen und zwar ohne ihn, falls nicht noch ein Wunder geschähe. Alle Versuche, seine Notlage begreiflich zu machen, scheiterten. Irgendwann hatte der dauergrinsende Fahrer das Depot erreicht, den Bus seelenruhig eingeparkt und abgeschlossen.

Joris hatte keine Ahnung, wo er sich befand, hilflos stand er da mit seinem Gepäck. „Camera, schöne Zimmer, bella vista", sagte der Fahrer augenrollend und schnalzte mit der Zunge. Er war nur so groß wie ein Kind, was ihm erst jetzt auffiel und besaß die kleinsten Füße, die er jemals bei einem Mann gesehen hatte. Ein bizarrer Anblick. Wie konnte so einer das große Gefährt bewegen? Ehe Joris eine Antwort fand, fühlte er sich am Arm gepackt, in ein Auto gedrängt, das dem spanischen Zwerg wie ein blecherner Maßanzug passte, ihm aber wahre Akrobatik abverlangte, die hintere Bank zu erklimmen, denn der Vordersitz war vollgepackt wie ein Gemischtwarenladen. Abgesehen von der Winzigkeit erweckte das Fahrzeug auch den bedrohlichen Eindruck, bei kleinsten Erschütterungen auseinanderzufallen, und so wusste Joris nicht, was er schlimmer finden sollte. Beängstigend laut rumpelte der Blechhaufen über schmale Straßen, mal bergauf, mal hinunter, alles andere als in Richtung Hafen. Was sollte er tun, gefangen, entführt und unverstanden? In einem Anflug von Fatalismus ergab er sich seinem Schicksal, das stärker war als alle Worte und offenbar nicht vorhatte, ihm diese Schiffsreise zu gönnen.

Nach längerer Fahrt hielt der Wagen ruckartig vor einem weißgestrichenen Haus und hupte heiser, worauf ihnen eine Frau, größer als der Zwerg, in sauber gebügelter Schürze mit zwei Kindern entgegenlief. Ob der freundliche Empfang ihrem Mann oder beiden galt, war nicht auszumachen. Sie öffnete die Wagentür, fasste Joris' Hand, half, ihn aus dem Vehikel zu ziehen und, seine Proteste missachtend, sanft aber bestimmt ins Hausinnere zu schieben. Blitzsauber sah es dort aus. Möbel aus hellem Pinienholz auf rötlich gefliestem Boden. In der Küche ein grober Holztisch, fürs Abendessen gedeckt, mit Brot, Tomaten, Schalen voller Käse, Oliven und anderen Leckereien. Aufmunternd lächelnd forderte sie ihn auf, Platz zu nehmen. Offenbar ging sie davon aus, ihr Mann hätte einen Beherbergungsgast mitgebracht. Wie konnte er ihr nur begreiflich machen, dass er hier bei aller Gastfreundschaft nicht verweilen, sondern an einem völlig anderen Ort sein wollte? Schon hielt sie ihm den Korb mit duftendem Brot hin, von dem er gedankenverloren ein Stück nahm und vor Verzweiflung hineinbiss. Sie würde ihn genauso wenig verstehen wie ihr stupide grinsender Mann. Hätten Erklärungsversuche überhaupt einen Sinn, ging ihm durch den verwirrten Kopf. Selbst wenn, was äußerst unwahrscheinlich erschien, wäre die Zeit zu weit fortgeschritten, um den Hafen noch zu erreichen.

„Pardon, ich – kein Gast", hörte er sich gestenreich sagen, „mache eine Schiffsreise, hab's jedenfalls gedacht, als ich in Palma ankam. Das Schiff, grande barco", er beschrieb die Form mit Händen, „wartet im Hafen, Puerto. Versehentlich im verkehrten Bus."

Sein zerknirschter Blick glich dem eines waidwunden Tiers. Ohne große Hoffnung wartete er auf ihre Reaktion. Hatte sie erfasst, was mit ihm geschehen war? Aber der freundlichen Frau fiel nichts anderes ein, als ob seines Missgeschicks glockenhell zu lachen und ihm auch noch die Käseschale unter die Nase zu halten. Sie musste ihn gründlich missverstanden haben. Verflixt, da war beim besten Willen nichts auszurichten. Kichernd verließ sie die Küche. Jetzt setzte sich der Zwerg mit den Kindern an den Tisch, begann schmatzend zu essen und drängte ihm die in Kräuter eingelegten Oliven auf. „Muy bien!"

„Gracias“, lehnte er ab.

Kurz darauf kam sie mit einem jüngeren Mann zurück.

„Mi hermano, mein Bruder“, sagte sie in verständlichem Deutsch. Sollte er jetzt auch noch die ganze Familie kennenlernen? Leise stöhnte er auf.

„Es Policia und fahren schnell.“

Policia? Bei dem Wort wurde Joris hellwach, glaubte, nicht recht zu hören und vergewisserte sich vorsorglich. „Fahren zum Puerto, direkt?“

„Si, rapido, Juan ist gute Fahrer.“ Ihr Lachen wurde breiter.

„Dem Himmel sei Dank“, stöhnte er, scheinbar gab es doch noch Wunder auf diesem Planeten, sein Kopf sendete ununterbrochen Morsezeichen, gleich würde er in einem anständigen Wagen sitzen, mit Blaulicht zum Hafen chauffiert werden und mit viel Glück das Schiff noch erreichen. Die Frau hätte er küssen mögen. Dankbar drückte er ihre Hände.

Da drang von draußen ein Geräusch herein, tief und brüllend, dass alle Tassen im Schrank erzitterten und die Fensterscheiben in ihren Rahmen schepperten. Der Polizistenbruder startete sein Motorrad. Das Wunder verblasste merklich. Noch nie hatte Joris auf einem Motorrad gesessen. Jetzt erklomm er todesmutig und ohne Helm den Sozius, den Koffer zwischen die Körper geklemmt. „Vamos!“, meinte Juan zwinkernd und gab so heftig Gas, dass sie nach hinten geschleudert wurden und Joris schon fürchtete, vom Sitz gefegt zu werden. Wie ein wütendes Raubtier sprang die Maschine nach vorne und setzte die Fahrt in rasender Manier fort. Wenn er geglaubt hatte, dieselbe Strecke zurück zu nehmen, wurde er schnell eines Besseren belehrt. Der Mann kannte Abkürzungen und welche. Gefurchte Feldwege, steile Abhänge, Schluchten kaum breiter als der Koffer zwischen ihnen, dann wieder ein Stück Straße. Jede Achterbahnfahrt war gemütlicher als dieser Höllenritt, bei dem sein Kopf ängstlich an den Rücken des Fahrers gedrückt, die Augen fest geschlossen und die Schenkel mit letzter Kraft ans

Metall gepresst waren, um der Fliehkraft zu widerstehen. Hatte er überhaupt einmal geatmet vor lauter Furcht? Er hätte es nicht sagen können, genauso wenig, wie die Zeit für ihn einzuschätzen war.

Irgendwann roch er das Meer, sie mussten in der Nähe sein. Ein Funke jäher Freude entzündete sich im wunden Herzen, Trommelwirbel füllte den Kopf. Bei der finalen Bremsung flog das Hinterrad herum, sodass Joris gefährlich in Seitenlage geriet, es aber in rodeoverdächtiger Weise schaffte, sich im Sitz zu halten. Sie hatten das Hafengelände erreicht. Juan grinste zufrieden, bockte das Rad auf, griff nach dem Koffer und strebte schnellen Schrittes auf das am Kai liegende Schiff zu, während Joris mit zitternden Beinen hinterher wankte. Der Höllenritt hatte ihn völlig geschafft und den Gleichgewichtsnerv massiv irritiert. So hatte er sich die Ouvertüre zur Reise nicht vorgestellt.

Die Dimensionen des Schiffs waren überwältigend, fast beängstigend, so hoch und majestätisch hatte er die ‚*Poseidon-Seawinner 3*‘ nicht erwartet. *Wie kann ein solch mächtiger Koloss nur auf dem Wasser bleiben, ohne zu sinken?* Kaum blieb Zeit, sich von Juan zu verabschieden, da hatte ihn ein freundlicher Philippino schon über die Gangway durch die Sicherheitskontrolle geschleust, eine blonde Schönheit sein Gesicht fotografiert, des Koffers beraubt und ihm mit einem blauen Namenskärtchen die Kabine zugewiesen.

Kofferlos irrte er durch endlos lange Gänge, vorbei an Aufzügen mit unbekanntem Ziel, verlor die Orientierung, wusste nicht mehr, wo sich Bug und Heck befanden, stolperte nach langem Suchen endlich in seine Kabine und warf sich erschöpft auf die Bettwäsche in akkuraten Falten. Angenehm feste Matratze, registrierte er, Zimmer freundlich und zweckmäßig. Buchstäblich in letzter Minute hatte er das Ziel erreicht, was kaum noch zu hoffen war. Erleichtert streifte er die Schuhe ab, streckte die zitternden Beine aus, spürte, wie sich das Bett leicht drehte, als Folge der Geisterbahntour. Welch eine Wohltat, so zu liegen. So bald würde er sich nicht erheben, dachte er, da könne kommen, was wolle. Er genoss die entspannte Position, die er seinem Rücken gönnte, breitete die Arme weit neben dem Körper aus. Geschafft, der Urlaub kann beginnen, müde schloss er die Augen.

Keine fünf Minuten später schreckte ihn eine Lautsprecherdurchsage aus der Ruhe. Die Fahrgäste hätten sich zur Seenotrettungsübung auf ihrer Musterstation einzufinden, sonst dürfe man nicht ablegen. Station „A" war auf dem Kärtchen vermerkt. Besteht denn ernstlich Gefahr, dass der riesige Pott in Not geraten kann, fragte er beklommen, wobei leichte Schauer vom Nacken über den Rücken abwärts zogen. Als die Durchsage kurz darauf wiederholt wurde, klang sie eindeutig bestimmter. Ächzend richtete er sich auf, taumelte förmlich aus der Kabine, um die Station zu erreichen, wo sich jetzt und im wenig wahrscheinlichen Ernstfall alle einzufinden hatten, um eine Rettung nach deutscher Gründlichkeit zu gewährleisten. Er folgte einer Gruppe Vorbeihastender, die ihren Zielort zu kennen schien und hatte Glück, dass ihre Musterstation auch die seine war.

Die Erklärungen des Sicherheitsoffiziers in schmucker Uniform, von einem Demo-Film begleitet, ähnelten den pantomimengleichen der Flugbegleiterinnen vom Nachmittag, nur, dass es hier keine Sauerstoffmasken gab, die automatisch herunterfallen würden und man sich stattdessen in Rettungswesten zwängen musste, was die letzten Kraftreserven für diesen Tag erschöpfte. Kurz vor dem physischen Zusammenbruch sah er sie, was den einzig verbliebenen Energiefunken auflodern ließ und Joris belebte wie eine Injektion. Eine Naturerscheinung, so empfand er ihren Anblick, ein Blitz, inmitten der Menge entstanden, der ihn bis ins Mark traf.

„Was für eine Frau? Ein Wunder der Schöpfung?"

Er musste es halblaut vor sich hingemurmelt haben, denn Umstehende sahen missbilligend zu ihm hinüber. Beim Anblick der Dame geriet seine innere Takelage sofort in Aufruhr, Glücksgefühle durchströmten den Körper wie flinke Fische, beschleunigten seinen Atem. In langen Wellen floss platinblondes Haar über ihre schmalen Schultern. Als sie sich umdrehte, sah er ein hübsches, feingeschnittenes Gesicht mit leicht spöttischem Zug um die Mundwinkel, der wohl den übereifrigen Ausführungen des Offiziers galten. Sie mochte Mitte dreißig sein, sportlich-elegant, besaß die gertenschlanke Figur eines Mannequins, allerdings keine entspannte Körperhaltung, so als wollte sie sich am liebsten verbergen. Attraktiv und verführerisch erschien alles an ihr. Ein fast unerträgliches Verlangen überkam ihn, er hörte keine Worte mehr, legte mechanisch die Schwimmweste ab, hatte nur noch Augen für diesen Anblick und den einzigen Gedanken, ihr näher zu kommen.

Nach dem Ende der Vorführung strömten alle zu den Kabinen oder zum Essen in die Restaurants. Wie in Trance ließ er sich im Pulk treiben, geriet unweigerlich in ihre Nähe und inhalierte das aparte Parfum, das sie als unsichtbare Spur hinterließ, wie eine Droge. Als sie den Lift nach oben nahm, stieg er schlafwandlerisch ein, ohne das Ziel zu kennen. So nah, wie er jetzt war, glaubte er, ihren Atem zu spüren, den frischen Hauch von Minze. Oben auf Deck 14, dem Horizont nah, war es bereits dunkel, die Nacht lag über Palma wie ein seidenes Tuch. In der Ferne glänzte das imposante Lichtermeer der Stadt, dessen Reflexe sich tanzend auf den dunklen Wellen spiegelten und als strahlendes Zentrum die erleuchtete Kathedrale mit ihren filigranen Facetten – Gotik in Vollendung. Er war hingerissen, der Anblick machte unwillkürlich ergriffen und ließ ihn leicht frösteln. Eine frische Brise wehte, sodass er gleich seine Jacke schloss. Das Geräusch der sanft und regelmäßig an die Schiffswand schlagenden Wellen vermittelte etwas Beruhigendes.

Die Luft, kühl, unverbraucht und salzig, gab ihm das Gefühl, nach Wochen wieder tief einatmen zu können. Aber wo befand sich die Frau, der er willenlos bis hierher gefolgt war? Er ließ den Blick die Reling entlang streifen, wo einige Passagiere mit Cocktailgläsern in der Hand die Abfahrt des Schiffes miterleben wollten, was jedes Mal ein besonderer Moment sein sollte, wie Benno erzählt hatte. Rußiger Rauch aus dem mächtigen Schornstein kündigte das bevorstehende Auslaufen an. *„Wir segeln ...“*, ertönte in diesem Augenblick das Lied der Gezeiten, um die Ausfahrt musikalisch zu begleiten, *„der Wind treibt uns weit fort ...“* Er erschrak, so laut dröhnte das Schiffshorn, während sich die *‚Poseidon‘* von der Pier löste, langsam drehte und erhaben aus dem Hafenbecken hinaus in die Nacht glitt, den Bug umsäumt von Schaum, weiße Strudel wie Kondensstreifen hinterlassend. Eine bewegende Stimmung. Sofort kam ihm die Gedichtzeile Theodor Fontanes aus „John Maynard“ in den Sinn: *‚Die Schwalbe fliegt über den Eriesee, Gischt schäumt um den Bug wie Flocken von Schnee, noch dreißig Minuten bis Buffalo ...‘*.

Unter den Zuschauern konnte er die auffallende Frau nicht ausmachen. Wo nur mochte sie sich aufhalten? Zurück zum Aufzug konnte sie unmöglich gegangen sein, ohne ihn passiert zu haben. Gemächlich schlenderte er über das von Lichterketten beleuchtete Deck, aber nirgendwo war sie zu entdecken. Als er in wachsendem Unmut den Rückweg antrat, gewahrte er sie in einer Nische, in die sie sich zurückgezogen hatte, um zu telefonieren. Sofort durchfuhr ihn ein jäher freudiger Schreck. Als er vorbeiging und mit stummem Nicken grüßte, folgte ihm der Klang ihres hellen Lachens. Sternenlicht regnete über das Schiff.

- Lilian -

Am sechzehnten Geburtstag, den ihre Mutter wie jedes Jahr für sie ausrichtete, um alles im Auge behalten zu können, spürte Lilian Busch zum ersten Mal den Kuss eines Gratulanten anders ausfallen. Nicht unschuldig wie früher, als sie noch Kind war, sondern intimer, körpernäher, mit einem Hauch verwirrender Leidenschaft. Das ließ sie erröten und ein fremdartiges Sehnen wach werden, Neugier, das erweckte Gefühl näher kennenzulernen. Onkel Franz, der jüngste Bruder ihres Vaters, ein gutaussehender Nachkömmling nach dreizehnjähriger Pause und rechter Filou, war es, der sie auf diese Weise an sich drückte. Lilian galt schon damals als bestürzend schön. Aus dem ebenmäßigen Gesicht stachen hellblaue Augen hervor, die ein intensives Licht ausstrahlten, die schwarzen Haare trug sie zu einem Zopf geflochten, sinnlich volle Lippen bildeten den blassroten Mund, und das runde Kinn zierte ein lustiges Grübchen, was ihrer Mimik etwas Originelles verlieh. Ihr Lachen, das makellos weiße Zähne zeigte, war überaus gewinnend. Trotz schlanker Figur verfügte das junge Mädchen schon über einen wohlgeformten Busen.

Einige Tage danach kreuzte Franz zuhause auf, als die Eltern beim Großvater weilten, um ihn nach einer Operation zu betreuen. In engen Jeans, mit offenem blauen Hemd, aus dem sich vorwitzig Brusthaare kräuselten und pinkfarbenem Pulli über den Schultern, wirkte er jünger als vierzig.

„Hallo Lilian, schöne Nichte, war zufällig in der Nähe und dachte, wie wär's mit 'ner Spritztour im neuen Wagen? Geiles Geschoss, sag ich dir. Kannst gerne mal fahren, wenn du willst. Und vorher gibt's ein Eis bei Paolo? Besser als trostloses Lernen, oder?"

„Kannst du laut sagen, Onkel Franz, ich komme gerne mit, aber Mama darf nichts davon erfahren, du weißt ja, wie ..."

„Jaja, Hermine, die Tugendwächterin. Versteht sich von selbst, dass das unter uns bleibt“, unterbrach er ihren Satz mit gönnerhafter Miene und legte den Arm um sie. „Den *‚Onkel‘* lassen wir jetzt ein für alle Mal weg, einverstanden?“

„Gerne Franz“, strahlte sie.

„Dann wollen wir los und schauen, was die Kiste zu der hübschen Beifahrerin sagt.“

Lilian wusste, dass es ihrer strengen Mutter nicht recht gewesen wäre und musste alle Überredungskunst aufwenden, um das schlechte Gewissen zu beruhigen. Franz sah blendend aus, sportlich, modisch gekleidet, anders als ihr Vater mit seinen spießigen feldgrauen Anzügen, der abends mit der Couch verwuchs und sonntags mit Hingabe die Kirchenorgel spielte. Franz galt als schwarzes Schaf der Familie, vielleicht nicht schwarz, anthrazit auf jeden Fall. Keiner wusste so recht, womit er sein Geld verdiente, er hatte immer welches, war unverheiratet, schleppte regelmäßig neue Freundinnen an, verkehrte in Bars, bei deren Nennung Mutter bedeutungsvoll die Augenbrauen hob und tief durchatmete. Man fand seinen Lebensstil kurz gesagt, unseriös und ihn deshalb nicht als Paten für Lilian geeignet.

Das flotte Cabrio mit weichen, roten Ledersitzen, sanft getönten Scheiben, Cockpit und Lenkrad aus edlem Tropenholz, sowie feudaler Musikanlage, gefiel ihr. Und erst der markige Sound des Motors. So ein geiles Teil würde sie sich später auch zulegen. Franz wählte eine Strecke, um die Vorzüge optimal demonstrieren zu können, Steigungen, lange Geraden, etliche Kurven. Der Fahrtwind wehte ihr Haar in seins. Die tiefen Bässe der Anlage wummerten den Takt dazu und kämpften mit dem satten Röhren des Motors um die Wette. Geschwindigkeitsgrenzen schienen ihre Bedeutung verloren zu haben. Lilian war begeistert und Franz bester Laune, ja derart übermütig, dass er Schlangenlinien auf den Asphalt zeichnete und für kurze Zeit sogar stehend weiterfuhr, wobei er den Kopf wie bei einer Parade nach allen Seiten aus dem

Dach streckte, was sie zum Lachen brachte. Er warf ihr anerkennende Blicke zu, machte ihrem Aussehen Komplimente, spielte Musik, die sie sich wünschte und legte wie zufällig seine Hand auf ihr Knie. Vor Paolos Eisdiele bremste er mit singenden Reifen, flankte behände aus dem Gefährt und hielt ihr zuvorkommend die Wagentür auf. Lilian fühlte sich geschmeichelt und stieg aus wie eine Diva. Nach einem üppigen Eisbecher mit Früchten und Sahne fuhr er zu einer Freifläche nahe der Deponie und ließ sie dort ans Steuer.

„Bist du sicher, dass ich's wirklich darf?"

„Kar, bist doch eine erwachsene Frau und kannst selbst den Führerschein machen."

Zwar hatte sie mit Vaters betagtem Golf schon geübt, aber das hier war etwas ganz anderes, eine neue Dimension. Euphorie bemächtigte sich ihrer, als sie das Lenkrad umfasste, den Motor aufheulen ließ und nach stotterndem Start einige Runden drehte. Franz lobte ihr Geschick, animierte sie dazu, Slalom zu üben. „Fahr einen Kreis, male eine acht in den Sand!" Er küsste begeistert ihre Stirn, als sie den Wagen schließlich unter dichten Bäumen abstellte. Die Wangen glühten vor Aufregung, das war ein Nachmittag ganz nach ihrem Geschmack. Und dazu die aufwühlenden Komplimente. Franz hatte den Arm lässig um ihre Schultern gelegt, ließ das Haar sanft durch die Finger gleiten, zog sie zu sich mit einem Blick, als sei sie ihm das Wichtigste.

„Du weißt, dass ich dich immer besonders mochte, Lilian, aber jetzt ist es anders, viel mehr ... wie soll ich's dir sagen? – Ich habe mich in dich verliebt, an deinem Geburtstag ist es passiert", raunte er ihr ins Ohr. „Ich kann nichts dagegen tun, deine Schönheit überwältigt mich, ich bin machtlos, total verrückt nach dir."

Seine Stimme war ungewohnt rau, sein Kuss zärtlich und fordernd zugleich, die sanfte Berührung ihrer Brüste aufregend neu, verwirrend. Sie spürte ihr Herz rasen, seine Bartstoppeln an den Wangen kitzeln, Hitze wie plötzliches Fieber aufkommen, den

Mund seltsam trocken werden, als sich seine Finger in den dünnen Stoff ihrer Hose krallten und zwischen die Schenkel schoben. Sie wollte etwas sagen, brachte aber kein Wort heraus, presste die Knie zusammen, zog die Hand hastig weg, obwohl es erregend war, und sie sie am liebsten länger dort spüren wollte. ‚*Ich will das nicht, habe Angst vor dem, was passieren könnte, weiß, dass es verboten, unmoralisch, riskant ist, und doch ... reizt es mich auf ungeheure Weise*'. Sie lachte unsicher, leicht schwindlig, zitternd, abwehrend, hoffend. Franz streichelte unbeirrt weiter, ließ den Sitz langsam nach hinten gleiten, streifte behutsam ihre Hose herunter, küsste die Innenseiten der entblößten Schenkel, was das aufregende Ziehen in ihrem Leib verstärkte und sie erschaudern ließ. Er saugte an den Brustwarzen, sein Finger kreiste in ihrem Nabel und sandte erregende Signale aus, die Zunge erkundete den Mund, traf sich mit ihrer zum lustvollen Tanz. Ihr Atem beschleunigte sich.

Noch wäre Gelegenheit, alles zu beenden, sie wusste, dass ihr die Kraft dazu fehlen würde, sollte sie seine aufregenden Lippen noch länger spüren. Weiter küssend zog er den Slip aus, schwang sich in gekonnter Bewegung über ihren Körper, lag so schwer darauf, dass sie sich nicht wehren konnte und drang vorsichtig in sie ein. Im ersten Moment glaubte sie zu zerreißen, ein kurzer, greller Schmerz bohrte sich durch ihren Leib bis zum Kopf hinauf, begleitet vom stummen Schrei, aber dann entstand ein Gefühl, süß, mächtig, sehnend, von Stolz begleitet, mit dem Mann, der sie liebte und offensichtlich allen hübschen Mädchen vorzog, verschmolzen und zur Frau geworden zu sein. Sie hörte das Knistern ihrer Haare, in die seine Hände griffen, Liebesworte, atemlos gestammelt, ihr beider Stöhnen und den Aufprall seines nackten Körpers auf ihrer unschuldigen Haut wie eine Melodie. Ewig hätte sie so innig verbunden bleiben mögen. Nur nicht aufhören, dachte sie.

Als er sich im gleichen Moment aufbäumte, mit einem Ruck löste und die Hose schloss, schien er es auf einmal eilig zu haben. Keine Zärtlichkeit mehr, kein Kuss, kein Kompliment. „Zieh dich an und rück rüber!", war sein schroffer Kommentar. Lilian schluckte tapfer die Tränen herunter, er achtete nicht darauf. „Das machen wir jederzeit wieder; wenn du Lust hast, ich melde mich. Es hat dir gefallen, nicht wahr kleine Naschkatze?", fragte er grinsend, als er sie zuhause absetzte. Ein flüchtiger Kuss aufs Haar, dann fuhr er mit röhrendem Motor davon. Lilian schwankte, als sie den Flur betrat, stützte sich an der Wand ab. Benommen fühlte sie sich, verletzt, betrogen, benutzt wie ein Gefäß zur Befriedigung seiner Bedürfnisse. Nur ihr Körper hatte ihn interessiert, nichts sonst, von wegen verliebt und geschätzt. Sie riss sich die Kleidung vom Leib, ließ sie achtlos auf dem Boden liegen, kroch unter die Dusche, ließ Wasser, so heiß, wie sie es ertragen konnte, über Kopf und Schultern laufen, vermischt mit ihren Tränen. Zum Glück blieb der Vorfall ohne Folgen, wie sie Tage später erleichtert feststellte und auch von den Eltern unbemerkt. Nicht auszudenken, welche Moralpredigt und Demütigung ihr sonst widerfahren wären.

War meine Mutter immer so tugendhaft gewesen, wie sie den Eindruck erwecken wollte, auch in meinem Alter? Lilian konnte sie sich kaum anders vorstellen, als streng, moralisch, perfekt und kritisierend. Es hatte ihr von jeher das resignierende Gefühl beschert, ihren Erwartungen nicht genügen zu können, so sehr sie sich auch bemühte. Nie war es ausreichend, nie richtig, was sie tat, nie war ihre Mutter zufrieden. Mit chirurgischer Präzision hatte sie ihr über Jahre Verantwortung und ein schlechtes Gewissen implantiert, das sich in jeder Situation schrill wie ein gehasster Morgenwecker meldete, dem sie sich nicht zu entledigen wusste. Immer wollte sie genau wissen, wo sie war und was sie tat, aber nie, wer sie war. Würde sie sich jemals von ihr emanzipieren können? Zunehmend öfter überkam sie der kaum beherrschbare Drang, genau das Gegenteil von dem zu tun, was ihre Mutter erwartete, Gefühle einer Revolutionärin brodelten in ihr, auch wenn sie wusste, dass es nicht zu ihrem Besten war. Dann dachte sie schmunzelnd an die Worte von Adorno: ‚*Die wahre Freiheit des Kindes besteht darin, etwas zu tun, obwohl seine Eltern es für richtig halten.*'

Fürs Erste war das Thema Männer erledigt. Franz versuchte sie mehrere Male umzustimmen, aber sie empfand nur Zorn und Ekel für ihn. Ein gutes Jahr später erlag sie jedoch Dirk Starkenburgs umwerfendem Charme, eine Klasse über ihr im selben Gymnasium, mit dem Aussehen des jungen Hugh Grant. Glänzend braunes Haar, frech nach vorne gekämmt, die Wangen nach misslungenem Versuch eines Bartwuchses, wie mit Paniermehl bestreut. Dirk stammte aus höheren Kreisen, Vater Landgerichtspräsident, Mutter Studienrätin für Erdkunde und Geschichte, ganz nach dem Geschmack von Lilians Eltern. Ein anständiger, gut erzogener Junge aus bestem Hause, was wollte man mehr. Die Begeisterung an der gediegenen Verbindung ließ Mutters chronische Kritik versiegen, die Gestrenge über ihren Schatten springen und den potentiellen Schwiegersohn – nach gewisser Schamfrist versteht sich – zuhause übernachten. Im separaten Zimmer neben Lilians Kammer zur Gewissensberuhigung. Bald luden die Eltern einander ein, Vater gab sein abendliches *Couchsurfing* auf, alles schien sich perfekt zu entwickeln. Ein gemeinsamer Sommerurlaub der Familien an der See im belgischen ‚*De Haan*' war die vorläufige Krönung. Der Präsident schien erkennbar Gefallen an Hermine zu finden, was ihren Mann nicht störte.

Aber Dirk begnügte sich nicht mit einer Gespielin, war sie auch noch so hübsch wie Lilian, entdeckte den süßen Reiz erotischer Wechselspiele, fand es so belebend, dass er süchtig, ja zum sexuellen Skalpjäger wurde. Fatalerweise glaubte er, es seinem testosteronverblendeten Eroberer-Ego schuldig zu sein, eine Liste der *Flachgelegten*, wie er die Verführten wenig charmant *adelte*, im Schulaushang zu veröffentlichen. Erneut fühlte Lilian sich als *Spielfigur* missbraucht, bloßgestellt, betrogen, dem Spott der Mitschüler ausgesetzt und beendete die Romanze auf der Stelle, sehr zum Ärger ihrer Mutter, die sich um interessante gesellschaftliche Kontakte und wer weiß was noch, gebracht sah.

„Wegen einer Lappalie setzt man doch sein ‚Glück' nicht aufs Spiel", zeterte sie. Lilian verstand sie nicht mehr; war das ihre charakterstarke, strenge Mutter? Was hatte sie plötzlich so verändert? Von wegen Lappalie, auf übelste Weise gedemütigt, eingereiht in eine Liste williger Mädchen, die sich bedenkenlos zu One Night Stands für eine *Trophäensammlung* hergegeben hatten. Ausgerechnet Hermine Busch mit ihren hochgehaltenen Prinzipien verharmloste alles, beschämte Lilian und offenbarte ihre spezielle Vorstellung von Glück, Ehre und Mutterliebe.

- Mathilde -

An diesem Abend ging Joris nicht mehr zum Essen, er war müde, der Tag anstrengend gewesen; vor allem sollte die Begegnung mit der außergewöhnlichen Frau, die ihm nicht aus dem Kopf weichen wollte, keinesfalls von neuen Eindrücken verwischt werden. Im Bett hatte er das Gefühl, es schwanke leicht, vielleicht bildete er es sich auch nur ein. Bald fiel er in tiefen Schlaf. Im Traum erschien sie ihm, engelsgleich schön, schwebend, mit einem Bogen in der Hand, dessen Pfeil direkt auf seine Brust gerichtet war. Ihre Lippen bewegten sich, als sagte sie etwas Spöttisches, aber er konnte es nicht verstehen. Als er nach ihr greifen wollte, verschwand sie wie erlöschendes Licht. Bis in den späten Morgen hinein schlief er, erwachte ausgeruht wie kaum einmal in den letzten Jahren. Mit ungewohntem Elan stieg er aus dem Bett, duschte und rasierte sich, wobei er überlegte, welch gigantische Wassermengen das Schiff gebunkert haben musste, um 1'200 Kabinen und Mannschaftsräume zu versorgen. Überschlägig rechnete er die Tagesmenge aus, beeindruckt von der Zahl. Der Blick durchs Kabinenfenster zeigte endloses Meer, dessen Blau-Grau sich irgendwo mit dem Himmel zu vermischen schien, weit und breit keinen Streifen Land, nur die sich in sanftem Rhythmus bewegenden Wellen mit weißen Schaumkronen wie Konditorei-Baisers. Die unbegrenzte Weite hatte nichts Beängstigendes mehr für ihn.

Eigentlich hatte er erwartet, am Kai einer anderen Stadt zu liegen, da fiel ihm ein, dass der erste ein Seetag sein sollte, an dem man keinen Hafen anlaufen würde. Weil er die übliche Zeit versäumt hatte, nahm er das Frühstück im *Tag und Nacht-Bistro* ein und schätzte, während er mit Appetit speiste, dass die Bäckereien während der zehntätigen Reise wohl bis zu 50'000 Stück verbrauchen würden. Kaum vorstellbare Mengen. Anschließend machte er sich auf, das Schiff zu erkunden. Bei 15 Decks, 11 Restaurants/Bistros, Pools, Veranstaltungsräumen, Bars und Geschäften ein umfangreiches Programm. Die Sonne schien satt vom Himmel, kaum eine Wolke zeigte sich bei angenehmer Temperatur, weil ein spürbarer Wind erfrischend über das Schiff hinwegstrich. Auf Deck 12 durchquerte er den *Allerweltplatz* mit Buffetrestaurant, entdeckte ein *Fisch- und Meeresfrüchtebistro*, das er mittags mit Appetit aufsuchen würde, zumal man sich auch dort selbst bedienen konnte, was wegen der Farbzusammenstellung der Speisen und ihrer notwendigen Trennung wichtig für ihn war.

Den Außenpool nutzten viele, andere präsentierten die mehr oder weniger attraktiven Körper in Whirlpools und auf Liegen oder hatten sie mit Handtüchern und Badezeug reserviert, ohne anwesend zu sein. An der *Niemals-Verzicht-Bar* genehmigte er sich ein Glas Fruchtsaft und beobachtete von dort das quirlige Geschehen wie auf einem mediterranen Markt mit Imbiss-, Getränke- und Eisständen. Passagiere flanierten vorbei, warteten auf ihre Drinks oder hielten einen Plausch; zweifellos konnte man Kontakte knüpfen, was er gerne getan hätte, wäre das bewusste *Objekt seiner Begierde* nur da gewesen. Aber so intensiv er sich auch umsah, er konnte sie nirgendwo entdecken.

Über eine Treppe erreichte er das oberste Deck und stellte erst beim unverhohlenen Feixen einiger Sonnenanbeter fest, wie unpassend er angezogen war. Lange Hose, Hemd, Pullover, dicke Socken und Wanderschuhe, was war ihm nur eingefallen? Verschämt entledigte er sich der Kleidung bis auf die Shorts, genoss die ungewohnte Wärme auf der weißen Haut, den Blick auf die blaue Unendlichkeit, ein Blau, als hätte man die Farbe nie zuvor gesehen. Weit ließ er seine Gedanken fliegen, Möwenschreie in den Ohren. Noch immer wunderte es ihn, wie schnell er sich zu der Reise entschlossen, nachdem Benno Texter sie ihm schmackhaft gemacht hatte. Das entsprach überhaupt nicht seiner zögerlichen Art. Frieda wäre mehr als erstaunt gewesen. Ob sie mitgefahren wäre? Bei ihrem Wunsch, Abwechslung zu erleben, ganz sicher. Warum nur hatten sie nie über einen gemeinsamen Urlaub gesprochen, warum war ihm in seiner festgefahrenen Eintönigkeit nie der Gedanke daran gekommen? War es das, was sie vermisst hatte, Spontaneität, Neues, Fantasie, etwas, das nicht berechenbar war, wie alles andere bei ihm sonst? In diesem Moment wünschte er sehnlichst ihre Nähe, kam sich plötzlich einsam und verloren unter den vielen Leuten vor.

Die Fahrt über das gleißende Meer hatte etwas Beruhigendes, Entschleunigendes, was ihm schon nach kurzer Zeit bewusst wurde und etwas Aufregendes dazu, wenn er an die Dame in Blond dachte. In den Liegestühlen nebenan unterhielt man sich laut über die angenehme Atmosphäre und das gute Essen in einem der Restaurants. *Das muss ich mir für den Abend merken, ‚Ocean Classic', wenn ich richtig verstanden habe.* Auf dem Weg zurück, sah er den geschickten philippinischen Künstlern zu, die mit Meißeln, Bildhauern gleich, interessante Skulpturen aus riesigen Eisblöcken formten. Nach kurzem Abstecher in die *Himmel & Meer-Lounge*, ganz oben im Schiff, mit herrlichem Blick durch schräge Fenster aufs Meer, von leiser Musik begleitet, kehrte er in die Kabine zurück, um sich fürs Abendessen umzuziehen. Die Dame seines Interesses hatte er bei der Erkundungstour leider nicht angetroffen. Wo mochte sie den Tag über gewesen sein? War sie wirklich alleine hier, oder gab es einen Partner, mit dem sie die Zeit verbrachte?

Nach einigem Suchen fand er das gut besuchte Restaurant auf Deck 2 und blieb zunächst unschlüssig am Eingang stehen. Zwei Kellner erwarteten dort die Gäste, um ihnen Plätze zuzuweisen. Ihn schien man noch nicht bemerkt zu haben, was nicht verwunderlich war, hatte ihn das Phänomen der Unsichtbarkeit doch sein Leben lang begleitet. An Desinfektionsspendern, die vor den Eingangstüren angebracht waren, konnte man die Hände reinigen, was er ausgiebig tat, um die Verlegenheitspause zu überbrücken. Aber dann begrüßte man ihn wie einen guten Bekannten, schaute auf sein Kärtchen und geleitete ihn zu einem Tisch, an dem bereits drei Personen saßen. Lieber wäre er allein gesessen, aber alle Tische in näherer Umgebung waren besetzt. Während er noch zögerte, entdeckte er plötzlich die Schöne am Nebentisch, was ihm einen freudigen Schreck einjagte und die Entscheidung erleichterte. Offenbar hatte man Singles, der Gesellschaft wegen, anderen Tischen zugeordnet. Diese Chance konnte er sich nicht entgehen lassen und zeigte sich mit dem Platzangebot einverstanden.

Er stellte sich der Tischgesellschaft vor, einer älteren, wohlbeleibten Dame namens Mathilde Bonnet, ihrem hageren Sohn Udo, sowie dessen eingeschüchtert wirkenden Frau Sonja. Mathildes Gesicht ließ ihn sich vorstellen, wie es in früheren Jahren einmal gewesen sein musste, hübsch, verführerisch und stolz, weil es noch heute etwas von vergänglicher Schönheit und Jugendlichkeit aufwies. Braune Augen, in denen helle Flimmer schwammen, die ihn an Danziger Goldwasser erinnerten, das Großvater sich an Festtagen gönnte, genussvoll zelebrierte und Joris rätseln ließ, wie echtes Gold so fein geraspelt werden konnte. Die Lippen rot geschminkt, für seinen Geschmack zu stark, die Fingernägel farblos lackiert, das zinngraue Haar, in kleinen Zacken in die Stirn fallend und ein Seidentuch von Hermès mit Blumen und Schmetterlingen über den Schultern. Schmuck trug sie keinen, außer einem Armreif aus fein gehämmertem Silber. Mathildes Stimme war tief wie schwarze Erde, eindeutig die Stimme einer Raucherin.

Schnell klärte sich, wer am Tisch den Ton angab. Mathilde fragte sofort, woher er komme und ob es seine erste Kreuzfahrt sei. Das *Ensemble* Bonnet war bereits mehrfach per Schiff in unterschiedlichen Regionen unterwegs gewesen und wusste ausgiebig darüber zu berichten. Die muntere Kosmopolitin besaß gesunden Mutterwitz und sorgte dafür, dass es keine Sekunde langweilig wurde. Das Abendessen, fünf Gänge, aus jeweils zwei Menüfolgen wählbar, servierte man am Tisch, dazu Weine und Mineralwasser. Ehe er entschieden hatte, was er trinken wollte, war sein Glas auf Mathildes Wink schon mit Weißwein gefüllt worden. „Zum Wohl, junger Mann!", prostete sie ihm zu, „auf Ihre glückliche Jungfernfahrt und beste Erholung." Wie im Chor fielen die übrigen Bonnets ein. Während er vorsichtig am Glas nippte, hatte Mathilde das ihre auf einen Zug geleert und dem Kellner signalisiert, eifrig nachzuschenken.

„Wissen Sie Joris, ich darf Sie doch so nennen?", fragte sie und beugte sich zu ihm hinüber, „ein Leben ohne Alkohol, ist wie Tanzen mit dem Bruder. – Da fehlt einfach das Feuer. Also trinken Sie nicht so zögerlich, wie wollen Sie denn sonst in Stimmung kommen?"

„Bin Alkohol kaum gewöhnt", versuchte er sich zu rechtfertigen und nahm einen größeren Schluck. Der Wein war anders in seiner Art als die von zuhause gewohnten mittelrheinischen Rieslinge oder die der Mosel, aber er schmeckte durchaus. Von südländischer Herkunft vermutlich, er erinnerte an Muskatellertrauben.

„Dann wird's aber Zeit, dass Sie die Freuden des Lebens kennenlernen", meinte sie unverblümt und klopfte ihm freundschaftlich auf die Schulter. „Liiert sind Sie wohl auch nicht?"

„Nicht mehr, es hat, äh ... nach ein paar Jahren ...", versuchte er den Eindruck vollständiger Askese abzumildern.

„Geschieden etwa?" Intimitätsgrenzen schien es für sie nicht zu geben. Joris verneinte errötend. „Nein, nein, verheiratet waren wir nicht."

„Wissen Sie, ich war es viermal", zum besseren Verständnis zeigte sie die Zahl mit den Fingern an, vielleicht vermutete sie auch, er könne nicht über drei hinaus zählen. „Der erste war ein Totalversager, der zweite ein miserabler Liebhaber, was sich leider erst hinterher herausstellte, beim dritten habe ich es vermasselt, was ich freimütig zugebe, aber der vierte war die Sechs im Lotto, da passte alles, und ausgerechnet der musste zu früh über den Jordan gehen."

Nach kurzer Pietätspause meinte sie: „Man soll das Leben leben, wie es kommt, vor allem die seltenen *Perlentage* auskosten, die trüben rasch hinter sich lassen und zu seinen Fehlern stehen. Ach Fehler ...", deklamierte sie mit ausholender Handbewegung, „die Auswahl ist groß genug, da muss man nicht immer dieselben machen. Das war stets mein Prinzip."

Ein rollendes Lachen folgte, das ihren Busen in einer Wellenbewegung auf und ab wogen ließ. „Sie müssen wissen, ich war nicht immer ein braves Mädchen."

Als Mädchen konnte er sie sich nur schwer vorstellen, aber an irgendwen erinnerte sie ihn, er ärgerte sich, dass es ihm nicht direkt einfallen wollte. Die Ähnlichkeit der Gesichter, Mimik und Gesten war frappierend. Erst nach der Vorspeise – Bündner Fleisch mit schwarzem Pfeffer, Crostini und Parmesanstreifen – wusste er es. *Kathy Bates*, die mitreißende Schauspielerin aus den Filmen *‚Titanic'* und *‚grüne Tomaten'*, ein resoluter, humorvoller Frauentyp gleichen Wesens, der unter der rustikalen Schale ein weiches Herz verbirgt. Mathilde hatte in ihrem Leben zweifellos viel gelacht, geweint, geliebt, gelitten und gekämpft, was die Ausprägung ihrer Falten im Gesicht widerspiegelte. Aber sie war beileibe nicht müde, ihr Temperament und die Lebenslust ungebrochen stark, die Augen funkelten hellwach und unternehmungsfreudig.

Beim Hauptgang – Milchkalb mit Champagnerkraut und Schupfnudeln – zögerte er. Alles auf einem Teller angerichtet, wie grässlich. Sollte er ihn zurückgehen lassen? Aber mit welcher Begründung?

„Etwa schon satt junger Mann?", bemerkte Mathilde sein plötzliches Stocken. „Kommt nicht in Frage, die Portionen sind angemessen, aber nicht üppig. Nun legen Sie schon los, wie kann sich sonst was mit der Hübschen nebenan ergeben, wenn Sie ohne Mumm und Kräfte sind?"

Dabei schmunzelte sie vergnügt, tupfte ihre Lippen mit der Spitze eines weißen Taschentuchs ab, das sich gleich rot färbte und leerte erneut ihr Glas. Das hat sie also auch schon bemerkt, dachte Joris beschämt, dabei war sein Blick nur wenige Male, als Mathildes Redeschwall beim Essen kurzfristig versiegte, zum Nachbartisch gewandert. Die Blonde schien tatsächlich ohne Partner hier zu sein, was ihm sehr entgegenkam.

„Ich mag es nur nicht, wenn mehrere Komponenten auf dem Teller sind", erklärte er das Zögern.

Mathilde schaute nur für einen Moment entgeistert, legte dann kurzentschlossen die gefaltete Papier-Serviette über die Beilagen. „Papperlapapp, was sagen Sie jetzt? Alles sauber getrennt, so 'nen Spleen muss man pragmatisch angehen."

Um sich nicht vollends zu blamieren, aß er mit Überwindung weiter. Beim Dessert aus karamellisierten Pfirsichen mit Zitronengras und Vanilleeis fiel seine Portion ungewöhnlich knapp aus, woraufhin sie direkt protestierte und dem Kellner unmissverständlich zu verstehen gab, dass der junge Mann am Tisch nicht etwa *kommunizieren*, sondern essen wollte. Umgehend erhielt er eine zweite Portion. Im Anschluss an das Menü orderte sie für alle Magenbitter. Ähnlich gallebitteres Zeug hatte er nie zuvor getrunken, machte aber gute Miene, um sie nicht vor den Kopf zu stoßen. In diesem Moment erhoben sich die Gäste am Nachbartisch, und die Gelegenheit war dahin, mit der Schönen in Augenkontakt zu kommen.

„Treffen wir uns nachher noch in der Bar?", animierte Udo ihn, der in der *familiären Diaspora* offenbar dringend einen männlichen Mitstreiter suchte, aber Joris schwindelte: „Gerne beim nächsten Mal, heute Abend habe ich schon etwas anderes vor." Fürs erste hatte er genug vom Bonnet-Clan.

Beim nächtlichen Streifzug durch das Schiff, in der Hoffnung, die Frau seines Interesses zu treffen, erregte das *Klanghaus* seine Neugier. Vorsichtig öffnete er die schwere Tür zu einem Konzertsaal, in dem gerade ein junger Tenor mit unzähmbar dichtem Lockenschopf Operettenarien sang. Melodien von Franz Lehár, Emmerich Kálmán und aus Fred Raymonds *‚Maske in Blau‘*. Die Akustik war vortrefflich, der Innenraum gänzlich holzverkleidet; hier würde er sich noch einmal einfinden, wenn das Programm klassisch bliebe. Von jeher liebte er Musik, vor allem Opern und Operetten, deren tragende Arien er an den einsamen Abenden gerne auf Schallplatten hörte. Er wusste, damit der modernen Technik hinterherzuhinken, aber das Knistern und Knacken der alten Schellack- oder Vinylscheiben, die noch von seinen Eltern stammten, hatte etwas Spezielles, das live war, die Spannung erhöhte, wie das Räuspern im Theater unmittelbar vor der Aufführung.

Als er den Saal nach einiger Zeit auf Zehenspitzen verließ und die Tür leise öffnete, stand sie dahinter. Vor Überraschung blieb er stehen, hielt die Tür auf, wollte im ersten Impuls wieder hineingehen, fand es aber zu peinlich und schloss sie leise, nachdem sie den Raum betreten hatte. Mit dem Kopf ans Holz gelehnt, verharrte er für Sekunden unbeweglich. Sein Herz schlug bis zum Hals. Zu dumm, natürlich wäre er geblieben, hätte er nur ahnen können, dass sie hierherkommen würde. Er verfluchte sich, warum war er vorzeitig aufgestanden? Sie hingegen schien ihn gar nicht bemerkt zu haben und hatte auch seinen überraschten Gruß unerwidert gelassen.

Am nächsten Morgen trat ein, was Benno Texter euphorisch angekündigt hatte. Der Hafen von Ajaccio, der Hauptstadt Korsikas, lag wie das Gemälde einer südländischen Landschaft direkt vor seinen Augen. Welch prächtiger Anblick! So plastisch hätte er es nicht erwartet, das Schiff ankerte unmittelbar an der Kaimauer des übersichtlichen Hafens, sodass man sofort ins Ortsinnere gelangen konnte. Aufgeregt ging er zum Frühstück, verließ das Schiff, nachdem er sich bei der Kontrollstelle hatte identifizieren lassen und eilte zum Strand. Meer, Wind, endlose Weite. – Er schloss die Augen, wollte alles mit geschärften Sinnen aufnehmen, spürte tausend winzige Wassertröpfchen auf seinen Wangen schmelzen, roch salzige, zinnfarbene Luft mit den Aromen von Tang und Fisch. Tief zog er sie in seine Lungen. Stundenlang hätte er dem Schauspiel unaufhörlich wogender Wellen mit ihren weiß gezackten Schaumkronen zuschauen können, wie sie mächtig ans Land schlugen, wieder zurückwichen, erschrocken über den eigenen Mut und die Felsen liebkosten. Demut überkam ihn angesichts der Gewalt und Weite. Unwillkürlich fielen ihm Zeilen aus Jules Vernes *‚20'000 Meilen unter dem Meer‘* ein, die er als Kind verschlungen hatte:

„Das Meer ist alles für mich. Es bedeckt sieben Zehntel der Erde. Sein Atem ist rein und gesund. Es ist eine immense Wüste, wo ein Mann nie alleine ist, in dem er fühlen kann, wie das Leben aller in ihm bebt. Das Meer ist nur ein Behälter für alle die ungeheuren, übernaturlichen Dinge, die darin existieren; es ist nicht nur Bewegung und Liebe; es ist die lebende Unendlichkeit.“

Wie aufgeputscht lief er durch das hübsche Städtchen, geprägt von Skulpturen und Erinnerungen an den berühmten Sohn, Napoleon Bonaparte und deckte sich in der eleganten Avenue de Paris mit sommerlicher Kleidung ein. Wenn Frieda ihn jetzt sehen könnte, in sonnengelbem T-Shirt, Sandalen und dreiviertellanger Leinenhose, sie würde es nicht für möglich halten. Per Taxi ließ er sich zum Schildkrötenpark *A Cupulatta*, zwischen Ajaccio und Corte, mit einhundertfünfzig verschiedenen Schildkrötenarten fahren. Vormittags seien sie am besten zu beobachten, hatte man ihm eingeschärft, weil sie in der Mittagshitze meistens schliefen. Schildkröten in ihrer geheimnisvoll weisen Ausstrahlung, überlegenen Bedächtigkeit und dem nachgesagten methusalemischen Alter hatten ihn von jeher fasziniert, und die gepflegte Anlage mit Brutstation konnte seinen Wissensdurst restlos befriedigen.

Unternehmungslustig fuhr er in die Stadt zurück. Der Tag schien heiß zu werden, über den asphaltierten Straßen flimmerte und tanzte die Hitze, fing die Farben des Tages ein im schwindelerregenden Licht. Die kühle Brise, die gestern noch so angenehm geweht hatte, war abgeflaut. In einem Lokal nahe den großzügigen Boulevards, unter dem Dach schattenspendender Bäume, trank er einen Krug kühlen korsischen Weins, dessen nussig, stoffige Art ihm zu frittierten Crevetten und knusprigem Baguette köstlich schmeckte. Mehr und mehr begann er den Urlaub zu genießen. Die lähmende Traurigkeit, die so lange in ihm genistet hatte, schien sich zurückgezogen zu haben und war einer fast heiteren Gelassenheit gewichen.

Von seinem Tisch aus konnte er den Strom Vorbeiflanierender beobachten. Touristen, die mit ihren Smartphones jedes scheinbar lohnende Objekt anvisierten, um es daheim zu präsentieren, solche, die sich nicht schämten, halbnackt über die Straßen zu laufen, was sie zuhause nie getan hätten, stolze korsische Frauen, das Haupt hoch erhoben, was ihrer fließenden Bewegung etwas Erhabenes, Anziehendes verlieh, Matrosen mit breitbeinigem Gang, als wollten sie den noch immer schwankenden Boden ausgleichen und Einheimische, die eilig ihren täglichen Geschäften nachgingen. Da war ihm plötzlich, als entdecke er Arthur Seidelbach in der Menge, den unsympathischen Heiler mit der *Figur des Kriegers*, dieselbe hagere, nach vorne gebeugte Gestalt, den Kopf lauernd zur Seite geneigt, eine aufgetakelte, blonde Frau am Arm. Sofort erzeugte der Anblick Musik in seinen Ohren, Klänge aus Rossinis *diebischer Elster*, regte sich ein Hauch von Unmut, aber er musste sich getäuscht haben, was sollte Seidelbach mit seinem hinterlistigen Waschbärengesicht ausgerechnet in Ajaccio? Urlaub machen, hier? Ausgeschlossen, eine Täuschung, allerdings mit verblüffender Ähnlichkeit.

Nach einer Weile der Beobachtung bezahlte er mit großzügigem Trinkgeld, packte die Einkaufstaschen und bummelte beschwingt durch einen kleinen hübschen Park mit Wasserspielen und Löwenbrunnen an der einladend gestalteten Promenade zum

Schiff zurück. Obwohl er in der übermütigen Stimmung gewesen war, ein weiteres Glas Wein zu trinken, wollte er bei der Wärme kein Risiko eingehen. Wer weiß, wie es ihm bekommen wäre, nachdem er bereits Seidelbach in einem Wildfremden zu erkennen geglaubt hatte. Bevor er das Schiff betreten konnte, wurde er wieder identifiziert und durch die Sicherheitskontrolle geschleust. Zeitraubend, besonders, wenn, wie gerade, mehrere Personen vom Landgang zurückkehrten.

Abends saß er mit den Bonnets am selben Platz wie tags zuvor, der Nachbartisch war noch unbesetzt. Ob *sie* heute nicht kommen würde, fragte er sich enttäuscht? Mathilde hatte einen roten Kopf, der auf einige vorab konsumierte Gläser Sekt schließen ließ und empfing ihn mit einem Schwall von Fragen, wie er den Tag verbracht, was er sich angesehen und wie ihm Ajaccio gefallen hätte. Eine Viertelstunde später traf zu seiner Erleichterung die Nachbargesellschaft ein, sie im hellblauen, luftigen Kleid, das ihr ausgezeichnet stand und zart gebräunte Schultern freigab. Um den Hals trug sie eine filigrane Goldkette mit Anhänger, dazu passende Ohrringe. Flüchtig grüßte sie zu ihnen herüber und vertiefte sich gleich in die Speisekarte. Mathilde war sein bewundernder Blick nicht entgangen. „Das wird schon", tröstete sie und tätschelte freundschaftlich seinen Arm. „Bei Frauen führt nur Geduld zum Ziel, so und so." Dabei blinzelte sie mit einem Auge, was wohl bedeutete, dass sie es mehrdeutig verstanden wissen wollte.

Das Dessert kam, eine raffinierte Mousse au Chocolat, die Mathilde nicht nur zum genussvollen Seufzer, sondern auch zu einem autobiografischen Exkurs animierte. Joris fand es gut, hatte er so doch Gelegenheit, länger in der Nähe der Schönen zu verweilen.

„Mein letzter Mann, Sie erinnern sich, *der Sechser im Lotto*, war Mitbesitzer einer Kakaoplantage in Madagaskar. Wir sind oft dort gewesen, nicht wahr Udo? Eine glückliche Zeit war das, ... ja, eine sehr glückliche." Ihr Sohn nickte bestätigend und überließ ihr weiter das Wort. „Ein faszinierendes, exotisch schönes Land, sage ich Ihnen, aber leider sehr arm und politisch instabil. Fauna und Flora sind dort einzigartig auf der Welt, und ich habe, weiß Gott, viele Flecken dieser Erde gesehen."

Ihr Blick bekam etwas Versonnenes. „Riesige Palmen, Baobab-, Mango- oder Litschibäume, Lemuren und seltene Vogelarten. Wir hatten jede Menge Personal zu beaufsichtigen. 250'000 Kakaobäume der Sorten Forastero und Criollo, das sind die edelsten, mussten gepflegt und abgeerntet werden. Stellen Sie sich die Arbeit vor. Alle essen gerne Schokolade, aber die wenigsten wissen Bescheid, woher der Kakao kommt. Wetten, dass es Ihnen auch nicht bekannt ist?"

Joris schüttelte den Kopf, „nur vage."

„Dann hören Sie zu, junger Mann! Erst werden die Früchte, groß und bunt wie Kürbisse, von ihren dicken Schalen befreit. Im weißen Fruchtfleisch darunter stecken bis zu fünfzig Kakaobohnen. Das Fleisch lässt man in Holzkisten langsam gären, es wird heiß, durch die Fermentierung stirbt der Keimling in den Bohnen." Sie nahm einen Löffel Mousse, ließ ihn sinnlich auf der Zunge zergehen und fuhr fort: „Die dabei entstehende Essigsäure baut Bitterstoffe ab und setzt die Aromen frei. Das Fruchtfleisch verrottet, dann trocknen die Bohnen in der Sonne, nicht zu lange, denn sonst werden sie ungenießbar, man liest sie aus und gewinnt so das ‚*dunkle Gold*'."

„Und wie geht's weiter?"

„Wir haben die Bohnen sackweise nach Europa verschifft. In den Schokoladenfabriken werden sie geröstet, aufgebrochen, von den Schalen getrennt, mit Zucker und Kakaobutter vermischt, tagelang zwischen Steinscheiben fein gemahlen und erwärmt. Die dann entstehende Masse ist Schokolade, bittersüß und köstlich schmelzig."

Joris hatte den Eindruck, ihr laufe während des Erzählens das Wasser im Mund zusammen.

„Unsere Bohnen waren von exzellenter Qualität", fuhr sie fort und leckte mit der Zunge über die roten Lippen. Stolz und Wehmut klangen in ihrer Stimme. „Besser als die brasilianischen, sie hatten feinstes Aroma und sogar fruchtige Noten. Wir belieferten die besten Hersteller in Frankreich und der Schweiz. Ich führte die Verhandlungen, sprach gut Französisch, weil ich drei Jahre in Paris gelebt hatte. Sie waren sicher auch schon dort?"

„Leider nein."

„Was? Nie in der Stadt der Liebe? Da haben Sie aber einiges versäumt, ach Paris ... *canard à la bigarade, médaillons de veau et foie gras aux raisins,* zum Dessert *Madeleines und petits fours* ..., köstlich, das waren Sonnenaufgänge in meinem Mund."

Genüsslich ließ sie den Rest der Mousse über die Zunge gleiten und leckte den Löffel ab. Ihre Augen funkelten, als fände sie das Leben unendlich reizvoll.

„Mögen Sie Schokolade?"

„Ab und zu schon."

„Ich liebe sie in allen Varianten. Sie müssten unbedingt meine *„Torta di Nocciole"* probieren, der reinste Gaumenorgasmus, sage ich Ihnen."

„Aber Mutter!", tadelte Udo, Sonja verdrehte vor Peinlichkeit die Augen.

„Na und?", rief Mathilde, über das runde Gesicht grinsend, „Herr Jenner ist schließlich volljährig und hat ernste Absichten, alle Genüsse des Lebens kennenzulernen."

Wieder zwinkerte sie ihm zu. „Fünfzig Prozent geröstete Haselnüsse, ein umwerfendes Aroma, verfeinert mit bester Bitterschokolade, das ist einfach wundervoll, der reinste ... na, Sie wissen ja jetzt, was es ist. – Wer für andere backt, schenkt ihnen etwas."

Mit gekräuselten Lippen und plötzlicher Schärfe in der Stimme zu ihrer Schwiegertochter gewandt: „Solltest du dir merken, Sonja!"

Unverkennbar ein Seitenhieb in seinem Beisein, was Joris besonders unangenehm empfand. Es schien, wie er Sonjas explosionsartigem Ausatmen und den genervt angehobenen Brauen entnahm, Mathildes Methode zu sein, ihrer Unzufriedenheit mit der Partnerwahl des Sohnes Ausdruck zu verleihen, dem sie eine andere Frau, als die blasse, temperamentlose Person neben ihm, gewünscht hätte, die das Bild wie eine Stummfilmkomparsin komplettierte.

„Was den Wein betrifft, dem Sie so zaghaft zusprechen, junger Mann“, fuhr sie ungerührt von Sonjas Reaktion fort, „gilt das, was schon Salvatore Dali herausgefunden hat: ‚*Wer richtig genießen kann, trinkt keinen Wein mehr, sondern kostet Geheimnisse*‘. Ja, Wein, das friedliche Laster, mit dem man sich so leicht und ungefährlich vom ganzen Spuk der Welt entfernen kann. Ich kenne Ihren Geschmack ja nicht, Joris, aber ich ärgere mich jedes Mal, wenn ich in Restaurants nur staubtrockene Weine finde. Wie einfallslos ist das? Langsam müssten die guten Köche doch gemerkt haben, um wieviel besser feinherbe Weine und solche mit moderater Süße zu bestimmten Gerichten passen. Da könnte man viel mehr experimentieren, mit den Geschmacksnuancen spielen. Die feine Frucht der Weine kommt intensiver zum Ausdruck, wenn sie mit einem Hauch Restsüße statt hohem Alkohol aufwarten. Denken sie nur an Erdbeeren, wenige Zuckerkristalle reichen schon, um sie fruchtiger und aromatischer schmecken zu lassen. Ach, es gibt zu viel Festgefahrenes und Borniertes auf unserem Planeten.“

Während sie munter weiter plauderte, mutierte sie für Joris zum wohligen Klangteppich, in dessen Schutz er seinen Betrachtungen der Dame am Nebentisch genauer nachhängen konnte. Die musste Mathildes lautstarke Schilderung der Kuchenspezialität mitbekommen haben, denn sie lächelte amüsiert und verbarg dabei den Mund hinter der Hand, was er ganz entzückend fand.

Sie war nicht so wie andere Frauen, das wurde ihm schon am ersten Abend bewusst, als er beobachten konnte, wie sie mit ihren Tischnachbarn sprach, die schmalen Hände gestenreich spielen ließ, den hübschen Kopf bewegte, die Gesichtszüge weiblich weich, das Kinn mit lustigem Grübchen, die Augen leuchtend hell. Dazu ihr bezauberndes Lächeln, das sie von Zeit zu Zeit einwarf. Ihr Blick, eine Mischung aus Stolz, Leidenschaft, Spott und lausbubenhaftem Charme. Aber es schien auch ein Geheimnis um sie zu geben, Verletztes, Enttäuschungen, die diskrete Fältchen um den Mund gebildet hatten. Sie ist schön, wie etwas schön sein kann, das ewig bleibt, dachte er. War es ein Wunder, dass er sich sofort in sie verliebte? Dass er sich verliebte, war an sich nichts Ungewöhnliches, weil es öfter geschah, wenn ihm eine Frau gefiel, bisher aber nie erwidert wurde. Aber diesmal war es anders, jetzt hatte es die Dimension eines Erdstoßes, der sein Inneres erschütterte. Und dann die Figur ... der Körper einer Göttin, da konnte er den Blick kaum abwenden.

Ja, er hatte sich heftig in sie verliebt, auf die tragisch hoffnungslose Art und Weise, wie man eine Frau vergöttert, die unerreichbar ist, die in einer anderen Liga spielt und sich nie herablassen würde, jemanden wie ihn, einen linkischen, unerfahrenen, nahezu unsichtbaren Mann, zu erhören. Jedes Mal, wenn er sie ansah, erhielt er vibrierende Stromstöße, spürte er ein Prickeln wie Sekt im Magen, den rauschähnlichen Zustand schwebender Benommenheit, ein Glühen in seiner Brust und sah das tanzende Licht in ihren Augen. Jetzt hob Mathilde die Gesellschaft auf, stemmte sich mit beiden Händen auf dem Tisch ab und strebte zielsicher in Richtung Bar. „Kommen Sie mit auf einen Cocktail, junger Werther?“, fragte sie schelmisch und hängte sich bei ihm ein. „Sie wissen doch, wer Liebeskummer hat, nimmt gern Likör.“ Joris war nach frischer Luft und nicht nach Cocktails zumute, er verabschiedete sich höflich und wartete vor dem Aufzug zum Oberdeck. Es dauerte ungewöhnlich lange, bis er kam. Als sich die Tür öffnete, löste sich ein junges Paar mit derangierter Kleidung aus inniger Umarmung und verließ ihn mit verlegenem Grinsen. Der Anblick versetzte ihm einen wehmütigen Stich durchs Herz.

- Lilians Ausbildung -

Die abgebrochene Beziehung zu Dirks Familie veränderte das Mutter-Tochterverhältnis. Hermine Busch galt nicht mehr als die moralische Instanz früherer Jahre, der so etwas wie Unfehlbarkeit anhaftete, und an der man sich orientieren musste. Die Frau, die man zu achten hatte, aber nur schwer lieben konnte. Diese Illusion hatte sie platzen lassen, indem sie bereit war, ihre hehren Grundsätze für attraktive *Zugewinne* über Bord zu werfen. Charakterlose Scheinheiligkeit und Heuchelei waren Lilian zutiefst zuwider. Ein schleichender *Krieg* ohne Waffen breitete sich zwischen ihnen aus, dem ihr Vater ohnmächtig zusah, nicht wissend, welche *Front* er unterstützen sollte. Hermine ließ keine Gelegenheit zur Kritik aus, leichtfertig und mimosenhaft habe Lilian die ideale Verbindung aufs Spiel gesetzt. Jeden, auch nur scheinbaren Misserfolg warf sie ihr vor und streute in Anwesenheit anderer, Salz in die offenen Wunden, was besonders kränkte.

Deshalb verzichtete Lilian nach dem Abitur auf ein Ingenieurstudium und jedwede Abhängigkeit, zog aus und begann eine Ausbildung zur Goldschmiedin beim renommierten Düsseldorfer Juwelierhaus ‚*Salentin Comousin & Söhne*'. Trotz magerer Ausbildungsbeihilfe waren die Bedingungen gut, denn gegen geringes Entgelt durfte sie dort wohnen und essen, die Küche, einfach, aber schmackhaft, von einer Köchin für alle zubereitet. Sie war glücklich über den Absprung von zuhause, das freundliche Zimmer und die Möglichkeit, ihre Kreativität ausleben zu können. In der Berufsschule schwirrten jede Menge Jungs um sie herum, bedrängten sie, angeblich um zu helfen, sich in der neuen Umgebung zurechtzufinden, aber sie ließ alle nacheinander abblitzen. Sie reagierten verzweifelt oder wütend, dass sie bei ihr nicht landen konnten und keines Blickes gewürdigt wurden. Vielleicht geschah es zu schroff, mit unglücklicher Wortwahl, denn bald gaben sie auf und machten der arroganten Zicke das Leben schwer, vereint mit den Mädchen, die nicht ihr außergewöhnliches Erscheinungsbild besaßen, das hundert Erektionen auslösen konnte. Sie blieb isoliert, eine Exotin dank ihres Aussehens.

Salentin Comousin, Chef des Traditionshauses in vierter Generation, ein heftig transpirierender, schwergewichtiger Mann Ende Fünfzig, verschlossen, mit Halbglatze, buschigem Oberlippenbart und starker Brille, die seine Augen unnatürlich vergrößerte, hatte die Geschäftsbereiche unter zwei weitere Meister und drei Gesellen aufgeteilt. Festgefügte Hierarchien. Kundenkontakte vermied er möglichst, überließ sie lieber den Verkäuferinnen und seiner Frau, einer feinnervigen, stilsicheren schlanken Dame verarmten blauen Blutes, die das rechte Händchen für die vermögende Klientel besaß.

Lilian lernte alle interessanten Sparten kennen, die Kollegen unterstützten sie freundlich. Man fertigte Schmuck aus Gold, Silber und Platin, setzte Perlen oder Edelsteine ein, die sie zu erkennen lernte, verkaufte oder reparierte Uhren, erstellte Expertisen über Echtheit und Wert von Schmuckstücken oder Brillanten. Sie nutzte das gestalterische Geschick für eigene Schmuckentwürfe, ihr attraktives Aussehen im Verkauf sowie bei Verhandlungen mit Lieferanten und ermöglichte der Firma eine preiswerte, aber nicht minder wirkungsvolle Werbung, indem sie ihr makelloses Konterfei großformatig, mit Schmuck dekoriert, in Schaufenstern, Katalogen und auf Plakaten präsentieren ließ.

„Dich hat der Himmel geschickt, du bringst uns nur Sonne und Glück." Die Dame des Hauses, tagtäglich in dunklen Kostümen gekleidet, war voll des Lobes. Lilian spürte, dass die kinderlose Frau gerne eine Tochter gehabt hätte und sie deshalb ins Herz schloss, es aber diskret handhabte, um bei den Kolleginnen keine Missgunst zu erzeugen. Brillanten begeisterten Lilian besonders, die edlen Steine bezog man von bedeutenden Schleifereien in Belgien und

Tel Aviv. Sebastian, ausgewiesener Diamantenspezialist, der bei einem Edelsteinschleifer in Antwerpen gelernt hatte, widmete sich ihrer Ausbildung mit besonderem Ehrgeiz. Ein liebenswürdiger, verschrobener Junggeselle, der den Absprung in eine Partnerschaft endgültig verpasst zu haben schien, mit schiefen Zähnen, die man erst sah, wenn er lachte und exakt gezogenem Klappscheitel.

„Du musst wissen", dozierte er mit erhobenem Zeigefinger, „der Diamant ist die kubisch kristallisierte Form von Kohlenstoff und das härteste natürliche Material überhaupt. Deshalb finden wir ihn nicht nur am Finger schöner Frauen, wo wir vom Brillanten sprechen, sondern auch an Bohrern für massivstes Gestein. Den Begriff ‚*Brillant*' gibt es korrekterweise nicht, das Grundmaterial ist immer der Rohdiamant, den man auf verschiedene Arten schleifen kann. Meist verwendet man den Brillantschliff mit speziellen Formen und Facetten, der das Feuer attraktiv funkeln lässt. So hat sich der Name *Brillant* für geschliffene Diamanten eingebürgert."

„Also müsste es eigentlich ‚*Diamant mit Brillantschliff*' heißen."

„Du bist ein allzu kluges Mädchen."

Er hatte die Marotte, jede Erklärung mit dem Satz ‚*du musst wissen*' einzuleiten und eine Art, sie zu necken, die man ihm nicht übelnehmen konnte, wusste sie doch, dass er es nie böse meinte und sie heimlich verehrte. Ihm konnte sie vertrauen und Dinge erzählen, bei denen sie anderen gegenüber vorsichtig gewesen wäre. Was sie ihm anvertraute, blieb unter Verschluss. So wusste er von dem Malheur mit Dirk, kannte die häusliche Situation und ihr schlechtes Gewissen, das sie wegen des Streits und Wegzugs von zuhause quälte.

„Du musst wissen", fuhr er fort, während er einen Stein durch die ins Auge geklemmte Lupe betrachtete und sein Gesicht dabei zu einer Grimasse verzog, „dass wir seinen Wert nach vier Kriterien beurteilen: Gewicht in Karat, Farbe, Reinheit und Schliff. Die großen Diamantenbörsen in Antwerpen oder Amsterdam", die Namen sprach er fast ehrfürchtig aus, „werden von Schürfminen in

Südafrika, Afrika, Russland, Indien usw. beliefert. Die Börsen sind eher vornehme Clubs als Messen. Da basiert der Handel noch auf Vertrauen und wird üblicherweise mit dem *Mazal*, dem verbindlichen Händedruck, besiegelt. Ich war einmal dabei, exklusiver Zirkel, ganz besondere Atmosphäre."

„Wieso sagst du Farbe? Die sind doch alle weiß."

„Nein, es gibt gelbe, blaue, wie den blauen Oppenheimer, der in einem Ring gefasst ist, rote, sogar schwarze und grüne, den grünen Dresdner Diamanten zum Beispiel mit 41 Karat, kannst ihn dort im grünen Gewölbe bestaunen."

Sebastians schüchterne, fast tollpatschige Art verführte dazu, ihn zu unterschätzen, aber hinter der linkischen Optik verbarg sich profundes Fachwissen, Menschenkenntnis und lange Branchenerfahrung. Lilian konnte in drei Jahren Ausbildung viel von ihm lernen, weil er bereitwillig sein Wissen mit ihr geteilt hatte. Einladungen zum Essen oder in die Oper *(du musst wissen, das ist die faszinierendste Musik überhaupt)* lehnte sie geschickt ab, ohne ihn vor den Kopf zu stoßen. Einmal im Kino, bei einem trivialen Film, an dessen Handlung sie sich nicht mehr erinnern konnte, lag seine Hand eine Weile auf ihrer, warm und regungslos wie eine Eidechse an der Sonne, zu mehr traute er sich nicht, was ihr recht war, denn sie hätte den Gutmenschen nur ungern enttäuscht und zurückgewiesen.

In den letzten Wochen ihrer Ausbildung übernahm der Patriarch selbst die Betreuung. Sie erhielt Einblick in seine Gutachten für Gerichte, Versicherungen und Kunden, erlernte Verflechtungs- und Lötmethoden, die Anfertigung von Kettengliedern, wie man Gold schmilzt, schleudert oder sakrale Gegenstände restauriert. Er sprach nicht viel, ohne unhöflich zu wirken, beobachtete aber mit seinen Riesenaugen das, was sie tat, genau. *Vielleicht liegt die für alle spürbare Distanz an seiner elitären Abgehobenheit, am Bewegen in höchsten Kreisen, was ihn anderen gegenüber meilenweit entfernt fühlen lässt, kennt er doch nicht mehr deren Denken, Sorgen und Nöte.*

In dieser Phase fiel seine Frau wegen einer plötzlichen Operation aus, sodass Lilian im Verkauf einspringen und nach Geschäftsschluss noch Terminarbeiten in der Werkstatt erledigen musste. Eines nachts, als sie müde an der Werkbank den Magnetverschluss einer Halskette anfertigte, kam Comousin überraschend hinzu und fragte freundlich, woran sie noch so spät arbeite. Sie zeigte ihm die Verschlussvariante einer Halskette, die eine Kundin erbeten hatte, weil der übliche Mechanismus ihre steifen Finger überforderte. Er trat nah hinter sie, besah sich die Arbeit, umfasste dann unvermittelt ihre Brüste. Entsetzt wich sie aus, blickte in das von Gier verzerrte Gesicht des Mannes, der ihr bis dahin seriös und zurückhaltend erschienen war. Seine Mundwinkel waren herabgezogen, die übergroßen Pupillen Angst einflößend starr.

„Zier dich nicht so, ihr seid doch alle kleine Huren und wollt nur dasselbe“, herrschte er sie an. Die wie ein Fluch ausgestoßenen obszönen Worte verschlugen ihr die Sprache, sie sprang auf, die Fäuste geballt, stand unmittelbar vor dem massigen Körper, der ihr den Weg versperrte und roch den strengen Schweiß, der von ihm ausging. Grob packte er ihre Schultern und drückte sie mit dem Gesäß gegen das Holz. Machtlos fühlte sie sich, versuchte den Schmerz im Rücken zu ignorieren, in sich hinein zu schrumpfen, unwillkürlich den Kopf zu ducken. Alle Warnsignale schrillten, die Haut war kalt und feucht, Schweiß strömte in den Nacken, die Beine zitterten unkontrolliert.

„Komm mit nach oben, Lilian, es soll dein Schaden nicht sein. Hier,“ mit gönnerhafter Handbewegung wies er in Richtung der Schaufenster, „such aus, was dir gefällt. Bist außergewöhnlich hübsch, Mädchen, schön wie ein Diamant. Ich will Schmuck auf deinem nackten Körper glitzern sehen.“

In seiner Erregung redete er schnell, geriet fast außer Atem dabei, während Speichel aus den Mundwinkeln troff und über das Kinn rann.

„Gleich am ersten Tag hast du mich scharf gemacht“, schnaufte er, „da wollte ich dich schon, jetzt ist die Gelegenheit da.“

Er keuchte heftig, trat einen halben Schritt zurück, ließ die Schultern los und wartete auf ihre Reaktion. Sie sah, wie sich dunkle Flecken rasant unter den Achseln des blauen Hemds ausbreiteten, sein Bart roch nach nasser Wolle und ekelte sie an. Noch immer blieb sie stumm, brachte keine Entgegnung heraus, schockiert, so falsch hatte sie ihn eingeschätzt, für einen feinen Mann mit ebensolchen Manieren gehalten. Aber jetzt war es, als stünde ein wildes Tier vor ihr. Mit einer schnellen Drehbewegung gelang es, seitlich an ihm vorbeizukommen, die Werkstatt über den Hinterhof zu verlassen, die Treppe hinauf zu stürmen, mit zitternden Händen ihr Zimmer aufzuschließen, zu verriegeln, sich aufs Bett zu werfen und haltlos zu schluchzen. *Was war um Himmels willen nur in den Mann gefahren? Wie soll ich ihm am nächsten Tag gegenübertreten? So tun, als wäre nichts passiert? Wie wird er reagieren, es wieder versuchen? Kann ich unter den Umständen überhaupt noch bleiben? Was geschieht dann mit meinem Abschluss, den ich unbedingt benötige? Dringend muss ich mit Sebastian sprechen.* Die Nacht über machte sie kein Auge zu und erschien am nächsten Morgen völlig übermüdet zur Arbeit.

„Mein Gott, siehst wie ausgespuckt aus. Bist du krank?“, fragte Sebastian sofort, als er sie erblickte. Kaum hatte sie Gelegenheit, anzudeuten, was geschehen war, da rief Salentin Comousin die Belegschaft zusammen. Im dunkelblauen Maßanzug mit silberner Krawatte auf weißem Hemd, passendem Einstecktuch, Perlennadel und goldenen Manschettenknöpfen, so als hätte er ein Jubiläum. Bedeutungsschwere lag in der Luft, das spürte jeder, und dementsprechend gespannt hatten sich alle versammelt. Er sandte Lilian ein freundliches Lächeln, was sie ein wenig beruhigte, räusperte sich kurz, und erklärte dann mit erhobener Stimme, Lilian in der vergangenen Nacht beim Diebstahl eines Colliers, er zog ein extra teures Stück aus der Tasche und hielt es zum Beweis in die Höhe, überrascht zu haben.

Wie einen Stein warf er ihr die Anschuldigung an den Kopf.

„Es liegt nahe, dass sie auch für andere Diebstähle in letzter Zeit verantwortlich ist, aber das werden wir schwerlich nachweisen können. Ein einmaliges Vorkommnis in der erfolgreichen Geschichte unseres Unternehmens. In Anbetracht ihrer Mehrarbeit für die Firma, verzichte ich auf eine Strafanzeige unter der Bedingung, dass sie das Haus unverzüglich verlässt. „Gnade vor Recht walten zu lassen, war immer ein Comousin'scher Wahlspruch meiner Vorfahren, ein Beleg ihrer menschlichen Größe in der langen Historie. Aber ..." er ließ eine kunstvolle Pause folgen, „im Interesse meiner Kollegen werde ich dafür sorgen, dass die raffinierte Diebin in unserer Branche nie wieder eine Anstellung erhalten wird."

Ein Raunen ging durch die Reihen, ungläubige, bedauernde, aber auch schadenfrohe Blicke trafen sie wie glühende Pfeile. Sebastian protestierte laut, er lege die Hand für sie ins Feuer, bahnte sich den Weg zu ihm, wo ihn nur ein harter, eiskalter Blick traf. Comousin wäre nicht umzustimmen, das wurde jedem klar. Lilian hatte das Gefühl, vor Scham im Boden zu versinken. „Das ist nicht wahr", rief sie unter Tränen, „bitte, glaubt es nicht, ich habe noch spät an einer Kette gearbeitet, als er über mich ..." Sie kam nicht dazu, auszusprechen, weil zwei Gesellen sie auf seinen Wink hinauszerrten, ihr Zimmer nach gestohlenem Gut durchsuchten, so lange bei ihr blieben, bis sie gepackt hatte, um sie zum Bahnhof zu eskortieren.

Während der Zugfahrt nach Hause, wo sollte sie sonst so schnell unterkommen, verfluchte sie ihr Aussehen. Hatte es ihr bisher nicht nur Leid und Enttäuschung eingebracht? Erst Franz, dann Dirk und jetzt diese erbärmliche Kreatur in der Maske des seriösen Gentlemans. Als wenn es den Menschen und die Seele hinter ihrem Gesicht nicht gäbe. Mit der Arbeit war man zufrieden, sehr sogar, das hatten ihr Sebastian und die Patronin oft genug versichert. Wäre sie eine unansehnliche graue Maus, hätte sich das

Geschehen nie ereignet, auch nicht, wenn seine Frau dagewesen wäre. Was hatte sie jetzt in der Hand? Nichts, keinen Abschluss nach drei Jahren, kein Zeugnis, wie sie es verdient hätte, keine Referenz, nur den zweifelhaften Leumund einer Diebin. Wenn Comousin wahrmachte, was er angedroht hatte, und daran bestand kein Zweifel, war sie in der Branche *verbrannt*. Niemand würde sich eine Laus in den Pelz setzen, sie einstellen oder die Ausbildung beenden lassen, zumindest kein renommierter Betrieb.

„Hatte ich dir nicht prophezeit, dass du für nichts zu gebrauchen bist? Schämen muss man sich für dich, welch bodenlose Blamage. Was wolltest du von dem alten Mann, noch dazu von deinem Chef? Hast du Moral und Erziehung völlig vergessen? Ich fasse es nicht", zeterte ihre Mutter wie eine aufgebrachte Elster, kaum, dass Lilian das Haus betreten hatte.

„Der *noble* und alles andere als alte Mann wollte etwas von mir, während ich nachts noch an der Arbeit saß und seine Frau im Hospital lag. Weil ich mich wehrte, hat er mir den Diebstahlsversuch angehängt, um mich loszuwerden."

„Papperlapapp, du hattest schon immer Eigensinnigkeiten, die kein normaler Mensch verstehen konnte. Und jetzt, wo du dich wieder einmal in den Sumpf geritten hast, sind wir gut genug, dir Unterschlupf zu bieten und den Mund zu stopfen."

„Ich werde den Aufenthalt so kurz wie möglich halten."

„Leider bist du weder mir, noch deinem korrekten Vater nachgeschlagen, sondern Franz, dem unbeständigen Hallodri, der auch nichts zuwege bringt."

Lilian war nicht erpicht auf den bekannten Sermon und ging zum Vater ins Arbeitszimmer, der gerade Lieder fürs sonntägliche Orgelspiel zusammenstellte. Konzentriert folgten seine Augen dem Drahtseil der einzelnen Noten. Jedes Mal erstaunte sie die penible Ordnung, die auf seinem Schreibtisch herrschte. Kalender, Zigarrenetui, Aschenbecher, Schreibblock, Notenheft, gespitzte

Bleistifte in unveränderter Reihenfolge. Im Ledersessel saß er in der grauen, mit Zigarrenrauch gesättigten Weste, die er regelmäßig anzog, wenn er das Jackett ablegte, nur diesmal trug er sie über einem Wollpullover.

„Dir muss aber kalt sein, Papa", sagte sie amüsiert, „denkst sicher, du sitzt schon in der ungeheizten Kirche."

Sie gab ihm einen Kuss auf die Wange.

„Wie schön, dich zu sehen Lilian", empfing er sie, stand auf und drückte sie fest an sich. „Ich habe gehört, was in Köln geschehen ist."

„In Düsseldorf, Papa, ich war doch in Düsseldorf."

„Das meine ich ja", sagte er und sie bemerkte, wie gerührt er war, sie wiederzusehen. „Tröste dich Kind, Niederlagen sind dazu da, stärker zu werden. Du wirst deinen Weg machen, hab keine Sorge. Dem feinen Pinkel würde ich am liebsten ans Schienbein treten, aber gegen die da oben kommt man nicht an. Kannst es ja nicht beweisen, da bringt eine Klage nichts. Die Pseudoeliten glauben, sich einfach alles nehmen zu dürfen, haben überall ihre Golf- und Verbindungsfreunde sitzen, die ihnen aus der Patsche helfen. Bin froh, dass du wieder da bist. – War verdammt langweilig ohne dich und den Hund."

„Den Hund?", fragte sie erstaunt. „Meinst du die Hexe? Danach hatten wir doch keinen mehr."

„Äh, natürlich, entschuldige, ich dachte nur gerade an unsere schönen gemeinsamen Spaziergänge damals."

Alleine mit ihrem Vater durch den Wald zu laufen, das waren immer genussvolle Stunden, an die sie oft wehmütig zurückdachte. Mutter begleitete sie nie, sie mochte den Dackel nicht, und Wandern war auch nicht ihre Sache. Stundenlang redeten sie miteinander bei den Streifzügen durch dichtes Astwerk, Labyrinthe schmaler Pfade, undurchdringliches Gebüsch, sattes Wiesengrün, übersät mit Farbklecksen wilder Blumen und Düften zum Halluzinieren, kehrten mit geröteten Gesichtern zurück in die warme Stube. Bei keiner anderen Gelegenheit hatte sie sich ihm so nahe gefühlt, so befreiend ihr Herz ausschütten können und Verständnis gefunden, viel mehr als bei ihrer Mutter. Zuhause war Vater immer anders, schweigsam, geduckt unter dem dominierenden Schatten seiner Frau. Aber das lag Jahre zurück. Eigenartig, dass er sie gerade jetzt daran erinnerte.

Er hatte sich wieder seiner Tätigkeit zugewandt, als sei ihre Anwesenheit vergessen. „Ich sehe, du bist beschäftigt", verabschiedete sie sich, „ich störe dich nur dabei. Bis später!"

Am nächsten Morgen durchforstete sie gleich die Zeitung nach Stellenanzeigen; die Erstbeste würde sie nehmen, um wieder auf eigenen Füßen stehen zu können. Mutters Vorwürfe würden nicht enden, im Gegenteil, und darauf hatte sie jetzt am allerwenigsten Lust. Verschiedene Optionen strich sie an, um sie nacheinander zu kontaktieren. Als sie zum Mittagessen erschien, standen drei Gedecke auf dem Tisch. „Wieso drei? Hat Papa Urlaub?"

„Du interessierst dich ja nicht mehr für uns", fuhr ihre Mutter sie an, „hast keine Ahnung, was in der Zwischenzeit passiert ist. Albert ist dienstunfähig und bis zum Abschluss der Untersuchungen beurlaubt."

„Welche Untersuchungen?"

„Er ist fortschreitend dement, vergisst immer wieder Dinge, das geht in seiner Position natürlich nicht. Neulich habe ich überall die Butter gesucht, sie war im Backofen statt im Kühlschrank, gestern wusste er nicht mehr, wo das Auto geparkt war." Mit dem Taschentuch wischte sie Tränen aus den Augenwinkeln.

„Wer weiß, wie alles weitergeht? Im Moment genießt er die Freizeit, die er nie hatte und fühlt sich kerngesund."

Lilian war bleich geworden, ihr Vater auf dem Weg zur Demenz, furchtbar, etwas, das sie sich überhaupt nicht vorstellen konnte. Krank war er eigentlich nie, alt und konservativ hatte sie ihn stets empfunden mit seinen eingefahrenen Ritualen und grauen Anzügen. „Er ist erst Anfang sechzig", murmelte sie erschrocken, „da muss man doch etwas tun können."

„Das ist leider keine Frage des Alters, wie mir sein Arzt erklärte. Immer Jüngere erkranken daran. Wir können nur hoffen, dass es ein möglichst langsamer Prozess werden wird."

Unter anderem suchte das Frankfurter Opernhaus Hilfskräfte für den Theaterfundus, bevorzugt: Näher, Schneider oder Goldschmiede. Sie bewarb sich, schilderte die Umstände ihrer nicht vollendeten Ausbildung und erhielt die Stelle.

„Hilfskraft am Theater, welch ein Abstieg, ich will mir gar nicht ausmalen, wo du einmal endest. Haben wir nicht alles getan, um dir den besten Start zu ermöglichen? Was sollen nur die Leute denken?", lamentierte ihre Mutter.

Drei Wochen überbrückte Lilian zuhause unter vorwurfsvoller Berieselung, bis sie die Arbeit aufnehmen und ein spartanisches Zimmer in Frankfurt beziehen konnte, dessen Heizung nicht funktionierte; Winternächte wie in der Tiefkühltruhe. Viel verdiente sie nicht, kam gerade über die Runden, hatte aber etwas Kostbares, ihre Freiheit. Zuständig für die Schmuckstücke der Sänger und Schauspieler, den Glanz an Roben und Gewändern, war im reichhaltigen Theaterfundus immer etwas auszubessern – Strass statt Diamanten. Auch wenn es nicht das beruflich Erträumte war, machte die Arbeit Spaß, die Atmosphäre gefiel ihr. Die Klänge aus den Übungsräumen, das Knisternde, das ansteckende Lampenfieber, die unterschiedlichen Künstlertypen, alles live einschließlich Pannen, Ovationen, Hysterien, Trösten nach Verriss. An freien Abenden verfolgte sie die Vorführungen, fasziniert von der Verzauberung ihrer Kollegen, die plötzlich zu anderen Menschen wurden, zu Helden, Clowns, lasziven Kurtisanen, Halunken oder am Leben Gescheiterten.

Silvester Remondo, der lyrische Tenor, machte ihr emsig den Hof. Sie mochte den sensiblen Sänger mit italienischen Wurzeln, der neben Operettenpartien auch die Rolle des Belmonte in Mozarts ‚*Entführung aus dem Serail*' sang und reichlich Lob dafür erhielt, als sympathischen Kollegen. Hartnäckig umwarb er sie, ihr gefiel seine Gesellschaft, aber als Liebhaber kam er nicht infrage. Selbst seine Ständchen, die er leicht alkoholisiert, nachts vor ihrem Fenster darbot und sich den Ärger der Mieter zuzog, konnten sie nicht erweichen. Erst eine Anzeige wegen nächtlicher Ruhestörung vermochte seine Liebesglut abzukühlen.

Oft reichte das Geld nicht bis zum Monatsende. Im hungrigen Zustand ließ sie etwas mitgehen, Brot, ein Päckchen Käse, Wurst oder Kaffee, den sie irgendwo versteckte. Nie zuvor hatte sie das getan. Bevor sie die Kasse passieren konnte, starb sie vor Aufregung mehrere Tode, aber mit der Zeit ließ das flatternde Angstgefühl nach. Sie wurde mutiger, steckte jetzt auch Kosmetika ein, Sekt, T-Shirts, Jogginghosen, die sie nach dem Anprobieren frech unter ihren Jeans hinausschmuggelte. Man erwischte sie nicht. War es anfangs Not, die sie zu Lebensmitteln greifen ließ, entwickelte sich bald ein unbezwingbarer Reiz zum Stehlen. Sie musste sich ihr besonderes Geschick beweisen, ging raffinierter zu Werke, wechselte die heimgesuchten Geschäfte, erschien mal in natürlichem Schwarz, mit buntem Hut oder blonder Echthaar-Perücke, die sie kaltschnäuzig unter ihrem BH aus einem Laden exportiert hatte. Der Drang, öfter zuzugreifen, verstärkte sich, meist wahllos bei Gegenständen, die sie überhaupt nicht gebrauchen konnte und nachher an Rosie oder Kolleginnen verschenkte.

Sie fühlte sich gut dabei, ungeheuer gut, schaltete ihr Gewissen aus, was ihr hier seltsamerweise gelang, empfand die Befriedigung wie einen Rausch, als Ersatz für den Entzug von Liebe, fehlende Anerkennung ihrer Mutter, als gerechten Ausgleich für Comousins falsche Verdächtigung. Jetzt war sie tatsächlich eine Diebin, stahl ohne Reue und bewunderte ihr kleptomanisches Talent. Nachts träumte sie von spektakulären Raubzügen, von denen sie einige später wirklich verübte. Nur der reizvollste im Hause Comousin blieb ein Wunschtraum. Ein paarmal hätte sie der Versuchung fast nachgegeben, welch innerer Triumph, welche Satisfaktion wäre das geworden.

Das Geschäft, das sie gerade betrat, war piekfein eingerichtet, die Ware exklusiv, nie zuvor hatte Lilian es aufgesucht. Sie sah sich um, nahm lässig einige Artikel in die Hand, legte sie wieder zurück. Bevor sie nach der Jacke aus feinstem Veloursleder griff, die ihr sofort aufgefallen war, sah sie sich vorsichtig um. Keine Kamera, keine Verkäuferin in unmittelbarer Nähe. In der Umkleide löste sie den Warensicherungsknopf, zog die Jacke unter ihrem glockenförmigen Mantel an und verließ die Kabine mit langsamen Schritten. Ihre Hände zitterten, als sie sich dem Eingang näherte. Was war anders heute, wo blieb die gewohnte Souveränität? Hatte sie genügend Vorsicht walten lassen? Kaum außerhalb des Geschäfts, hörte sie eine scharfe Stimme im Rücken: „Halt! Sofort stehen bleiben!" Erschrocken sah sie sich um, ein untersetzter Mann kam gestikulierend hinter ihr her und schrie etwas von dreister Diebin. Sie eilte weiter, begann zu laufen, schneller, hätte gerne die Straßenseite gewechselt, aber der Abendverkehr war so dicht, dass sich keine Lücke zeigte. Sie verschärfte das Tempo, rannte, als wollte sie vom Boden abheben, aber der Kerl ließ sich nicht abschütteln. Passanten wurden durch das Geschrei aufmerksam, blieben verblüfft stehen, zögerten aber, sie festzuhalten. Das hätte ihr gerade noch gefehlt.

Er holte auf, sie spürte seine Nähe förmlich im Nacken. Du darfst nicht langsamer werden, spornte sie sich an, kam aber auf dem belebten Weg nicht so voran, wie sie wollte. Schweiß brach unter der dicken Bekleidung aus. Immer wieder musste sie Entgegenkommenden ausweichen. *Was passiert, wenn ich überführt werde, wenn es zur Anzeige kommt und ich die Stelle verliere? Welche Demütigung.* Noch ein Mal beschleunigen, sie musste sich an einer Gruppe Jugendlicher, die den kompletten Bürgersteig beanspruchte, vorbeischlängeln, stolperte, wäre um ein Haar gefallen, konnte sich nur im letzten Moment fangen. Ihr Atem ging so schnell, dass sie es laut pfeifen hörte, Seitenstiche quälten sie schmerzhaft, ein flaues Gefühl arbeitete sich aus dem Magen hoch. Lange würde sie es nicht mehr durchstehen. Jetzt war das Keuchen unmittelbar hinter ihr. *Wo hat der Mann nur die Kondition her?* „Bleiben Sie endlich stehen!", stieß er atemlos hervor, als er sie fast eingeholt hatte und mit der Hand nach ihr langte. Aber er bekam nur die Haare zu fassen, strauchelte und fiel mit der Perücke in den Fingern zu Boden.

Jetzt gelang es ihr, zu entkommen, in ein nahes Lokal zu flüchten, wo sie sich völlig ausgepumpt auf der Toilette einschloss. Alles tanzte vor ihren Augen, ein wilder Reigen farbiger Punkte, Konfetti gleich, stoßweise pfiff ihr Atem. War die Gefahr vorüber? Spürte er sie selbst hier noch auf? Nur langsam kam sie zu Kräften, trocknete die nasse Stirn, wartete fast eine Viertelstunde, bevor sie sich hinaustraute und vorsichtig umsah. Die Jacke war in einer Tasche verstaut. Außer zwei Männern an der Theke und einem älteren Paar beim Essen, hielt sich niemand in der Gaststube auf. Keiner nahm Notiz von ihr. Sie setzte sich an einen Tisch, bestellte Kaffee und überlegte fieberhaft. *Ihr Verfolger war der Hausdetektiv. Was, wenn er Hilfe herbeigerufen hat, die Straße überwachen lässt, mich wiedererkennt, wenn ich das Lokal verlasse? Sollte ich die Tasche mit der Jacke einfach stehen lassen und später abholen? Was, wenn sie dann nicht mehr da wäre, dreist von jemandem mitgenommen, der nicht meine Qualen durchlebt hat?*

„Wollen Sie nicht Ihren Mantel ablegen?", durchbrach eine markante Männerstimme plötzlich ihre Gedanken. Sie zuckte wie unter einem Schlag zusammen, blickte erschrocken hoch, aber es war nur der Kellner, der den Kaffee brachte. „Danke, es lohnt nicht, ich bleibe nur kurz", antwortete sie erleichtert mit bebender Stimme.

- Joris -

Um sieben Uhr morgens lag das Schiff im Hafen von Civitavecchia. Er hatte einen Ausflug nach Rom gebucht, in der sicheren Erwartung, dass auch sie sich dafür entscheiden würde; schließlich sollte man sich den Besuch der ewigen Stadt keinesfalls entgehen lassen. Udo und Sybille Bonnet begleiteten ihn. Mathilde verzichtete auf die Fahrt, Rom habe sie schon einige Male gesehen und, falls sie noch einmal dort aufschlage, dann nur mit einer Einladung zur Papstaudienz in der Tasche. Das war typisch für ihren trockenen Humor. Sicher freute sie sich auf einen entspannten Tag bei einigen Cocktails, ohne der Kontrolle ihrer Kinder ausgesetzt zu sein. Eine Stunde sollte die Fahrt durchs weitläufige Hafengelände bis ins Zentrum Roms dauern. Mit den Bonnets stieg er als erster in den Bus, sodass er gut verfolgen konnte, wer die Mitreisenden waren. Nach und nach trafen sie ein, sommerlich gekleidet, mit Sonnenbrillen und Regenjacken ausgestattet, vereinzelt gar Schirmen, denn der Nordeuropäer ist ein Pessimist, der sich schwertut, an die Gnade ganztägiger Sonne zu glauben.

Bald waren die Plätze belegt, bis auf den neben ihm und zwei weitere im Fond. Nur die Dame, die er sehnlichst erwartete, erschien nicht. Enttäuschung kam auf. Hatte er falsch kalkuliert? Schon wollte die Lust an der Stadtbesichtigung schwinden, da kam sie doch, im schicken, trägerlosen, schwarzen Leinenkleid mit elegantem blutrotem Hut. Einem äußerst attraktiven Teil, keinem von der Stange, das sah er sofort. Schließlich war der Blick durch die reiche Hutkollektion seiner Mutter geschult. Langsam bahnte sie sich den Weg durch den Gang. Als sie näherkam, hielt er fast den Atem an und drückte sich eng ans Fenster, aber der innige Wunsch, sie möge den freien Platz neben ihm einnehmen, erfüllte sich nicht. Sie verschwand irgendwo im Heck des Wagens, wo er sie nicht einmal sehen konnte.

Stattdessen stöckelte eine aufgetakelte Blondine darauf zu und nebelte ihn mit Parfum ein, das ihn fast narkotisierte. Es wäre zu ertragen gewesen, wenn sie nicht auch noch ihren Dauerkommentar über ihn ergossen hätte. Wie irre sie sich auf Rom freue, was sie einkaufen wolle und wie sehr die Italiener mit ihrer Vorliebe für blonde Frauen sie sicher bedrängen würden. Die ganze Fahrt über streute sie ihre privaten Petitessen für jeden hörbar, wie Vogelfutter aus. Lore Ley heiße sie, ließ sie ihn stolz wissen, und er wollte nicht glauben, dass es kein Scherz ist. Was hatten sich die Eltern nur dabei gedacht? Gegen seinen Willen erfuhr er, dass sie abgöttisch geliebt werde vom wohlhabenden Freund, der seine Partnerin auf der Stelle wegen ihr verlassen habe und sie zuhause eine gigantische Sammlung von Stilettos pflege, was auch immer das sein mochte. Nicht den Hauch einer Chance, aus dem Fenster zu schauen, ließ man ihm, denn sie beugte sich während des unermüdlichen Redeschwalls nicht nur vor, sondern auch zur Seite, um seinen Blick wie ein Hypnotiseur einzufangen. Dadurch war er gezwungen, ihr ins Gesicht zu schauen, die Haut glatt und glänzend wie eine Kuchenglasur, was nur minderes Vergnügen bereitete. Ob sie schon einmal in Italien gewesen sei, fragte er, nur um auch etwas zu sagen und nicht unhöflich zu erscheinen. „Einmal, in Venedig, es hat geregnet, fürchterlich gestunken, und mein *Spanisch* verstanden sie nicht einmal." Dabei schlug sie die Beine langsam übereinander, eine einstudierte Geste der Laszivität?

Wie alt mochte sie sein? Ihr Alter war schwer einzuschätzen, er vermutete Vierzig, und dass sie viel Zeit und Mühe darauf verwandte, jünger zu wirken. Ihn quälte der Gedanke, sie schon einmal gesehen zu haben, nur wo sollte das gewesen sein? Vieles an ihr, nicht nur die aufgesetzte Sprache bei redundantem Wortschatz, wirkte unnatürlich. Sie hatte sich zur Karikatur gewöhnlicher Männerfantasien aufspritzen lassen, und auch die wie feuerbereite Geschütze nach vorne ragenden Brüste, die trotz ihrer Schwere den Gesetzen der Erdanziehung nicht folgen wollten, mussten künstlich geschaffen sein.

Endlich erreichten sie das Ziel, der Bus hielt beim Bahnhof *Roma Termini*, nahe der gleichnamigen U-Bahn-Station, von wo aus Sehenswürdigkeiten wie Kolosseum, Spanische Treppe, Pantheon, Vatikanstadt und weitere in wenigen Minuten erreichbar waren. Joris wartete, bis die Unterhaltungsdame ausgestiegen war, erhob sich dann und wankte benebelt hinaus.

„Wenn Sie nicht ein nettes Gespräch hatten, dann weiß ich es wirklich nicht", vernahm er einen süffisanten Kommentar hinter sich. Überrascht drehte er sich um; die Bemerkung kam von ihr, der Schönen, zum ersten Mal hörte er ihre Stimme, wie angenehm klang sie nach dem schrillen Diskant, der gerade seine Ohren malträtiert hatte. Ein belustigter, leicht verächtlicher Zug spielte um ihren Mund. Ehe er nach passenden Worten ringen konnte, war sie ausgestiegen und zielstrebig in eine der belebten Straßen eingebogen. Er sah ihr nach, so lange bis der Menschenpulk sie verschluckt hatte. Nur der wippende rote Hut tauchte hin und wieder in den Lücken zwischen den Köpfen auf und verriet ihren forschen Schritt. „Da gibt es sicher einen Liebhaber in Rom, so eilig, wie sie es hat", gab Udo, maliziös grinsend, zu bedenken, dem weder Joris' Unruhe, noch sein Interesse an der Blonden entgangen war. Kameradschaftlich klopfte er ihm auf die Schulter. Sonja warf ihm einen strafenden Blick zu.

Die Worte verursachten Joris ein unangenehmes Ziehen in der Magengegend. Den Erläuterungen des Stadtführers konnte er von da an nur noch unkonzentriert folgen. Quälend trat ihm das Bild vor Augen, sie in den Armen eines italienischen Gigolos mit pomadeglänzendem Haar und goldener Halskette, hemmungslos küssend. Bei jeder besuchten Stätte blickte er sich um, suchte in der Touristenmenge nach ihr, ohne sie jedoch zu entdecken. Sie schien sich nicht für die Schönheiten Roms zu interessieren, das stand jedenfalls fest. Am Trevi-Brunnen, umringt von Touristen, warf er nach altem Brauch Münzen über die Schulter, verknüpft mit dem ebenso kühnen wie törichten Wunsch, der heimlich Verehrten näherzukommen, Interesse an ihm zu wecken. Freie Gedanken, mit zarten Lippenbewegungen angedeutet, die gottlob keiner Zensur unterlagen, aber so unrealistisch erschienen, wie Schneefall in der Sahara.

Gegen Abend kehrten sie müde von den Besichtigungen zurück, so spät, dass die Gäste am Nachbartisch ihr Essen schon beendet hatten und die Schöne allein dort sitzen musste. Mathilde, die schon ungeduldig auf ihre Tischgesellschaft gewartet hatte, beugte sich lächelnd zu ihr hinüber mit dem Vorschlag, an ihrem Tisch Platz zu nehmen, allein schmecke es doch nur halb so gut. Alle würden sich außerordentlich freuen. Dabei blinzelte sie zu Joris hinüber, dem das Herz in freudigem Schreck förmlich in die Schuhe rutschte. *Mathilde, du raffinierte Kupplerin.* Das freundliche Angebot konnte sie schlecht ablehnen, ein fünfter Stuhl wurde herangerückt.

„Lilian Busch", stellte sie sich vor, lächelte knapp und setzte sich zu ihnen, während Mathilde sie mit allen am Tisch bekannt machte. *Lilian, was für ein zauberhafter Name.* Falls Joris hoffte, ein paar Sätze mit ihr wechseln zu können, sah er sich getäuscht, denn Mathilde übernahm die Konversation und ließ kaum Raum für irgendwelche Zwischenbemerkungen. Sie fragte nach ihren Eindrücken von Rom, erzählte von ihren früheren Besuchen, während er sich wie auf einem Schleudersitz fühlte.

Das Gespräch plätscherte mit Belanglosigkeiten dahin, bis ein Paar sehr spät den Speisesaal betrat, Lilian im Gespräch innehielt und offensichtlich ihr Gesicht zu verdecken suchte. Als Joris sich umwandte, war er nicht wenig erstaunt, Lore Ley, die Nervensäge der Hinfahrt, am Arm von Arthur Seidelbach, dem wenig geschätzten Heiler, zu erblicken. Erhobenen Hauptes und mit großen selbstgefälligen Schritten führte er sie zu einem Tisch im hinteren

Teil des Saals direkt unter einem gigantischen Kristallleuchter, das Kinn hochgereckt, als würde ihm das Schiff gehören. Unverkennbar die arrogante Attitüde, mit der er den Blick über die Köpfe gleiten ließ und die hinterhältig wirkende Waschbärenphysiognomie. *Dann habe ich mich im Hafen von Ajaccio doch nicht getäuscht, Seidelbach gehört als Fahrgast zum selben Schiff.* Jetzt fiel ihm auch wieder ein, wo er Lore Ley gesehen hatte, damals, als seine Begleitung. Seidelbach war also Lores vermögender Partner, der sie angeblich abgöttisch liebte und die bisherige Freundin ins Abseits befördert hatte. Die würde er allzu gerne kennenlernen, dachte er; wenn Lore Ley eine Verbesserung sein sollte, wie musste dann erst die Vorgängerin ausgesehen haben? Sie repräsentierten ein Paar, das einem reiche Fantasie abverlangte, um sich Übereinstimmung und Harmonie vorstellen zu können.

Mathilde überspielte das plötzliche Stocken, ohne ihre Rede zu unterbrechen.

„Wissen Sie, in Ihrem Alter war ich noch angepasst und der Meinung, es allen anderen Recht machen zu müssen. Ich habe mich vor ihnen geduckt, war nicht selbstbewusst genug. Aber das kommt schon lange nicht mehr infrage."

Schmunzelnd fuhr sie fort: „Das Einzige, was mich heute daran hindert, mein Leben so zu leben, wie ich es möchte, ... ist das Strafgesetzbuch."

Das brachte alle zum Lachen und Mathilde meinte, während sie sich Tränen aus den Augen wischte: „Nichts macht doch gesünder, als sich krankzulachen, oder?" Sie scheint immer cooler gewesen zu sein, als die Zeit, in der sie lebte, dachte Joris.

„Übrigens, der Mann, der Sie nicht entdecken sollte", wand sie sich Frau Busch zu, „gefällt mir gar nicht. Pardon, dass ich das so unverblümt sage, ich spreche immer aus, was ich denke. Der geht nicht nett mit Frauen um, das ist einer von den Typen, die man erst richtig kennenlernt, wenn sie was geworden sind, wenn sie glauben, reüssiert zu haben, Macht zu besitzen. In Madagaskar sagen die Leute: ‚*Je höher der Affe klettert, desto mehr zeigt er uns seinen Hintern.*' Er erinnert mich an unseren damaligen Verwalter, einen hinterhältigen Kerl, der an zwei Tagen auch mehr schaffte, als an einem und irgendwann glaubte, die Farm gehöre ihm. Mein Mann hat ihn achtkantig rausgeworfen. Wie hieß er noch schnell? Gerrits oder so ähnlich? Weißt du seinen Namen, Udo?"

„Gilbert, soweit ich mich erinnere."

„Ach ja, so hieß er; ist es nicht schlimm, dass man so viel vergisst? Ich fürchte, die Verkalkung kündigt sich bei mir an, meine Liebe." Mahnend hob sie den Zeigefinger und nahm einen kräftigen Schluck, als wollte sie das Problem auf diese Weise fortspülen.

„Mal vergesse ich was, dann fällt es mir wieder ein, um mich bald darauf nicht mehr daran zu erinnern. Ein dauerndes Wechselspiel. Das ist wie *kognitives Ein- und Ausatmen*."

Es erinnerte Lilian schmerzlich an den Zustand ihres Vaters, ob er sich inzwischen verschlechtert hatte? „Ich bin Ihnen wohl eine Erklärung schuldig für mein plötzliches Abtauchen", sagte die Schöne, und die Stimme bekam eine rauchig dunkle Färbung. „Ihre Einschätzung der Person, die mich nicht sehen sollte, trifft ins Schwarze. Ich bewundere Ihre Intuition Frau Bonnet."

„Keineswegs sind Sie uns was schuldig, meine Liebe. Sie mochten von dem Mann nicht gesehen werden, was ich an Ihrer Stelle auch nicht gewollt hätte, so einfach ist das. Und jetzt genug davon. Sie sind sehr hübsch, besitzen Stil und Energie, das habe ich gleich gesehen, allen Grund also, den Kopf hoch zu tragen. Zeigen Sie ihm Ihre Souveränität im Vorbeigehen, ducken Sie sich nicht, genießen Sie das Gefühl wie 'ne Brise Zimt auf dem Cappuccino. Wir sind sehr froh, Ihre Bekanntschaft gemacht zu haben."

„Danke, ganz meinerseits", antwortete sie mit bemühtem Lächeln, „ich werde Ihren Rat beherzigen. Darf ich mich jetzt entschuldigen, ich erwarte noch einen wichtigen Anruf."

Die Herren standen auf, Frau Busch wünschte einen schönen Abend und entfernte sich. Joris war, als hätte er eine Fata-Morgana erlebt, sie war da und doch nicht, verschwunden wie ein Phantom. Konnte sie ihn überhaupt wahrgenommen haben, so intensiv wie Mathilde sie ins Gespräch verwickelt hatte? Doch, einmal galt ihm ein Lächeln, nach dem einzigen Kommentar, der ihm trotz Mathildes Dauerbeschallung abzugeben gelungen war. Hatte sie registriert, dass er solo hier war? Zwar war erwähnt worden, dass er ihrem Tisch zugeteilt wurde, ebenso wie Frau Busch dem ihren, aber auch wirklich zu ihr durchgedrungen? Was hatte es mit Seidelbach und seiner Begleitung auf sich? Den Kerl hier zu wissen, konnte ihm glatt die Urlaubslaune verderben. Frau Busch schien ihn jedenfalls zu kennen, wollte aber nicht von ihm gesehen werden. Was bedeutete das? Und wo hatte sie sich den ganzen Tag in Rom aufgehalten, doch wohl nicht bei ihm? Alles interessierte ihn an dieser Frau. Ob er es je erfahren würde.

Nach dem Essen hatte er ganz gegen seine Gewohnheit mit Udo und Mathilde draußen in der Alsterbar gesessen, über die geheimnisvolle Schöne und das seltsame Therapeutenpaar geredet, zu viele Gin-Fizz getrunken, deren Auswirkungen erst jetzt am Morgen in voller Wucht spürbar waren. Er drehte sich auf den Rücken und legte ein weiteres Kissen unter den Kopf. Der hochprozentige Abend war erst gegen zwei Uhr nachts beendet worden, Sonja mit Migräne früh zu Bett gegangen, von Mathilde verständnislos kommentiert: „In deinem Alter kannte ich den Begriff nicht mal, geschweige denn, dass ich sowas gehabt hätte. Du trinkst zu wenig."

Es hatte stärkeren Seegang gegeben, so dass er erstmals ein leichtes Schwanken und Zittern wahrgenommen hatte, dazwischen Geräusche wie ein Seufzen, als teile das Schiff seine Liebesmelancholie. Nachmittags hatte der Kapitän bereits verlauten lassen, dass die Wellen ein paar Meter hoch werden würden. Worüber hatten sie noch geredet? Über Mathilde, sie schien in der Tat kein braves Mädchen gewesen zu sein, wie sich sein dröhnender Kopf zu erinnern versuchte. Was hatte sie ihnen zur großen Verwunderung erzählt?

„Es gab ein paar Dinge, für die ich mich heute vielleicht schämen müsste, aber aus welchem Grund, frage ich? Pourqoi? Meine Freundin Magda servierte während der Nachkriegsjahre in einem amerikanischen Offizierskasino. Nette Kerle, sage ich euch, manchmal betrunken, aber sonst in Ordnung. ‚Komm doch mit, ein bisschen servieren, tanzen und flirten', animierte sie mich, ‚da springt immer was bei raus, Kaugummi, Kaffee, Zigaretten'. Ich war ein paarmal zum Feiern da, die Meisten von ihnen lernte ich kennen, Spaß machte es. Eines Abends wollten sie, dass wir nackt auf den Tischen tanzen. Es war spät, und sie hatten schon etliches getrunken."

„Sie haben es nicht getan?"

„Natürlich haben wir es."

„Sie sind gezwungen worden?"

„Keineswegs, wir taten es freiwillig, nur anschauen selbstverständlich, kein Anfassen, nichts weiter. Ich hatte einen verdammt schönen Körper, junger Mann, auch wenn man das heute nicht mehr glauben kann bei den vielen Rettungsringen, warum sollte ich den nicht zeigen?" Sie seufzte laut bei der Erinnerung, ihre Augen bekamen einen verträumten Glanz. „Marga war zweiundzwanzig, ich neunzehn damals und fand's aufregend, verdammt prickelnd, mich allen zu zeigen. Meine Eltern hätte sofort der Schlag getroffen, wenn sie es gewusst hätten. Für die Amis waren wir wie Leinwandstars, so ausgehungert haben die uns angeschmachtet, Blicke, die unsere Körper wie zarte Hände streichelten. Strümpfe, Whiskey und Zigaretten kriegten wir dafür."

Sie nahm einen großen Schluck aus dem Glas und blickte beide herausfordernd an. „War das etwa ehrenrührig, wo selbst auf Kirchengemälden die meisten nackt abgebildet sind? Wir sahen jedenfalls besser aus, bedeutend besser."

Gelacht hatte sie dabei, ein fliegendes Lachen, so heftig, dass ihr Körper zitterte, als stünde er unter Strom. Wieder griff sie zum Glas und sinnierte:

„Was bleibt, wenn der sehnlichste Wunsch, noch einmal jung zu sein, unerfüllbar ist, wenn das Gift des Alterns in den Adern fließt, die Cellulitis die Makellosigkeit befällt wie Mehltau die Trauben? Nur noch der Genuss. Aber manchmal fühle ich mich immer noch wie ein junges Mädchen mit Sternen in den Augen.

Deshalb packen Sie das Leben am Schopf junger Mann, ergreifen Sie die Chance mit der Schönen am Nachbartisch, alles geht so schnell vorbei, das Paradies ist nur geliehen, und die verpassten Gelegenheiten schmerzen später am allermeisten. Es lohnt sich immer, für eine Liebe zu kämpfen, auch wenn sie nicht erwidert wird."

Joris reckte sich schlaftrunken im Bett und begann zu rechnen, wenn sie damals neunzehn war, musste Mathilde heute über achtzig sein, ein resoluter, origineller, unerschütterlicher Freigeist, der sein Alter regelrecht weglachte. An ihren lebenserfahrenen Rat würde er sich halten.

Der Anblick hinaus auf den Hafen des ligurischen La Spezia am Golfo dei Poeti war in deprimierender Weise betongrau, das mitleidlos kalte Meer dunkel und farblos, darüber ließ ein wolkenschwerer perlgrauer Himmel mit leichtem Regen wenig Ausflugslust aufkommen. Eigentlich wollte er Pisa und den schiefen Turm besuchen, entschloss sich aber angesichts des Brummschädels, es beim Besuch der historischen Altstadt von La Spezia bewenden zu lassen. Wie eine Fügung empfand er es daher, in einer der verwinkelten, kopfsteingepflasterten Gassen plötzlich Lilian zu entdecken, vertieft in die Auslagen eines kleinen Lädchens. Unwillkürlich verlangsamte er den Schritt und beobachtete sie im Blickschutz eines Häuservorsprungs. Sie trug pinkfarbene Shorts, ein helles Stretchtop mit zartem Muster, das er aus der Entfernung nicht erkennen konnte und weiße Chucks. Das blonde Haar war zusammengesteckt, die Sonnenbrille keck darauf geschoben. Der Anblick ihrer grazilen Erscheinung umschmeichelte seine Augen. Sie strahlte etwas ungeheuer Begehrenswertes aus.

Mit allen Sinnen wünschte er sich die Zuwendung eines Menschen, einen weichen Frauenkörper unter seinen Händen. Der Schmerz über diesen Mangel fraß in seinem Inneren und bereitete ihm fast perverses Vergnügen unerfüllten Verlangens. Im selben Maße, wie er es haben wollte, war er süchtig nach dem Verzicht. Öfter hatte er sich in Erinnerung rufen müssen, wie es überhaupt war, Sex gehabt zu haben. Während er den Gedanken nachhing, war sie langsam weitergegangen, ihr Gang hatte etwas leichtfüßig Schwebendes, Sinnliches, das ihn faszinierte. Stundenlang hätte er ihren Bewegungen zusehen können, beobachten, wie der Wind sich in ihren Haaren versteckt und mit ihnen spielt. Er löste sich aus seinem Beobachtungswinkel, kam zu dem kleinen Geschäft, vor dessen Auslagen sie eben noch verharrt hatte. Wenn er dort Mode erwartet hatte, war er überrascht, Spielsachen vorzufinden. Was mochte sie wohl so interessiert betrachtet haben? Puppen, Stofftiere oder Miniaturen des schiefen Turms, die es in Hülle und Fülle gab?

Aus unerklärlichem Impuls betrat er das Geschäft, dessen niedrige Decke jeden zu devoter Kopfhaltung zwang, stöberte wahllos in Kisten und entschied sich wie unter Zwang für eine Schneekugel, in der zwei Kinder vor winterlicher Kulisse die Hände nach Schneeflocken ausstreckten. *Wie ist es um meinen Verstand bestellt, mitten im Sommer ausgerechnet in Italien ein solches Ding zu kaufen, wo es am allerwenigsten zu vermuten war?* „Wollten Sie so etwas geschenkt bekommen?“, sprach er die Verkäuferin an. „Keinesfalls“, war ihre eindeutige Antwort, die sie mit Kopfschütteln bekräftigte. Als er den Laden verließ, entdeckte er sie wieder, nicht weit entfernt vor dem Fenster eines Cafés. Jetzt beschleunigte er seinen Schritt. Skulpturen, Artefakte aus Teig, Zucker und Schokolade türmten sich dort; ein verführerischer Duft von Gebackenem und Kaffee entströmte der offenen Tür.

„Guten Morgen, schon so früh auf Einkaufstour?", sprach er sie an. *Etwas Gescheiteres konnte mir wohl nicht einfallen? Warum bin ich in diesen Dingen nur so unbeholfen?* Sie drehte sich um, grüßte knapp und meinte mit dem spöttischen Zug um den Mund, den er schon kannte:

„Im Gegensatz zu mir, waren Sie bereits erfolgreich, wie ich an der Tüte sehe."

„Die ist ... nicht für mich, also ... ich ... hm ... wollte sie Ihnen schenken", stotterte er. Es kam völlig ungeplant aus ihm heraus. *Noch plumper hätte ich mich kaum anstellen können.* „Sehr freundlich", sagte sie kühl und blickte ihn an wie ein exotisches Tier im Zoo. „Dafür gibt es keinen Anlass. Ich wünsche Ihnen noch einen schönen Tag." Sie ließ ihn stehen und ging weiter. Als er sie eingeholt hatte, schritt sie schneller voran, aber er hielt sie am Arm fest.

„Entschuldigen Sie, es muss wie ein Überfall wirken, aber als ich Sie eben vor dem Spielzeugladen stehen sah, habe ich einfach raten müssen, woran sie gedacht haben. Es ist nur ein Scherz in der Tüte, aber sagen Sie mir bitte, ob ich damit vielleicht richtiggelegen habe. Darf ich Sie zu einem Kaffee einladen?"

Jetzt schaute sie ihn genauer an. „Ich kenne Sie doch, haben wir nicht gestern Abend zusammen am Tisch gesessen?"

„Natürlich", atmete er auf, „Sie waren in so intensiver Unterhaltung mit Frau Bonnet, dass Sie sich kaum an andere Gesichter erinnern können. Machen Sie mir die Freude, es sei denn, Sie haben es so eilig wie in Rom?"

Er bemerkte ein kurzes Aufblitzen in ihren Augen. Sie strahlte Koketterie, etwas Unberechenbares und ungeheuer Sinnliches aus. „Dann waren Sie es auch, der die überaus geistreiche Konversation mit der blonden Schönheit genießen durfte?"

„In der Tat, ich bin noch immer überwältigt."

Ein kurzes Schmunzeln zog über ihr Gesicht. „Kann ich mir vorstellen, das erlebt man nicht jeden Tag. Wir haben zwar alle denselben Himmel, aber noch lange nicht denselben Horizont."

„Sie mögen sie nicht?“

„Wissen Sie, diese Art von Damen, die um jeden Preis glamourös wirken wollen, kommen bei Frauen nicht so gut an. Weil wir spüren, dass sie es auf Männer abgesehen haben, und die es sich vorstellen, mit ihnen zusammen zu sein. Macht sie Ihnen etwa ... Appetit?“

„Gott bewahre.“

Joris hätte gerne mehr dazu bemerkt, aber sein Kopf wirkte wie paralysiert.

„Gut, Sie haben mich überredet, ich nehme einen Latte macchiato“, hörte er ihre Stimme wie von Ferne und spürte seinen beschleunigten Herzschlag. Sie wählten einen kleinen runden Tisch mit durchbrochener weißer Tischdecke, ideal für zwei Personen. Einrichtung und Bestuhlung ähnelten der traditioneller Wiener Cafés. Vielleicht ist der Chef Österreicher, dachte Joris. Er bestellte zwei Croissants zum Kaffee und fragte, wie ihr die Reise gefalle.

„Ausgezeichnet, ich fühle mich pudelwohl auf dem Schiff“, antwortete sie mit eiligen Worten. Er spürte, dass es nicht ganz der Wahrheit entsprach, konnte aber nicht sagen, ob Stolz oder Trotz dahinter lagen.

„Für mich ist es die erste Kreuzfahrt“, bemerkte er, weil ihm nichts anderes einfiel und fragte sich, was sie wohl denken würde, erführe sie, dass es überhaupt erst die zweite Reise seines Lebens war. Am liebsten hätte er gar nicht gesprochen und nur ihre hypnotisierenden Bewegungen verfolgt. Eine Frau mit Burka kam in Begleitung eines vollbärtigen Mannes im hellen Kaftan herein, blickte sich scheu um und nahm im hinteren Teil des Cafés Platz. Lilian schaute ihnen interessiert nach, was ihm die Betrachtung ihres weißen Nackens ermöglichte.

„Welche Meinung haben Sie zur Vollverschleierung muslimischer Frauen?“, wollte sie wissen, als sie sich ihm wieder zuwandte.

„Grundsätzlich sollten wir tolerant sein, was Kopfbedeckungen und Schleier betrifft, aber diese *Vermummung* nicht anders behandeln als nichtislamische. Ich denke, wenn es nicht erlaubt ist, mit einer Clownsmaske Gerichtsgebäude oder Banken zu betreten, darf es mit einer Burka auch nicht sein."

Frau Busch nickte, offenbar der gleichen Meinung, was er erleichtert zur Kenntnis nahm.

„Toleranz ist notwendig", bestätigte sie, „was mir aber nicht daran gefällt, ist die janusköpfige Form, die wir Muslimen gegenüber praktizieren. Sie dürfen gerne hier sein, sollten aber religiös möglichst nicht muslimisch leben. Das ist nur eine Scheintoleranz. Die Bewahrung gewisser Traditionen muss man zugestehen, soweit sie nicht mit unserer Gesellschaftsordnung kollidieren. Die Gesetze zu akzeptieren, ist unverzichtbar für die Integration."

„Sehe ich genauso. Was ich bedenklich finde, ist der zunehmende Exhibitionismus von Ressentiments gegenüber bestimmten Gruppen bis hin zum offenen Hass. Gerade das Internet trägt da zur schnellen Verbreitung bei."

„Richtig, früher geschah es eher hinter vorgehaltener Hand oder durch anonyme Briefe. Inzwischen hat sich die Respektkultur so verändert, dass man sich offen damit brüstet. Sehen Sie nur, wie der Fanatismus wächst und die Ausgrenzung von Menschen, die anders sind oder anders denken. Das erschreckt mich."

„Auf der anderen Seite legitimiert man immer öfter Gewalt und Terror durch fehlinterpretierten Islam. Für mich ist es unbegreiflich, wie man Menschen dafür begeistern kann, Unschuldige zu töten."

„Ja, fürchterliche Bedrohung mit einer Trivialisierung der Gewalt, die nur von bestimmten Gruppen ausgeht. Aber ihre Taten nutzt man, um das gesamte Kollektiv zu charakterisieren, was natürlich falsch ist. Bei solchen Vorurteilen gibt es nur noch ein eingeschränktes Vorstellungsvermögen von der Anständigkeit des Einzelnen."

„Gerade deshalb frage ich mich, warum die andersdenkende, friedliche islamische Gemeinschaft solche Täter nicht massiver ächtet, Imame sich nicht viel entschiedener von ihnen distanzieren. Wenn ich an die damals weltweite Resonanz auf die Mohammed-Karikaturen denke, vermisse ich hier den entsprechenden Aufschrei."

„Ganz meine Meinung, unverständlich die Zurückhaltung. Warum positionieren sich nicht alle, auch die muslimischen Verbände klar und eindeutig dagegen. So werden Terror und Bedrohung kein Ende nehmen, im Gegenteil."

Eine Weile unterhielten sie sich noch, schwiegen dann, jeder mit seinen Gedanken beschäftigt. Die Croissants waren verzehrt, die Tassen geleert, eine weitere mochte sie nicht.

Er legte Geld auf den Tisch, ließ ihr den Vortritt und fragte im Hinausgehen leise: „Finden Sie nicht auch, dass die Dame hinter Ihnen äußerst apart ist?"

Sofort wandte Lilian sich um und blickte geradewegs in einen Spiegel, den Joris von der Wand genommen hatte und hinter ihr hochhielt. Unwillkürlich musste sie lächeln, und bei diesem Lachen spürte er Freude, ja, eine fast körperliche Befriedigung.

„Verrückter Mann", tadelte sie ihn kopfschüttelnd, wobei die Augen weiter lächelten; er drückte ihr die Tüte in die Hand, die sie jetzt nicht mehr ausschlug. „Entschuldigung, dass es nicht eingepackt ist, es musste schnell gehen, sonst hätte ich Sie nicht mehr eingeholt."

Das Sonnige war noch in ihrem Gesicht, als sie sich verabschiedete. „Ich melde mich bei Ihnen; einen interessanten Tag noch, danke für den Kaffee und ...", sie hielt die Tüte hoch, „die Überraschung hier."

- Lilian und Louis -

Die schlimme Verfolgungsjagd des Hausdetektivs steckte Lilian noch lange in den Knochen, diesmal war sie nur um Haaresbreite der Entdeckung entkommen und hoffte, der heilsame Schock würde sie endgültig vom kleptomanischen Zwang befreien. Opfer einer krankhaften Sucht zu sein, war ihr durchaus bewusst. Aber wo lagen die Ursachen? Zweifellos hatten die vergangenen Jahre sie geprägt, wütend gemacht auf alle, die sie verletzt oder verkannt hatten, denen es besser gegangen war als ihr, und damit den Effekt ausgelöst, aber sie war auch überzeugt, dass etwas Dunkles immer in ihr gewesen war, schon bevor es durch die Ereignisse zutage treten konnte. Um sich dagegen zu stemmen, fühlte sie sich nicht stark genug. *„Warum ganz aufhören, besser langsam verabschieden, ausschleichen, seltener zuzugreifen, bis ich endgültig darauf verzichten kann"*, flüsterte die Stimme des Dunklen beschwichtigend. Also reduzierte sie ihre Aktionen, ohne sie ganz aufzugeben, genoss weiter den Reiz des Erfolgs und den Kitzel der Gefahr.

Hin und wieder, wenn Personalnot im Theater war, sprang sie in der Schneiderei ein. Mit Rosie, der Modistin und Schneidermeisterin, verstand sie sich am besten, half ihr gerne beim Ausbessern oder Ändern der Roben. Mit der Nähmaschine konnte sie umgehen, dafür hatte ihre Mutter gesorgt. Rosie kannte alle Tricks, um falsche Größen oder schlechtsitzende Kleidung so zu arrangieren, dass sich die Künstler darin bewegen konnten. Ihr besonderes Steckenpferd waren Hüte, Mützen, Kappen, jede Form von Kopfbedeckung, und Lilian war begeistert von ihrem Geschick, aus Filz, Pappe oder anderen Stoffen fantasievolle Modelle zu schaffen, die exakt dem Epochenstil der Oper oder des Schauspiels entsprachen. Rosie, pummelig wie ein Bärenjunges, das runde Gesicht voller Sommersprossen und von braunen Ringellocken umgeben, ein paar Jahre älter als sie, vergötterte Lilian geradezu. „Du bist eine klassische Schönheit, egal, was du trägst, es wirkt immer stilvoller als bei anderen." Rosie dagegen war meist nachlässig gekleidet. Manchen Abend verbrachten sie gemeinsam, und so entging ihr nicht die gefährliche Vorliebe der Freundin für *‚bargeldlose Güterbeschaffung'*. „Lass uns doch gemeinsam einkaufen, dann kommst du nicht in Versuchung", schlug sie eines Tages vor. Lilian fühlte sich ertappt, stritt beleidigt alles ab, um später ihren Vorschlag anzunehmen.

„Ich bin besorgt, Lilian, die Sucht macht dich auf Dauer zu einem anderen Menschen, sie entfremdet dich!"

Rosies liebenswert geduldige Art, ihre Empathie und das seismographische Gespür für innere Strömungen ihrer Mitmenschen, machten sie zur *Seelenfängerin*, der alle vertrauten und ihr Herz ausschütteten. Für jeden hatte sie ein offenes Ohr und gute Ratschläge. Mit ihrer Hilfe widerstand Lilian dem unheilvollen Drang lange Zeit. Rosie sorgte für Abwechslung, sprudelte vor Ideen, um die Abende interessant zu gestalten, Freude in ihr Leben zu bringen, ohne nach sich selbst zu fragen. Sie war ein Glücksfall zur rechten Zeit, wie man ihm nur selten begegnet.

Louis Fuchs, ein talentierter, selbstbewusster Nachwuchsschauspieler mit wildgelocktem schwarzem Haar und markant geschnittenen Zügen, der von einer Provinzbühne nach Frankfurt kam und dort die Rolle des jugendlichen Liebhabers übernahm, freundete sich mit Lilian an. Es faszinierte sie, wie ernsthaft er sich in die Rollen einarbeitete, mit den Figuren identifizierte und in seinem Beruf aufging. Sie hörte ihn beim Textstudium ab, übernahm den Part der Geliebten. Ihre Augen schlugen unsichtbare Brücken, sie spielten die Szenen so lebensecht, bis sie sich tatsächlich ineinander verliebten. Jede Vorstellung besuchte sie. Wenige Monate später gab sie ihr bescheidenes Domizil auf und bezog mit ihm eine Wohnung in Dreieich. Ihr Traum, wahrhaft geliebt zu werden, schien sich zu erfüllen. Ihn den Eltern vorzustellen, vermied sie wegen des unvermeidlich zu erwartenden Kommentars: *‚Auch noch einen Schauspieler, es wird immer toller, nichts Solides, nichts Seriöses, fahrendes Volk, Gaukler und Hungerleider, was tust du uns an?‘*

Mit Rosie verbrachte sie jetzt weniger Zeit, Louis nahm sie ganz für sich in Anspruch wie es narzisstische, höchst sensible Künstler tun, die permanent umsorgt und bewundert werden wollen. Wo er auftauchte, jubelten die weiblichen Fans, ließen ihm Liebesbotschaften, ihre Slips, Telefonnummern oder Angebote für unvergessliche Nächte zukommen. Die hässlichen, kleinen Zettel fand sie meist beim Auslüften seiner Sakkos. Eifersucht regte sich in ihr, obwohl sie keinen Anlass hatte, an seiner Treue zu zweifeln, aber zunehmend fühlte sie sich als sein Anhängsel und bloße Staffage.

Drei Jahre, in denen sie sich treiben ließ, ohne entscheidende Pflöcke einzuschlagen, waren vergangen. Louis' Aufstieg schien unaufhaltsam. Fernsehen und Film waren aufmerksam geworden; man hatte ihm die Rolle des Landarztes in einer Serie angeboten, die ihn über Nacht bekannt machte. Einladungen zu Talkshows folgten neben solchen zu Geschäftseröffnungen oder -jubiläen. Manche nahmen sie gemeinsam wahr, bei anderen präsentierte er sich stolz auf dem roten Teppich und ließ sie allein zurück. Immer häufiger musste er zu Terminen in andere Städte. „Was soll ich dir von dort mitbringen?", fragte er jedes Mal, „womit kann ich dir eine Freude machen?"

„Überrasch mich einfach", schlug sie vor und wartete gespannt auf seine Rückkehr, aber kein einziges Mal machte er die Ankündigung wahr. In seiner Liebe zu ihr blieb er ohne Einfälle.

Rosie gefiel Lilians Veränderung nicht, sie sah die Freundin nur noch bei der Arbeit und auch das immer seltener. Tage, an denen Louis über Nacht fort war, nutzte sie wieder zu unentgeltlichen Einkaufstouren. Das alte Fieber kam zurück, Rastlosigkeit wie hochdosiertes Coffein. Louis hatte sich inzwischen den Künstlernamen *Renard* zugelegt, die französische Übersetzung von Fuchs, dazu passte der Vorname Louis ideal. Sie war jetzt die Lebensgefährtin eines Prominenten und damit ebenfalls im Fokus, was die gewohnte Freiheit ungewollt einschränkte. Die Privatsphäre glich nun der eines Goldfischs im Wasserglas, sie trug nicht nur Verantwortung für sich, sondern auch für ihn und sein Image, was die abendlichen Exkursionen noch brisanter machte, aber sie vollständig aufzugeben, vermochte sie nicht.

Schockierend gestaltete sich der Besuch zuhause. Vaters Demenz hatte ihren traurigen Höhepunkt in seiner gewaltsamen Entfernung aus der Kirche gefunden. Bis dahin hatte er wie gewohnt die Orgel gespielt, zwar mit ein paar falschen Tönen darin, was zu tolerieren war, aber an diesem Sonntag geriet alles außer Rand und Band, als er kurz vor der Wandlung *‚Hänschen klein‘* intonierte. Der entsetzte Küster traute seinem Gehör nicht, als die ungewohnt flotte Weise erklang und nach eleganter Überleitung in ein anderes Kinderlied mündete. Ein Raunen ging durch die Schar der verblüfften Kirchenbesucher. Das Pikante dabei, Pastor Primel, der Gemeindepfarrer, hieß tatsächlich Hans und war von kleinem, stämmigem Wuchs. Da Albert Busch trotz Aufforderung nicht daran dachte, aufzustehen und wild entschlossen war, auch noch *‚Fuchs, du hast die Gans gestohlen‘* anzuhängen, mussten ihn zwei Männer bei massiver Gegenwehr vom Orgelpodest tragen. Hermine Busch war so erschüttert, als man ihn heimbrachte, dass sie sogar die Schimpftirade für Lilian vergaß. „Welche Blamage, das *Klangerlebnis* wird für Jahre Gesprächsstoff im Ort sein“, klagte sie. „Wie mache ich ihm das Orgelverbot nur begreiflich, wo es seine größte Freude ist? – Nirgendwo können wir uns mehr sehen lassen.“

Eigentlich hatte es ganz harmlos begonnen, wie sie sich zurückerinnerte. Gerade waren sie in ein hübsches Haus in Frankfurt gezogen – mit Louis’ guten Gagen ließ sich großzügiger leben –

und frühstückten zusammen, was bei seinen häufigen Hotelübernachtungen immer rarer wurde, als er sich heftig verschluckte. Lilian klopfte ihm auf den Rücken, hielt die Arme hoch, bis er wieder Luft bekam. „Danke", krächzte er, „passiert in letzter Zeit häufiger, neulich während der Premiere. Kannst dir vorstellen, wie peinlich das war."

„Du bist zu hektisch, solltest langsamer essen. So achtlos wie du alles hinunterschlingst, ist das kein Wunder. Ständig mit den Gedanken woanders, in deinen Rollen oder was weiß ich wo."

„Was ich dir unbedingt sagen muss", er hustete mehrmals, „ein neues Filmprojekt steht an. Wir drehen in Südamerika, das heißt in Argentinien, an Original Schauplatzen." Vorsichtig trank er die Tasse leer und bedeutete ihr mit einer Handbewegung nachzuschenken. „Ich möchte, dass du mitkommst, Lilian. Wir werden voraussichtlich drei Monate dort sein."

„Würde ich gerne, aber so lange bekomme ich keinen Urlaub."

„Dann kündige doch, wir brauchen dein Gehalt nicht, es geht frühestens in acht Wochen los, da bleibt Zeit genug, die Fristen einzuhalten."

Drei Tage rang Lilian mit sich, bevor sie es wahrmachte. Rosie konnte ihre Enttäuschung kaum verbergen. „Weiß gar nicht, was ich ohne dich tun soll, hoffentlich wirst du glücklich dabei."

Es galt einiges vorzubereiten, Papiere zu besorgen, den Sicherheitsdienst für das Haus zu verpflichten, letzte Termine wahrzunehmen. Drei Tage vor dem Abflug überfiel sie die fatale Sucht mit besonderer Intensität. Sie kannte diese Phasen, in denen die Hände zitterten, das Herz raste, der Kopf den Rausch des Erfolgs so sehr benötigte wie ein Junkie seinen Schuss oder der Alkoholiker den Stoff. Sie war nicht gern in diesem gefährlichen Zustand, weil er sie beunruhigte, unvorsichtig machte, ihr die Besonnenheit, die Kühle zum routinierten Handeln nahm und auf schnellen Erfolg drängte. Deshalb wollte sie dem Drang nicht nachgeben, redete auf sich ein wie ein Bewährungshelfer, aber ihre Beine nahmen wie ferngesteuert Kurs auf ein Kaufhaus, in dem sie bisher immer erfolgreich gewesen war. Lilian fühlte sich wie eine im Treibsand Gefangene, deren Befreiungsversuche sie scheinbar nur noch schneller ertrinken ließen.

Vielleicht hätte sie sich mehr Zeit lassen, wie eine entspannte Urlauberin geben sollen, die ohne konkrete Vorstellung das Sortiment begutachtet. Stattdessen ging sie zu zielstrebig auf das Objekt ihrer Begierde zu, um vom Sicherheitschef nicht ins Visier genommen zu werden. Noch bevor sie die Eingangstür mit einem hellblauen Kaschmir-Pullover in der Tasche erreichte, griff er zu, beorderte sie in sein armseliges Büro und hieß sie Platz zu nehmen. Er ließ sich den Pullover geben und zeigte wortlos auf ein Plakat an der Wand, das ihr sofort aufgefallen war. *‚Wir bringen jeden Diebstahl zur Anzeige‘*. Vor Schreck zitterten ihre Beine, fröstelte sie so stark, dass es den Körper erschütterte und die Zähne aufeinanderschlagen ließ.

„Was haben Sie sich dabei gedacht?“, brummte er mehr vor sich hin, statt die Frage an sie zu richten und schüttelte den Kopf. „Sie sehen keineswegs so aus, als könnten Sie sich das Teil nicht leisten.“

„Ich weiß nicht, wie das plötzlich über mich gekommen ist“, antwortete sie mit brüchiger Stimme.

Sie hatte nicht den Eindruck, dass er ihr zuhörte.

„Ich rufe jetzt die Polizei wegen der Anzeige und Feststellung der Personalien“, erklärte er geschäftig, während er zum Telefon griff.

„Warten Sie, ich flehe Sie an, bitte!“

Sie hatte es in solch verzweifeltem Ton gesagt, dass er den Hörer ablegte und zu einer Erklärung ansetzte. Die Aussicht auf ein polizeiliches Verhör und späteres Strafverfahren, die Preisgabe der Personalien, die peinlichen Rückschlüsse auf Louis und die Auswirkungen auf seine Karriere, sollte die Presse von diesem *Leckerbissen* erfahren, versetzten sie in völlige Panik. In drei

Tagen sollten sie fliegen. Alles wäre zerstört. Es darf nicht dazu kommen.

„Bitte, es muss einen anderen Weg geben, ich werde alles, wirklich alles tun, um das zu vermeiden. Lassen Sie es uns anders regeln."

„Wie stellen Sie sich das vor?", wies er sie verärgert zurecht. „Ich bin Sicherheitschef, es ist mein Job, Diebstähle zu verhindern und anzuzeigen. Sie können nicht ernsthaft erwarten, dass ich mich über eindeutige Richtlinien unseres Hauses hinwegsetze."

„Glauben Sie mir, es darf nicht dazu kommen, die Gründe kann ich Ihnen nicht nennen, nur so viel, es wäre eine Katastrophe für mich und andere. Bitte, haben Sie Verständnis. Es ist doch kein Schaden entstanden."

Ohne zu wollen, brach sie in Tränen aus. Er kratzte sich am Kopf, wartete, bis sie sich beruhigt hatte.

„Ich kaufe den Pullover sofort und würde Ihnen darüber hinaus alles geben, was ich in der Tasche habe – etwa dreihundert Euro."

Seine Augen blieben starr auf sie gerichtet, sie konnte nicht sagen, ob aus Unnachgiebigkeit, Wut über die in Betracht gezogene Käuflichkeit oder Nachdenklichkeit. Je länger die Reaktion auf sich warten lässt, desto eher besteht eine Chance, machte sie sich zarte Hoffnung. Quälend vergingen die Sekunden, in denen sie ihn fast beschwörend fixierte. Er war schlank, nicht ungepflegt, Ende vierzig vielleicht, mit kurzem ergrauten Bürstenhaarschnitt, filigraner Brille, im dunklen Anzug mit unmodischer Krawatte. Das Kinn ragte markant nach vorne und verlieh seinem Gesicht etwas Unsymmetrisches, aber auch Energisches, was auf Willensstärke schließen ließ, das, was er wollte, durchzusetzen. Sein Parfum gefiel ihr nicht, zu schwülstig für einen Mann.

„Sie sind eine außergewöhnlich schöne Frau", hörte sie ihn leise sagen. Sein Blick scannte förmlich ihre Figur. „Es könnte eine Überlegung wert sein, von meiner Order abzuweichen, wenn ..."

„Unter keinen Umständen", unterbrach sie ihn entrüstet. An Schweigegeld, eine Mindesteinkaufssumme, Dienstleistungen im

Kaufhaus oder ähnliches hatte sie gedacht, aber nicht an Sex mit einem völlig Unbekannten. „Ich könnte Ihnen eine größere Summe geben, wenn sie mich zur Bank begleiten."

„Kein Interesse, vergessen Sie es", kam es barsch zurück, wobei er zum Hörer griff und schnell eine Nummer eintippte. „Halt!", rief sie. „Sagen Sie, was Sie wollen."

Lilian wusste nicht, was ihr größeren Ekel bereitet hatte, der fremde gierige Körper auf ihr, die erniedrigenden, abscheulichen Stellungen, zu denen er sie nötigte oder das schmutzige Ambiente des heruntergekommenen Stundenetablissements, das er sicher nicht zum ersten Mal aufgesucht hatte. Ein Taxi brachte sie anschließend nach Hause, gerade rechtzeitig, um sich vor Übelkeit zu übergeben. Beschmutzt und gedemütigt fühlte sie sich, die Stirn an die kühlen Fliesen der Duschkabine gepresst, während heißes Wasser unaufhörlich über sie hinwegrann. Könnte sie Louis jemals wieder vor die Augen treten? Aber wie hätte er auf die ertappte und verurteilte Diebin reagiert, die Häme der Presse und seiner neidischen Kollegen? Alles wäre zu Ende gewesen, ihre Beziehung, sein Erfolg. Im Grunde habe ich es nur für ihn getan, versuchte sie sich zu rechtfertigen. Dem Desaster war sie entkommen, Gott sei Dank hatte niemand ihre Personalien erfahren, sie schwor sich, dass dieser Diebstahl endgültig der letzte ihres Lebens sein würde.

Am Tag darauf verabschiedete sie sich von Rosie. „Was ist mit dir? Blass bist du, Kummer liegt in deinen Augen. Bist du sicher, dass es die richtige Entscheidung war, aufzuhören oder bedrückt dich was anderes?"

„Nein, nein, nur die Hektik vor dem Aufbruch und ein wenig Angst vor dem, was auf mich zukommt."

Rosie drückte sie fest an den üppigen Busen. „Ich wünsche dir viel Glück und vermisse dich schon jetzt fürchterlich. Lass uns nicht aus den Augen verlieren, melde dich, wenn du wieder hier bist." „Ganz sicher, versprochen Rosie, halte dich wacker!"

Das beschämende Ereignis ließ Lilian lange nicht zur Ruhe kommen, weshalb sie froh war, dass Louis nach anstrengenden Dreharbeiten keine zärtlichen Zuwendungen mehr von ihr erwartete. Ahnte er womöglich, dass es diesen Zwischenfall gegeben hatte, an dem ihr Verhältnis unweigerlich zerbrechen würde, wenn er es erführe? Oft kehrte er missmutig vom Set zurück, die Hitze machte ihm zu schaffen, offenbar war man mit seiner Performance nicht zufrieden, häufiger als sonst gab es Texthänger. Ungern sprach er darüber. „Was bedrückt dich Louis? Hat es mit uns zu tun?", wollte sie wissen. „Natürlich nicht", tröstete er. „Ich fühle mich nur nicht so wie sonst, das ist alles." „Hast du Schmerzen, bist du krank?", bohrte sie weiter. „Nein, weiß auch nicht, müde, unkonzentriert, nicht gut in Form." „Sobald wir wieder zuhause sind, lässt du dich gründlich untersuchen, versprich mir das." Sein Knurren nahm sie als Zustimmung. Außer der Abgespanntheit und dem Schluckreflex, der nicht so recht funktionierte, konnte sie keine Veränderung an ihm feststellen.

Argentinien war ein interessantes Land, soweit sie Gelegenheit hatte, einiges davon kennenzulernen. Die Mentalität freundlich, lebensfroh und gastlich. In den Anfangswochen bei Louis' häufiger Abwesenheit hatte sie sich einsam gefühlt, sich dann aber zu einem Tangokurs angemeldet und nette Leute kennengelernt, mit denen sie Ausflüge ins Land unternahm. Das Tanzen beflügelte und zauberte jedes Mal gute Stimmung in ihr. Louis fand den Entschluss gut, neckte sie, nur der heißblütigen Tänzer wegen habe sie die Idee gehabt. Sie konnte ihn beruhigen; selten habe sie bei aller Leidenschaft so korrekte, höfliche und respektvolle Männer erlebt.

Die Diagnose war niederschmetternd und traf ihn völlig unerwartet. Parkinson im fortgeschrittenen Stadium und das mit Ende dreißig. Jetzt erklärten sich die Schluckbeschwerden, Texthänger, das Stolpern hin und wieder. Medikamente sollten das Fortschreiten hindern, verstärkten aber zunächst die Symptome. Die Medikation wurde umgestellt, was den Zustand verbesserte, die depressive Stimmung aber anhalten ließ. Phasen tiefster Niedergeschlagenheit wechselten mit euphorischen, kühn geschmiedeten Plänen. Das Auf und Ab der Stimmungen mitzuerleben, die Aggressivität, die sie nicht bei ihm kannte, die Energie, ihm ständig Mut zu machen und sich doch als Versagerin, als Schuldige zu fühlen, kostete all ihre Kraft. Sie schliefen nicht mehr miteinander, zwar noch im selben Bett, hatten aber ein perfektes Timing, sich aus dem Weg zu gehen, da er früh schlafen ging und sie erst um Mitternacht. Am Schlimmsten war es, wenn ihn die ‚*Fatigue*' überkam, eine unbeschreibliche Mattigkeit, die alle Lebensenergie heraussaugte. Dann klagte er Lilian in seiner Verzweiflung an, als wäre sie für den Zustand verantwortlich.

„Weißt du überhaupt, was sie für mich bedeutet, die verdammte Krankheit? Sie verändert Sprache, Mimik und Gestik. Drei Ausdruckformen, die für einen Schauspieler elementar sind, damit verliere ich alles, alles, was ich bin. Und du kommst mit Worthülsen daher, Verniedlichungen, billigem Trost, der mich nur beleidigt. Du kannst gut lachen, hast die Misere ja nicht am Hals, bist kerngesund. Für dich geht alles normal weiter."

„Louis, du musst die Krankheit akzeptieren, nur dann wird es dir bessergehen."

„Akzeptieren ... besser gehen ...", äffte er sie nach, „was für eine kluge Person du doch bist."

Unaufhörlich dachte er an das schwarze Tier in ihm, das sein Blut vergiftet und sich langsam durch sein Hirn frisst.

Muss ich mich schuldig fühlen, gesund zu sein, ein schlechtes Gewissen haben, weil ich privilegiert bin? Warum honoriert er nicht, dass ich für ihn da bin, alles tue, um ihm die Situation zu erleichtern, Kraft zu geben, ihn aufzuheitern und abzulenken?

Keineswegs war er unfähig, den Beruf auszuüben, aber seine Gedanken nahmen den künftigen Verschlechterungsprozess schon vorweg und verschlimmerten damit nur den Zustand. Die Stimmung war gereizt. Sie suchte Rosie in der Theaterwerkstatt auf und schilderte ihren Kummer.

„Er darf sich nicht hängen lassen und im Selbstmitleid baden, das ist wie umgekehrte Arroganz. Es schadet euch beiden nur. Ihr braucht Abstand voneinander, damit er sieht, was ihm ohne dich fehlt. Zieh für ein paar Tage zu mir, du musst wieder zu Kräften kommen. – Ich habe übrigens eine Neuigkeit für dich."

„Da bin ich aber gespannt, du hast einen Mann kennengelernt?"

„Quatsch, wer will denn schon 'ne Hummel wie mich? Nein, ich habe auch gekündigt!"

„Was hast du?"

„Ge-kün-digt! Und einen Laden in Aussicht, in dem ich Hutkreationen verkaufen werde. Du weißt doch, das war immer mein Traum. Ich suche nur noch eine hübsche Teilhaberin mit Geschmack, Ideen und angeborenem Hutgesicht, um die Modelle vorzuführen."

„Du denkst nicht zufällig an mich?"

„Genau an dich denke ich, weil du exakt die Richtige für den Job bist und dringend eine neue Aufgabe brauchst."

Sie zog für eine Weile zu Rosie, Louis war einverstanden. Der Abstand tat ihr gut. Als sie bereit war, wieder zurückzugehen, freute sie sich wie ein Kind aufs Wiedersehen und fühlte sich kräftig genug, seine wechselnden Stimmungen zu ertragen. „Bin wieder da, Louis", rief sie fröhlich, als sie in die Diele kam, erhielt aber keine Antwort. „Sag schon, schöner Mann, wo hast du dich versteckt, oder bist du etwa böse auf mich?" Es blieb ruhig. Beunruhigt sah sie in allen Zimmern nach, er war nicht da, seine Sachen fehlten und auch einige Möbel. Dafür lag ein Zettel auf dem Tisch. *„Bin* *vorübergehend zu Charlotte gezogen. Sie hat mehr Verständnis für mich, Gruß Louis.*"

Schwer ließ sie sich in den Sessel fallen, fühlte die Nachricht wie einen Schlag vor die Brust. Ausgerechnet Charlotte, die dürre Inspizienten-Assistentin mit ihrem Spitzmausgesicht und schmutzig blonden Haar. *Was soll die wortkarge Verhuschte ihm mehr bieten können, als ich? Einfach abserviert, mit 'nem schnöden Zettel, ohne vorher mit mir zu sprechen. – Der Feigling!* Es schmerzte tief, die Worte verletzten ... *mehr Verständnis,* pah? War alles vergessen, was sie für ihn getan hatte, wo blieb seine Liebe? Wütend fuhr sie zu Rosie zurück und hastete die Treppen hinauf.

„Ich nehme dein Angebot an", rief sie auf der letzten Stufe noch außer Atem.

„Wunderbar, dann sollten wir gleich auf unsere Zusammenarbeit anstoßen."

Louis fehlte ihr, mit ihm hatten die Räume eine Seele und Wärme gehabt, jetzt erschienen sie ihr größer und kühler. Sein Zimmer war leer und doch voll von ihnen, voller Erinnerungen an die gemeinsame Zeit, aber es roch nicht mehr nach ihm. Ihre Liebe war heimatlos geworden. Sie schloss sich einer Selbsthilfegruppe für Kauf- und Diebstahlsüchtige an, um ihre Impulse dauerhaft kontrollieren zu können, ein Entschluss, den sie nach dem schlimmen Kaufhausvorfall gefasst, wegen Louis' ausgebrochener Krankheit bislang aber nicht hatte umsetzen können. Es sollte ihren Zustand stabilisieren, obwohl sie sich nicht mehr gefährdet fühlte. Die Phase war vorbei, trotzdem wusste sie, dass einmal Süchtige nie ganz geheilt werden.

- Lilian und Rosie -

Der Laden lag versteckt in einer Nebenstraße und fiel nur durch die graue Markise mit aufgedrucktem buntem Federhut auf. Groß war er nicht, für das angebotene Sortiment auch unnötig, hatte Schaufenster, die bis zum Boden hinunterreichten und einen geräumigen Nebenraum, den sie als Werkstatt und Lager nutzten. *‚Mut zum Hut – Manufaktur‘*, prangte in großen Lettern auf den Fensterscheiben und sollte als künftiges Logo dienen. Ein paar industriell hergestellte Exemplare hatte Rosie zugekauft, die anderen Hüte aber selbst gefertigt und Pläne für neue Modelle bereitliegen. Allerdings war es ein gravierender Unterschied, Hüte für den Theatergebrauch, die auch auf Perücken passen mussten, zu arbeiten oder solche für außerhalb, wo sie Regen und Wind zu trotzen hatten.

„Weißt du Lilian“, seufzte Rosie, mit gekreuzten Beinen auf dem großen hölzernen Werktisch sitzend, von Stoffen, Formen, Scheren und bunten Garnrollen umgeben, „die Meisten haben nur eine vage Vorstellung von richtiger Kopfbedeckung. Sie muss zu den Gesichtsproportionen passen und zum individuellen Typ. Breiter Hut zum länglichen Gesicht und umgekehrt, ist zu simpel und keine Formel, die immer überzeugt. Ganz wesentlich kommt es auch auf die Farbe an. Vor allem müssen die Damen Mut haben, die innere Hemmschwelle überwinden, um ihn in der Öffentlichkeit zu tragen. Du bist genau die Richtige, es ihnen schmackhaft zu machen, sie zu überzeugen, dass sie damit wie eine Königin aussehen.“

„Du überschätzt mich gewaltig.“

„Unsinn, dir stehen einfach Hüte. Du bist eloquent und wie gemacht dafür. – Natürlich dürfen wir auch die Männer nicht vergessen. Modelle wie den Borsalino, Trilby aus Wollfilz, Melone oder Krempenhut klassisch und vintage ...“

„Mützen und Kappen?“

„Klar, die Kerle musst du ebenfalls bezirzen.“

Nach den hohen Ausgaben für die Eröffnungswerbung war das Budget fast erschöpft, und es fehlte an Material, um weitere Modelle anzufertigen. Louis gefiel die originelle Existenzgründung, er und Charlotte waren mit Theaterkollegen zur Eröffnung eingeladen. Da erschien die Presse natürlich auch, für die er sich nicht nur fit, sondern auch bester Laune präsentierte und einen Sombrero auf dem Kopf balancierte. Netterweise griff er ihnen mit einem Übergangskredit, der etwas Luft verschaffte, unter die Arme und meinte anerkennend: ‚*Chapeau et bonheur die Damen!*‘ Zurückzukommen plante er offenbar nicht mehr. Nur widerwillig gab Lilian der siegesgewiss lächelnden Charlotte, von Louis als ‚*femme de mes pensées*‘ vorgestellt, die Hand.

Trotz hohem Einsatz lief der Laden nicht wie erhofft; ein paar Modelle erwarben Modehäuser, hin und wieder erschien eine Kundin auf Empfehlung, das reichte aber nicht für zwei Gehälter. Zwei Jahre lang hatten sie vergeblich auf den *Break even point* gewartet, dann zog Rosie die Reißleine, um weitere Verluste zu vermeiden. Das Stellenangebot eines namhaften Modisten aus München lag ihr vor, aber sie wollte die Freundin nicht im Stich lassen. Lilian redete ihr zu: „Frag nicht nach mir, nutze deine Chance und nimm an. Wer weiß, wann sich nochmal ähnlich Gutes bietet? Ich übernehme Louis’ Kredit, zahle dich aus und mache weiter bis zum Ende des Mietvertrags.“

„Aber das ist noch mehr als ein Jahr.“

„Ich weiß, kein Problem.“

„Danke Lilian, das würdest du wirklich tun? Und ich kann ohne schlechtes Gewissen gehen?“

„Aber ja, sagte ich doch.“

„Du bist ein Schatz, schade, wir hätten es wirklich verdient gehabt.“

Lilian hatte von Rosie alles Handwerkliche erlernt, um die Hutmanufaktur alleine fortzuführen. Schnitte fertigte sie nach eigenen Entwürfen an, sie liebte das Kreative der Arbeit, befeuchtete den Filz, wenn sie keine Seide, Wolle oder Kaschmir verwendete, über heißem Wasserdampf und zog ihn stramm über Holzköpfe in Form. Nachdem er getrocknet und stabil geworden war, kam die Nähmaschine zum Einsatz, um Krempen, Bänder oder Garnituren anzubringen, Federn, Schleifen, glitzernde Komponenten, Perlen, Pailletten oder Knöpfe. Leider blieb der Verkauf schleppend bis eines Tages ein Mann im gediegenen Anzug mit jüngerer Begleiterin den Laden betrat, um sich nach außergewöhnlichem Haarschmuck für die künftige Braut zu erkundigen.

Lilian präsentierte einige Modelle.

„Das ist nur eine kleine Auswahl", entschuldigte sie sich, „aber wir sind in der Lage, kurzfristig individuelle Kreationen typgerecht für Ihre Frau anzufertigen." Bewusst wählte sie das Wort *‚wir'*, um die personelle Kompetenz größer erscheinen zu lassen.

Ein verwirrendes, schelmisches Grinsen erschien auf seinem Gesicht.

„Das ist nicht meine Frau, sondern meine Schwester. Darf ich bekannt machen: Paola Rupf; ich bin Michael Rupf, und jetzt erschrecken Sie bitte nicht, Zahnarzt in Mainz. Nicht gerade werbeträchtig für den Beruf, oder? Aber ich bin völlig ungefährlich und rupfe nur ausnahmsweise."

Sein Lachen zeigte blendend weiße Zähne, er musterte Lilian bewundernd. Sie fragte sich unwillkürlich, wie oft er mit diesem Namens-Scherz schon kokettiert haben mochte, und ob die Zähne gebleicht waren.

„Lilian Busch", stellte sie sich vor, „Ihr Name würde mich weit weniger ängstigen als die Zange in Ihrer Faust."

Als sie beiden die Hand zum Gruß entgegenstreckte, spürte sie einen zaghaften und einen festen männlichen Händedruck.

„Eine schrille Eigenkreation würde uns gefallen, nicht wahr Paola, die, wie soll ich sagen ... richtig Aufsehen erregt? Damit soll auch der Künftige überrascht werden, der sie vorher ja nicht sehen darf."

„Wie schnell brauchen Sie das Modell?"

„Das ist ja die Krux, schon in einer Woche."

Das Gesicht nahm eine so zerknirschte Miene an, dass sie unwillkürlich lachen musste. Der Mann hatte Charme und wusste ihn geschickt einzusetzen.

„Wir werden es versuchen. In zwei Tagen können sie sich die Entwürfe ansehen, dann brauchen wir drei Tage bis zur Fertigstellung."

„Das wäre großartig", strahlte jetzt auch Frau Rupf, „schon die gezeigten Modelle gefallen mir, aber etwas Ausgefalleneres wäre toll. Ich bin da sehr mutig, um nicht zu sagen, ziemlich verrückt."

„Dann machen wir das so", sagte Lilian bestimmt und dachte, so mutig siehst du gar nicht aus, aber vielleicht soll es ja die eigene Unscheinbarkeit kompensieren. Bevor sie gingen, einigte man sich auf die Farbe, passend zum Hochzeitskleid.

„Könnten wir vielleicht auch später, ich meine gegen Abend kommen, wegen der Praxiszeiten?", fragte er mit bittendem Hundeblick.

„Kein Problem, ich richte mich darauf ein."

Zwei Tage später erschienen sie wieder, sie im schlichten grauen Kostüm, das ihre Blässe unvorteilhaft unterstrich, er sportlich in dunkelblauen Jeans und Markensweatshirt mit weiß-blauen Streifen, das ihn sehr jugendlich wirken ließ. Lilian schätzte ihn auf Anfang Vierzig. Interessanterweise entschied sich Frau Rupf sofort für den extravagantesten Entwurf, ein filigranes, fast ätherisch kühnes Gebilde mit geflochtenen Drähten, feinsten Schnüren, bunten Federn und Perlen.

„Das ist es, ein wahrer Traum."

Auch ihr Bruder zeigte sich begeistert. „Es wird Eindruck machen, da bin ich mir sicher."

Eigentlich sollte das Teil ja der Braut gefallen, ihr Wohlgefühl an dem unvergesslichen Tag stärken und nicht auf pure Außenwirkung oder Provokation abzielen.

„Und wann kann ich es abholen?", wollte Paola wissen, die es kaum zu erwarten schien, den Hut in die Hände zu bekommen.

„In drei Tagen, wie versprochen."

„Wunderbar."

Bevor sie gingen, warf Michael Lilian im Türrahmen einen anerkennenden Blick zu, der die Wirkung einer warmen Strömung hatte.

Das fertige Modell übertraf Paolas Erwartungen, nach dem Preis hatte sie nicht gefragt, er schien unwichtig zu sein, und als Lilian den nicht gerade niedrigen Betrag nannte, gab es keine Einwände.

„Wir berichten selbstverständlich, wie der Hut angekommen ist", versicherte sie aufgeregt. „Und ehe ich's vergesse, schöne Grüße von meinem Bruder."

„Danke, für Sie alle guten Wünsche, viel Glück für den gemeinsamen Lebensweg."

Zwei Wochen vergingen, bis Michael Rupf wieder im Laden erschien, während sie gerade Stoffe über die Formen zog und ihn an der Theke stehen lassen musste. „Tut mir leid, aber ich bin gerade alleine und kann das Formen nicht unterbrechen."

„Kein Problem; wenn Sie nichts dagegen haben, komme ich herein und schaue ein bisschen zu."

„Wenn Sie möchten, gerne."

Er kam ins Atelier, blickte umher, wunderte sich über die Fülle an Material und Werkzeugen. „Hier sieht's ja wie in einer richtigen Werkstatt aus", meinte er erstaunt.

„Was dachten Sie, dass sich die Hüte von alleine formen?"

„Natürlich nicht, aber ich hätte nie gedacht, dass es mit so viel Aufwand, Werkzeug und Material verbunden ist."

„Sie dürfen nicht nur von dem filigranen Kopfschmuck ausgehen."

Er nutzte die Zeit, um einige Herrenhüte anzuprobieren, wobei er Lilian bei der Arbeit beobachtete, konzentriert, die Zungenspitze zwischen ihren Lippen. Den Blick ließ er vom Kopf über den Körper wandern und schließlich auf den Händen ruhen, was sie verlegen machte. *Sie ist fast eine Spur zu schön für diese Tätigkeit.*

„Verarbeiten Sie auch Fell?"

„Ja, manche Kundinnen wünschen das, es schmeichelt dem Gesicht."

Er nahm ein Exemplar vom Ständer, fuhr zärtlich darüber und meinte: „Ungewöhnlich dicht, von wem ist ...?"

„Fischotter, das Tier mit der höchsten Haardichte auf der Welt, fünfzigtausend auf einem Quadratzentimeter. Damit kann Ihnen der stärkste Regen nichts anhaben."

„Interessant, das wusste ich nicht. – Kann ich Ihnen irgendwie helfen?"

„Gerne, die Schere da hinten dürfen Sie mir reichen."

Mit der Linken umfasste er ihre Hand, hielt sie fest und legte mit der Rechten die Schere hinein.

„Was ich eigentlich sagen wollte", räusperte er sich, „das Hutmodell für meine Schwester hat Furore gemacht. Ein Volltreffer war das, kann ich Ihnen versichern, jeder wollte wissen, wo man sowas herbekommt. Man tippte auf Paris, Mailand, Rom. Da konnten wir natürlich stolz auf Sie verweisen."

„Höre ich gern, danke für das Kompliment und die Gratiswerbung."

Mehr Aufmerksamkeit konnte sie ihm nicht widmen, weil sie sich auf die Arbeit fokussieren musste und die Zeit davoneilte. Er bemerkte ihre Unruhe.

„Da ich nur ungern störe, würde ich Sie gerne zum Essen einladen, wo wir ausführlicher über Ihre Kreationen sprechen könnten. Sagen wir ... Freitagabend im ‚*Chez Jacques*' um zwanzig Uhr?"

Sein animierendes Lachen hatte etwas, das ihr verbot, nein zu sagen, obwohl die Einladung überraschend kam und sie gerne erst darüber nachgedacht hätte, welche Gefühle sie überhaupt mit ihm verband. Er schien sich ihrer Zustimmung jedenfalls sicher zu sein, denn mit den Worten, „fein, dann bis Freitag, ich hole Sie hier ab", verabschiedete er sich, ohne ihre Äußerung abzuwarten.

Ihr Herz klopfte schneller, das konnte sie nicht leugnen, obwohl sie sich überfahren fühlte, denn Zeit zum Überlegen hatte er ihr nicht gelassen. Michael, blond, blauäugig, breitschultrig, gutaussehend mit markanter Kinnpartie, war der klassische Frauentyp, worauf sie überhaupt nicht stand, mit guten Manieren und flirterprobtem wirksamem Charme. Irgendwo blitzte noch der kleine Junge aus seinen Augen, was ihn sympathisch machte und jugendlich erscheinen ließ. Im weißen *Beetle* holte er sie ab, sprang gelenkig heraus und hielt ihr die Tür auf. Lilian hatte schon eine protzige Luxuskarosse befürchtet. „Der Wagen meiner Schwester, sie ist in den Flitterwochen", erklärte er, „man bekommt eher einen Parkplatz damit." Er umarmte sie, küsste sanft ihren Mund, sie spürte, wie er sie kurz mit der Zungenspitze neckte. Der Abend war amüsant, das ausgewählte Menü exquisit. Man schien ihn zu kennen, so wie der Service um ihn herumschwänzelte. Er wusste interessant zu erzählen, von seiner chaotischen, aber liebenswerten Familie, die ihn zur Aufgabe des Singledaseins dränge, Episoden aus der Studienzeit und dem Praxisalltag, hatte einen fabelhaften portugiesischen Rotwein bestellt, der nicht nur ihr Herz erwärmte. Zwei Flaschen tranken sie, vielleicht auch eine dritte, am Ende wusste sie es nicht mehr. Michael schien etwas vom Wein zu verstehen, ging mit ihm um, wie mit einem lebenden Wesen, sprach von Körper, Charakter, autochthonen Rebsorten, nahm behutsam den ersten Schluck, genoss den andächtigen Augenblick, in dem alles Denken zum Schmecken wird und die Welt förmlich auf der Zunge liegt. „Fruchtiges Bouquet, reizvolle Auftaktsüße, Cassis, Tabak und eine Spur Graphit im Abgang." Lilian beeindruckte der entrückte Moment und die präzise Analyse, Cassis konnte sie gut nachvollziehen, Graphit hingegen blieb ihr rätselhaft.

Auf dem Rückweg küsste er sie ungefragt. Einen Moment lang überlegte sie, ihn wegzuschieben, fühlte sich aber so heiter beschwingt, fast wolkig unter den Füßen, mutig vom leichten Schwips, dass sie beschloss, nichts dagegen zu haben und es zu genießen. Seine verlangenden Lippen waren weich und schmeichelnd, zu küssen verstand er. *Wie gut fühlt es sich an, wieder von einem leidenschaftlichen Mann umarmt zu werden.* Louis verursachte ihr kein schlechtes Gewissen, die Verbindung war seit seinem Auszug vor fast drei Jahren eine rein freundschaftliche geworden, und er ohnehin meist nur an sich selbst und dem Beifall seiner Fans interessiert gewesen. Mit größter Hingabe hatte er stets den Narzissten in ihm gepflegt und sie ihn dabei noch unterstützt.

Sie sahen sich jetzt öfter. Michaels weitreichende Beziehungen belebten ihr Geschäft. So kamen nicht nur einige Hochzeitsgäste als Kunden, Patienten auf seine Empfehlung, sondern auch ein befreundeter Modejournalist, der von ihrer künstlerischen Handschrift begeistert war. Nach zwei enthusiastischen Artikeln in führenden Zeitschriften gingen plötzlich Aufträge ein, weit mehr, als sie verkraften konnte. Bald war sie nicht auf Laufkundschaft angewiesen, arbeitete auf Bestellung, und selbst renommierte Modehäuser wurden, angetan von den originellen Kreationen, zu Sonderwünschen animiert. Wenn Rosie das erlebt hätte. Sie verlängerte den Mietvertrag, stellte eine Hutmacherin ein, die nach ihren Entwürfen fertigte, um der großen Nachfrage Herr zu werden. Mehr und mehr wurde ‚*Mut zum Hut*' ein bekanntes Label in der Branche; man schätzte die Arbeiten mit besonderem Pfiff. Obwohl Lilian mit Michael zusammen war, behielt sie ihre Wohnung bei.

Michael entpuppte sich als Partylöwe, der zwanghaft jede Gelegenheit zu Treffs, Einladungen und allen Formen von Zerstreuung suchte. Er führte Lilian in Clubs mit nervöser Musik und hektischer Bedienung, in denen er Mitglied war, präsentierte sie stolz rotarischen, Schützen-, Golffreunden, der Familie und Bekannten. Abende mit ihr alleine waren selten. Wie getrieben nahm er Einladungen an, nicht selten mehrere am selben Abend, um keine zu versäumen. Das Zusammenleben war unkompliziert, abwechslungsreich, heiter, nur Zeit für Gemeinsamkeit fehlte, worunter auch Sex und Zärtlichkeit litten, nicht eben typisch für Verliebte. Auf ihre Einwände hin vertröstete er sie: „Bin halt ein geselliger Mensch, im Herbst wird's ruhiger, da haben wir Zeit für uns, du wirst sehen, nur das eine Treffen noch, eminent wichtig für die Praxis." Aber auch danach änderte sich nichts. Immer mehr verstärkte sich ihr Gefühl, zum dekorativen Schmuckstück an seiner Brust zu verkommen, einer im Kampf errungenen Medaille gleich, die allen Bewunderung abringen sollte. Ihre Gefühle und Bedürfnisse interessierten dabei wenig, Priorität besaß die dekorative Schönheit, der sich kein Betrachter entziehen konnte und der auf ihn fallende Glanz wie reflektierte Sonnenstrahlen. Was ist deine Lieblingsfarbe, hatte sie ihn einmal gefragt. „Bunt – wie das Leben", lautete die Antwort. Liebte er das Bunte mehr als sie? Zweifel schlichen sich wie Aale in ihren Kopf hinein.

Eigentlich war es immer so seit Franz mich verführt hat. Sobald ich mit einem Mann geschlafen hatte, befand ich mich innerlich schon auf der Flucht, ohne mir dessen bewusst gewesen zu sein, aus Angst, enttäuscht, auf mein Geschlecht, mein Äußeres reduziert zu werden, aus Angst, dass das Schöne zur Gewohnheit werden, in Routine enden und den Zauber verlieren könnte. Das sehe ich jetzt deutlich vor mir, klar und einschneidend wie zerbrechendes Glas.

So konnte es nicht verwundern, dass die Verbindung kaum mehr als ein Jahr überlebte. Lilian beendete sie, und er machte nicht den Eindruck, deshalb in Depression zu verfallen. Seine Freizeit war auf Abwechslung programmiert, auch jetzt würde es nicht lange dauern, bis eine Neue an seiner Seite wäre, um mit ihm auf der Bugwelle bunten Vergnügens zu surfen. Davon war sie überzeugt.

Sollte das etwa das wahre Leben sein, Einladungen, Partys, Events, hastig aneinandergereiht wie eine Perlenkette, ohne auch nur einmal Atem zu schöpfen, aus Angst vor dem Alleinsein, der Sprachlosigkeit zu zweit, der besinnlichen Stille und Begegnung mit sich selbst?

Viel Zeit zum Nachdenken blieb ihr nicht, so rasant entwickelte sich das Geschäft. An zwei externe Schneiderinnen vergab sie Aufträge, die in ihren Ateliers fertigten, weil die Kapazität in Lilians Laden nicht ausreichte. Sogar aus dem Hochadel erhielt sie Anfragen, von Filmstudios und ausländischen Modehäusern, die sie persönlich besucht hatte. Jetzt konnte sie Louis das geliehene Geld zurückgeben, nachdem man ihn herzlos aus der Fernsehserie katapultiert hatte. Die Engagements wurden rar. Im Theater oder bei Live-Veranstaltungen trat er schon nicht mehr auf.

- Lilian und Joris -

Lilian erledigte rasch ihre Besorgungen; das Gespräch mit Jenner hatte sie mehr Zeit gekostet, als eingeplant. *Ein eigenwilliger Typ, Musterbeispiel für Unscheinbarkeit, deshalb war er mir auch nicht aufgefallen, obwohl wir uns begegneten. Schmal und blass. Einer an dem man vorbeiläuft, nicht unsympathisch, aber ungelenk und schüchtern. Von charmanter Befangenheit und Höflichkeit. Wahrscheinlich lebt er noch bei der Mutter, lässt sich jeden Morgen die Kleidung herauslegen und Brote machen. Wie kam er auf die abstruse Idee, mir etwas zu schenken? Später werde ich nachsehen und mich beim Abendessen bedanken, wo ich ihn sicher sehe.*

Den Einfall mit dem Spiegel fand sie jedenfalls originell. Den hätte sie ihm nicht zugetraut, das hatte wirklich Pfiff. Als sie zum Schiff kam, musste sie sich in die lange Schlange Wartender einreihen, die erst die Sicherheitskontrolle und Identifizierung zu durchlaufen hatten. In der Kabine streifte sie die Schuhe von den Füßen, zog die blonde Perücke aus, kämmte ihr Haar und streckte sich auf dem Bett aus. Die Zehen schmerzten, das unregelmäßige Pflaster der Gassen hatte sie arg strapaziert. Hunger verspürte sie keinen, das Kaffee-Croissant war größer als gewöhnlich gewesen und sehr lecker. Sie nahm sich vor, den Nachmittag für einen entspannten Saunabesuch zu nutzen, dann nickte sie ein.

Nach dem Erwachen war es höchste Zeit, das Vorhaben umzusetzen. Rasch packte sie ihre Sachen, schlüpfte in den Bademantel und wollte gerade die Kabine verlassen, als ihr Blick auf die Tüte fiel, die Jenner ihr am Morgen in die Hand gedrückt hatte. Fast hätte sie nicht mehr daran gedacht. Sie griff hinein, fühlte ein rundes, hartes Objekt, zum Schutz mehrmals in grobes Papier eingeschlagen. Lilian wickelte es aus und hielt für einen Moment überrascht inne. Eine Schneekugel. Wie kam der Mann im heißen

Sommer nur auf diese Idee? Sie hielt die Kugel wie zerbrechliches Porzellan in den Händen, drehte sie um, sodass winzige Flocken langsam vom Himmel tanzten wie an einem Wintertag. Vor Rührung traten ihr Tränen in die Augen. Dass es diese Glaskörper überhaupt noch gibt? Es war einst ein Geschenk, das sie in ihrer Kindheit begeistert hatte und jetzt sehr emotionale Erinnerungen wachrief.

Fünf Jahre war sie damals alt und Stefan, der Nachbarsjunge, ihr bester Freund. Jeden Tag gingen sie Hand in Hand zum Kindergarten, der nicht weit von ihren Häusern entfernt lag. Wenn sie die Augen schloss, war sein Gesicht noch so klar, als stünde er unmittelbar neben ihr. Die dichten braunen Locken, die sich jeder Bürste widersetzten, die dunklen, tiefgründigen Augen, langen Wimpern, um die ihn jedes Mädchen beneidet hätte und seine lustige Stupsnase, die sich leicht nach oben reckte. Ein heiterer Junge, immer zu Späßen aufgelegt. Er lachte so rein und ansteckend, dass sie sich ein Leben lang daran erinnern wollte.

„Hab keine Angst! Niemals werde ich dich verlassen, Lilian, in einer Million Jahre nicht."

Jede freie Minute verbrachten sie zusammen, freuten sich darauf, zur Schule zu gehen, übten fleißig Buchstabenschreiben. „Ihr Unzertrennlichen werdet später mal heiraten", unkte ihre Mutter, und für Lilian war es beschlossene Sache. Ja, sie waren unzertrennlich bis zu diesem verhängnisvollen Sommertag, an dem es draußen stürmte und der Wind die ersten gefallenen Blätter vor sich hertrieb.

Zum sechsten Geburtstag hatte Stefan ihr etwas Rundes, eingehüllt in silbernes Papier, mitgebracht. Eine Schneekugel, ähnlich der, die sie jetzt in der Hand hielt. Es war das Geschenk, worüber sie sich am meisten freute, mehr als über alle anderen und sicher wertvolleren. Immer wieder ließ sie den Schnee in die Landschaft rieseln, fasziniert, dass die kleine Kugel es vermochte, alles wie mit

Daunen zu bedecken, den Winter zu imitieren und weihnachtliche Illusionen zu vermitteln.

Wenige Tage danach, sie spielten bei schlechtem Wetter in Lilians Zimmer, holte Stefans Vater ihn unvermittelt ab. Ganz ungewöhnlich am Nachmittag, zu einer Zeit, in der er sonst noch arbeitete. Nur unwillig unterbrach der Junge das Spiel und folgte ihm hinaus. Es war das letzte Mal, dass sie Stefan sah. Denn am selben Tag sprang sein Vater mit ihm von der Hildegardisbrücke hinunter in den Tod. Wie man später erfuhr, wollte seine Frau sich wegen eines Liebhabers trennen und Stefan mitnehmen, was die Wahnsinnstat auslöste. Welch grausam egoistischer Entschluss, welch fürchterliche Selbsterhöhung, das Kind aus Schmerz und Wut auf die untreue Partnerin mit dem Leben bezahlen zu lassen. Für Lilian war es ein tiefgreifender Schock, den sie nicht zu überwinden glaubte. Sie erinnerte sich gut daran, wie den Ort eine aggressive Stimmung gegen die Mutter befallen hatte und nach ihrem überhasteten Wegzug seltsame Lähmung aufkam, einer schwarzen Wolke ähnlich, die ihm das Licht zu nehmen schien. Lilian blieben vom Freund aus Kindertagen nur ein Foto, das beide beim Spielen im Garten zeigte, ein Blumenbild, das er für sie gemalt hatte und die Schneekugel, die ihr alles bedeutete und fortan zum Talisman wurde. Jeden Umzug hatte sie mitgemacht, war nie in Vergessenheit geraten, bis ihr letzter Partner sie in einem Anfall von Zorn an der Wand zerschellen ließ. Das empfand sie so schmerzlich, als hätte sie den kleinen Freund ein zweites Mal verloren.

Und jetzt hielt sie die Kugel dieses Fremden in der Hand, so als hätte er um die Vorkommnisse der Vergangenheit gewusst. Natürlich konnte er nicht ahnen, welche Symbolkraft das kleine Objekt für sie hatte. ‚*Niemals werde dich verlassen, in einer Million Jahre nicht*'. Sie weinte, als drohte eine innere Flut sie zu überwältigen. Ohne nachzudenken, griff sie zum Telefon und ließ sich mit Jenners Kabine verbinden. Er war im Zimmer und gleich am Apparat.

„Entschuldigen Sie die Störung, Herr Jenner, ich wollte mich für ihr Präsent bedanken, das mich sehr froh gemacht hat." Kurz musste sie sich schnäuzen. „Ich würde Sie heute Abend gerne zum Essen einladen, ins *‚Johanns'*. Machen Sie mir bitte die Freude, mich zu begleiten. Ich denke, Sie können einmal auf ihre nette Tischgesellschaft verzichten."

„Selbstverständlich Frau Busch, ... aber Sie können doch nicht ..., es war nur eine witzige Kleinigkeit, die keine Einladung verdient. Darf ich Sie denn meinerseits ...?"

„Nein, nein, es bleibt bei meinem Angebot", unterbrach sie ihn bestimmt. „Sie können es natürlich ausschlagen, wenn Sie etwas anderes vorhaben oder nicht möchten."

„Natürlich komme ich, sehr gerne sogar ... ich war nur zu ... überrascht, um ..."

„Sagen wir um 20.00 Uhr im *‚Johanns'*, wenn es Ihnen recht ist. Ich lasse einen Tisch reservieren."

„Danke, ich werde pünktlich sein."

Sie band sich rasch ein Tuch um den Kopf, steckte die Illustrierte mit den neuesten Trends der Mailänder Modemesse ein und verließ das Zimmer. Ein schneller Blick auf die Uhr: Knapp zwei Stunden für Sauna und Ruhepausen würden genügen, da bliebe noch Zeit, sich fürs Abendessen zurecht zu machen. Am Fitnessbereich vorbei, der auch um diese Zeit von etlichen Passagieren genutzt wurde, erreichte sie die Anlage, duschte, öffnete schwungvoll die Tür zum ersten Saunaraum und schlug sie sofort wieder zu. Verflixt, Lore Ley und zwei Herren schwitzten dort gemeinsam; mit ihr wollte sie keinesfalls zusammentreffen. Sie versuchte es mit der zweiten, höhertemperierten Kabine, die gottseidank unbesetzt war, legte ihr Handtuch auf die Bank, schob die Nackenstütze unter den Kopf und streckte sich lang aus. Schon nach wenigen Minuten brannte die heiße Luft wie Salz auf ihrer Haut, aber nicht unangenehm. Leichter Minze-Geruch lag in der Luft, wahrscheinlich hatten ihre Vorgänger gerade einen Aufguss bereitet. Durch das riesige Panoramafenster konnte sie unmittelbar auf das bewegte Meer und die tiefstehende Sonne schauen, die das Wasser in einer Schneise zinnoberrot färbte, ein bizarrer Ausblick. „Wie eine Strickleiter zum Himmel", murmelte sie fasziniert, „da möchte man den Raum am liebsten gar nicht mehr verlassen." Als sie nach einer Viertelstunde schwitzend hinausging, um zu duschen, verschwand Lore Ley gerade in den Ruheraum. Im Gegensatz zu anderen, die sich der bereitliegenden weißen Bademäntel bedienten, trug Lore ihren eigenen goldfarbenen zu Schau.

Lilian duschte ausgiebig, nahm in der nahen Bar einen Frucht saft zu sich, las entspannt im Journal und suchte den Ruheraum erst auf, als die Dame in Gold gegangen war. Ihr auffälliger Mantel hing an der Garderobe, also gönnte sie sich einen weiteren Gang. Lilian blickte sich um, sie war allein. Niemand konnte sie beobachten, als sie in die Taschen des Bademantels griff, die Zimmerkarte herausnahm und in ihrem Kosmetikbeutel verschwinden ließ.

Noch bevor sie im sonnig gelben Kleid mit locker umgehängter roter Weste das Restaurant betrat, sah sie Joris schon am Tisch sitzen, die Hände ineinander verschränkt. Als er sie bemerkte, sprang er auf, wobei fast der Stuhl umgefallen wäre, begrüßte sie förmlich und rückte ihren zurecht. Sie bemerkte seine Anspannung, sah, wie sorgfältig er sich auf das Treffen vorbereitet haben musste. Das Gesicht wies etliche Rötungen auf, die nur als Hinterlassenschaft einer intensiv eingesetzten Rasierklinge gedeutet werden konnten, die Haare waren exakt gescheitelt, der Hauch eines frischen, interessanten Parfums umwehte ihn, eine Marke, die sie nicht kannte. Er hatte sich in ein – sicher vom Schiffsservice – akkurat gebügeltes Sakko geworfen, das der aktuellen Mode deutlich hinterherhinkte, die Krawatte war umständlich gebunden und ließ ahnen, wie selten er davon Gebrauch machte.

„Nochmals danke für die originelle Geschenkidee“, begann sie das Gespräch. Das *Bezahl-Restaurant* (sonst alles inklusive) war mäßig besucht, sie mochte die angenehme Ruhe mit dezenter Hintergrundmusik.

„Ich habe Ihnen zu danken für die großzügige Einladung. War es wirklich das, was sie im Schaufenster suchten?“

„Nein, das gerade nicht“, antwortete sie lächelnd, „aber es hat mich berührt und Erinnerungen an meine Kindheit geweckt. Sie haben mir eine besondere Freude damit gemacht.“

Ein unsicheres Zeichen von Stolz, aber auch Verlegenheit huschte über sein Gesicht, die Oberlippe zitterte leicht. Er sagte nichts dazu, sah sie nur an. Lilian hörte förmlich sein Schweigen. Sie schlug die Speisekarte auf, warf einen Blick hinein und gab ihm ein Zeichen, es ihr nachzutun.

„Ihre Weste, ich glaube, ich ...“, brachte er gepresst hervor. Die Farbkombination von Gelb und Rot war ihm unerträglich.

„Sie haben recht“, fiel sie ihm ins Wort, „es ist viel zu warm hier, um sie anzubehalten. Sehr aufmerksam.“

Joris stand sofort auf, half ihr, das Kleidungsstück auszuziehen und an die Garderobe zu hängen. Es hatte nur wenige Momente in seinem Leben gegeben, in denen er so erleichtert war. Während sie sich weiter in die Karte vertiefte, gelang es ihm nur schwer, sich auf das Speisenangebot zu konzentrieren. Vielmehr heftete sich sein Blick auf ihre feinen Gesichtszüge, die vollen, sinnlichen Lippen, schmalen, gepflegten Hände, wie sie elegant die Seiten umblätterten, das aparte gelbe Kleid, das sie trug und die verführerisch weiße Haut ihres schlanken Halses. Wie gerne hätte er die Grübchen des Schlüsselbeins geküsst und ihren Duft in sich eingesogen. Er hatte die Gedanken eingeladen, sich hemmungslos in ihm auszubreiten. Heute wirkte sie wie damals in Rom, wo sie die reservierte, zielstrebige und selbstbeherrschte Sicherheit verströmte, ganz anders als im *Atlantik*-Restaurant beim plötzlichen Auftauchen des merkwürdigen Seidelbach mit seiner *Kunstfigur* Lore Ley.

„Ich nehme die gratinierten Jakobsmuscheln auf Blattspinat als Vorspeise, danach den Loup de mer, und das Dessert überlege ich mir noch“, verkündete sie entschieden. „Dasselbe habe ich auch gedacht ... ich nehme es allerdings ohne Beilagen“, stotterte er und klappte die Karte zu, in die er keinen Blick geworfen hatte. Wenn er in Restaurants aß, was nicht häufig vorkam, bestellte er immer dasselbe Gericht, weil er es hasste, Risiken einzugehen.

Sie schien für einen Augenblick verwundert, kommentierte seinen Entschluss aber nicht. „Sind Sie damit einverstanden, dass wir den empfohlenen Weißburgunder dazu nehmen?“

„Oh ja, ich glaube, der passt ideal.“

Die steife Höflichkeit, die er ihr entgegenbrachte, empfand sie einerseits belustigend, andererseits auf rührende Weise antiquiert, weil sie etwas Respektvolles und Beschützendes zum Ausdruck brachte, das sie nicht gewöhnt war. Dass sein Blick Unsicherheit und etwas Sehnsüchtiges verbarg, war ihr nicht entgangen. Schon fragte sie sich, ob es richtig war, sich so spontan zu dieser Einladung hinreißen zu lassen, und ob der unscheinbare Mann nicht etwa falsche Schlüsse daraus ziehen würde. Aber dann wischte sie die Bedenken weg, er würde schon an ihrem neutralen Verhalten merken, dass kein sonstiges Interesse besteht. Was ihn wirklich bewegte, blieb hinter seinem Seelenvorhang verborgen.

„Gefällt Ihnen das Restaurant?“

„Ausgezeichnet, eine gute Wahl. Architektonisch interessant mit dem Glasdiamanten in zwei Ebenen.“

Er blickte hinaus auf die im Dämmerlicht vorbeiziehende Küste mit ihren fjordähnlichen Einschnitten und den pittoresken, farbenfrohen Häuschen der Cinque Terre in der Ferne, die wie bunte Sprenkel an den Bergflanken klebten, wünschte sich, dass sie weitere Fragen stellen, Interesse an seiner Person zeigen, was es ihm ermöglichen würde, sich selbst wieder wahrzunehmen. Aber sie tat es nicht.

Um die Zeit bis zur Vorspeise zu überbrücken, überlegte er fieberhaft, was er zur Konversation beitragen könnte; die eingetretene Schweigephase war ihm unangenehm. Warum hatte er kein Talent in diesen Dingen? Irgendetwas Unverfängliches musste ihm doch einfallen, aber was? Seine Halsschlagader pochte so laut, dass er glaubte, sie müsse es hören. Unsicher verlor sich der Blick im Raum, den gerade ein asiatisch aussehendes Paar betrat, so als könnte er dort die passende Anregung finden.

„Glauben Sie", sagte er unvermittelt, „dass wir für Chinesen auch alle gleich aussehen, oder dass sie deutlichere Unterschiede bei uns ausmachen, als wir bei ihnen?"

„Über die Frage habe ich noch nie nachgedacht. Die Antwort würde mich in der Tat interessieren. Auf den ersten Blick würde ich schon sagen, dass sie es mit unserer Unterscheidung leichter haben", meinte sie.

„Das denke ich auch."

„Darf ich Ihren Beruf erfahren, Herr Jenner? In welcher Branche sind Sie tätig?"

Gottseidank endlich eine Frage. „Schreinerei mit ... hm ... Bestattungsinstitut."

Ihre Augen weiteten sich für einen Moment, damit hatte sie nicht gerechnet, ihn eher für einen Buchhalter oder Finanzbeamten gehalten.

„Interessant – da gibt's wohl immer Nachfrage."

„Ich kann nicht klagen. Das Institut hat eine Filiale in Südfrankreich, die ich auf der Reise besuchen werde", ergänzte er nicht ohne Stolz. Schließlich sollte sie nicht glauben, dass es nur ein völlig unbedeutender Handwerksbetrieb ist.

„Wird man nicht verrückt, wenn man sich ein ganzes Leben mit dem Tod befasst?", wollte sie wissen und strich sich eine Haarsträhne aus der Stirn.

„Nein, ich glaube eher, dass es passiert, wenn man sich nie mit ihm auseinandersetzt. Der Tod ist etwas Natürliches, das zu unserem Leben gehört. Wir selbst haben ihn mystifiziert."

Sie schwieg, schien über seine Bemerkung nachzudenken.

„Glauben Sie an ein Leben danach, Frau Busch?"

„Jeder baut sich sein eigenes Glaubensmodell, das ihm Kraft gibt. Mir gefällt der Gedanke, dass es danach in irgendeiner Form weitergeht."

In diesem Augenblick erschien der Ober, unterbrach das Gespräch und schenkte den Wein ein. Anschließend kam die Vorspeise auf den Tisch.

Sie hob das Glas und deutete ein Anstoßen an.

„Schön, dass Sie meine Einladung angenommen haben; ich hoffe, Sie können einen Abend ohne die Bonnets verschmerzen. Sie ist ja eine reizende alte Dame, diese Mathilde, aber ihrem Wortschwall ist keiner gewachsen."

Joris lächelte zustimmend, dankte mit dem Glas in der Hand, trank vom Wein und ... von ihr.

„Den Wein finde ich ausgezeichnet. Mein Großvater hatte Weinberge am Rhein, zuhause wurde Wein getrunken, mein Vater mochte kein Bier."

„Dann war er wohl vermögend, Ihr Großvater?"

Joris musste lächeln, als er an einen Lieblingsspruch des Alten dachte.

„Wie man's nimmt, Er sagte immer: ‚Wer mit Wein ein kleines Vermögen machen will, muss mit einem großen anfangen.' Winzer haben eine Werkstatt ohne Dach mit einer Menge an Unwägbarkeiten."

Essen und Trinken, ein paar Minuten geschah nichts anderes am Tisch. Die Vorspeise war exzellent, nie zuvor hatte er Jakobsmuscheln gegessen, was er sich nicht zuzugeben traute, sicher hätte sie ihn für einen Hinterwäldler gehalten, jedenfalls fand er sie köstlich. – Die Sprache erwachte wieder in ihm.

„Und was machen Sie beruflich?"

„Hutmacherin, ich habe, besser gesagt, hatte, einen kleinen Modistensalon."

„Ich hätte es ahnen können, der individuelle Hut, den Sie in Rom trugen, so etwas Außergewöhnliches bekommt man nicht überall."

„Das haben Sie gut beobachtet."

„Ach, nicht der Rede wert."

Länger schien sie nicht bei dem Thema verweilen zu wollen und wechselte es sofort. „Sagen Sie, bevor ich gestern an Ihren Tisch kam, hatte Mathilde einen Scherz gemacht, sie alle lachten herzhaft. Ich habe nicht mitbekommen, worum es dabei ging."

Genüsslich schob sie ein letztes Stück Muschel in den Mund, wartete, bis es gegessen war, ehe sie weitersprach: „Wissen Sie es zufällig noch?"

„Mathilde fragte, welche Plätzchensorte ein Investmentbanker wohl am liebsten backen würde."

Lilian überlegte ein paar Sekunden, schüttelte dann den Kopf. „Wie kam sie denn auf sowas? Ich gebe auf – wie heißt die Lösung?"

„Spekulatius."

„Irre, dass mir das nicht einfiel, Mathilde sprüht ja geradezu vor Ideen."

Sie kicherte hinter vorgehaltener Hand und wirkte in diesem Moment wie ein junges Mädchen.

„Wie kommt es, dass Sie allein reisen?", fragte sie direkt hinaus.

„Ich, äh ... lebe allein, bin zurzeit nicht in einer Beziehung."

Dieselbe Frage hätte ich auch ihr gerne gestellt, aber wie blöd würde das sich jetzt anhören.

Sie schien es zu honorieren, dass er es nicht tat. Nach dem Dessert bestellte sie Digestifs für beide und prostete ihm zu.

„War es von Anfang an Ihr Wunsch, Modistin zu werden?"

„Nein, ursprünglich ein Studium für Ingenieurwissenschaften, aber dann wollte ich schnell von zuhause fort und unabhängig sein. Und Sie?"

„Ich hätte mir Mathematik oder Kunst vorstellen können, aber durch den elterlichen Betrieb war mein Weg vorgegeben."

„So geschieht es oft, aber das Fatale daran ist, dass wir immer noch glauben, unser Leben gehöre uns."

Sie leerte ihr Glas, lehnte sich weit zurück und sagte: „Sie möchten sicher erfahren, was es mit diesem Seidelbach auf sich hat. Mögen Sie ihn eigentlich?"

„Ich bin ihm in herzlicher Abneigung verbunden. Offen gesagt, ich kann ihn nicht ausstehen. Er strahlt etwas Hinterhältiges, Verschlagenes aus. Wenn der einen Zoo besucht, stellt sich selbst der Löwe tot, um nicht von ihm behandelt zu werden. Hoffentlich habe ich jetzt nichts Falsches gesagt?"

„Keineswegs", versicherte sie ihm grinsend, „die Analyse trifft den Nagel auf den Kopf. Seidelbach und ich waren drei Jahre ein Paar. Offenbar habe ich eine große Begabung, immer an die falschen Männer zu geraten."

Für einen Augenblick hielt sie inne, als glitten Stationen des Liebeslebens an ihr vorbei, ehe sie fortfuhr: „Wie es zu der Verbindung kam, interessiert hier nicht, in seiner markanten Präsenz und Undurchsichtigkeit übte Arthur einen besonderen Reiz auf mich aus. Anfangs vertraute ich ihm, er hatte Erfahrung in finanziellen Dingen, beriet mich bei meinem kleinen Laden. Wir hatten eine kurze, aber erfolgreiche Zeit, das Geschäft florierte, gewann Kunden in Deutschland, Frankreich, Benelux, London, Rom. Ich konnte kaum glauben, wie schnell sich kreative Arbeit in der Branche herumspricht."

„Hutmacher sind ja überschaubar heute, ich ... äh ... sage das natürlich, ohne Ihren Erfolg schmälern zu wollen."

„Genau das tun Sie aber gerade", meinte sie verschmitzt und zupfte ihr Kleid gerade, „Sie haben recht, sicher ist das auch ein Grund, warum man schneller auf mich aufmerksam wurde."

Joris ärgerte sich über die unbedachte Bemerkung – welch überflüssiger Satz.

„Meine Kosten waren gering, die Gewinne respektabel. Ich

arbeitete wie besessen im Rausch des Erfolgs. Irgendwann bot Arthur mir an, die Erlöse zu verwalten, *durch vorteilhafte Anlage zu vermehren*, wie er sagte. Ich hatte keine Einwände, überließ ihm alles, erteilte Vollmachten. Zunächst informierte er mich über Aktienkäufe und Zuwächse, dann verzichtete er darauf, alles entwickle sich bestens. Meine Aufträge beschäftigten mich so sehr, dass ich froh war, mich um nichts kümmern zu müssen. Auch das Bezahlen aller Rechnungen könne sein Büro mit eigenen Vorgängen erledigen. An Weihnachten schenkte er mir das Ticket für diese Schiffsreise, wo wir meinen Geburtstag feiern sollten. Ich war glücklich. Aber dann verschwanden Liebe und Aufmerksamkeit. Er wurde herrischer, duldete weder Widerspruch noch Kritik und schon gar keine Nachfragen zu Finanzpositionen."

„Kann ich nachvollziehen", bemerkte Joris und dachte an die Figur des Kriegers, die er ohne Widerspruch hinzunehmen hatte.

„Entschuldigung", unterbrach Lilian kurz ihre Rede, fischte nach einem Tuch in ihrer Tasche, tupfte die Mundwinkel ab und schnäuzte sich.

„Wir stritten uns. Plötzlich eröffnete er mir, die Schiffsreise stornieren zu müssen, wegen eines Kongresses, an dem er mitwirke. Sie werde baldmöglichst nachgeholt. Ich glaubte ihm nicht, spürte die Lüge förmlich durch meine Haut dringen. Dann kamen Mahnungen in Hülle und Fülle von Forderungen, die ich längst beglichen glaubte. Keinen einzigen Betrag hatte er überwiesen, sondern die Summen in die eigene Tasche gesteckt. Wo war mein Geld geblieben? Veruntreut, verschwunden, jeder Heller verloren, angeblich bei unglücklichen Spekulationen. Wegen der Vorwürfe geriet er derart in Wut, dass er meine Sachen an die Wand warf. Ich zog sofort aus."

Joris schüttelte ungläubig den Kopf. „Sollte er wirklich alles verspekuliert haben?"

„Das halte ich für ausgeschlossen, obwohl seine Bankauszüge kaum Guthaben ausweisen. Die hat er mir zum Beweis präsentiert. Seidelbach ist äußerst misstrauisch, traut niemandem, selbst Banken nicht und leidet permanent unter Angstvorstellungen, bestohlen zu werden. Fährt er weg, nimmt er Wertsachen und Geld mit. Er hat sich meins unter den Nagel gerissen und garantiert irgendwo gebunkert. Man sagt immer, Geld verdirbt den Charakter. Das stimmt nicht, es bringt ihn erst zum Vorschein."

„Sie werden ihn doch verklagen?"

Sie lachte bitter. „Ich habe nichts in der Hand, keine Quittung, keinen Beleg, dass er jemals etwas erhalten hat, geschweige denn eine Gesamtaufstellung oder in welche Wertpapiere er investiert hat. Ich weiß, es war unfassbar naiv, mich nur auf die Arbeit zu konzentrieren. Mir blieb nichts anderes übrig, als den Laden zu schließen. Nur ein Moratorium mit den Gläubigern, die einverstanden waren, zu einem Prozentsatz aus dem Verkauf der Ware befriedigt zu werden, bewahrte mich vor der Insolvenz." Bitterer Bodensatz unterlegte ihre Stimme.

„Mit zwei Läden in Rom konnte ich das jetzt zum Glück persönlich regeln."

Joris tat sie leid. „Unglaublich, und jetzt macht der angeblich Ruinierte mit seinem *Paradiesvogel* die Ihnen geschenkte Schiffsreise?"

„Ich hatte gleich Zweifel an der Kongresstheorie und dahinter eine Affäre vermutet. Deshalb habe ich für dieselbe Zeit die Reise gebucht, um zu sehen, was wirklich Sache ist. Die *Schnattergans* fährt tatsächlich mit meinem Ticket."

„Er hat also nur die *Pferde* gewechselt – vom Rassepferd zur Zirkusstute. Oh, pardon, so habe ich es natürlich nicht gemeint."

Sie rümpfte leicht die Nase. „Man könnte es so nennen."

„Hassen Sie ihn deswegen?"

„Nein, in die große Gemeinschaft kollektiver Hasser möchte ich mich nicht einreihen. Schließlich habe ich auch Fehler gemacht, war für vieles blind und gutgläubig. Eine gesunde Portion Selbstzweifel und Demut helfen dabei, ihn zu verhindern. Nein, kein Hass, nur der Wunsch, es ihm mit gleicher Münze zu vergelten."

„Verstehe ich gut. Zum Trost sagt Nelson Mandela: *‚Letztlich gewinne ich immer, entweder tatsächlich oder ich lerne daraus.'*"

„So kann man es sehen. – Und was die Liebe angeht, wenn sie es denn ist, besteht sie anfangs zum großen Teil aus Projektion, die den anderen unbedingt aufwertet. Man idealisiert, sieht ihn so, wie man ihn sehen will, möchte sich nicht mit Zweifeln oder Bedenken auseinandersetzen und blendet Dinge aus, die einen sonst vorsichtig gemacht hätten."

Sie verfiel in Nachdenken.

Joris, die Stirn in Falten, überlegte. „Dann hätten Sie ja irgendwann während dieser Reise Geburtstag?"

„Gut aufgepasst, das muss man Ihnen lassen."

„Und wann, wenn ich fragen darf?"

„Heute, und Sie sind der Einzige, der mir ein Geschenk gemacht hat. Es war schön, den Abend nicht alleine, sondern in Gesellschaft verbracht zu haben."

Joris wand sich vor Verlegenheit, lockerte den Hemdkragen, weil ihm plötzlich heiß geworden war, erhob sich förmlich, schloss den Knopf des Jacketts. „Meinen Glückwunsch, Frau Busch und alles Gute für das neue Lebensjahr. Wenn ich das gewusst hätte, dann ..."

„Gott sei Dank haben Sie es nicht, wer weiß, sonst säße ich jetzt vielleicht mit einem riesigen Plüschelefanten hier."

Er musste lachen, winkte den Kellner herbei und bestellte zwei Gläser Champagner. „Den werden Sie mir doch wohl nicht ausschlagen?"

Der Champagner kam, angenehm temperiert, mit feinster Perlage. Nur ein zartes Klirren, als die Gläser sich berührten, ein kurzer, hingerissener Blick in die blauen *Scheinwerfer* ihrer Augen, ein schöner Moment, eine lange Sekunde Glück.

„Auf ein gutes Jahr, Frau Busch!“

Er schmeckte besser als alles, was er bisher getrunken hatte.

„Man müsste einen Weg finden, Ihr Geld auf ähnlich hinterlistige Weise zurückzugewinnen“, murmelte er.

„Ich habe seine Zimmerkarte“, sagte Lilian schnell, über ihre Offenheit dem Fremden gegenüber selbst verblüfft, es war ihr einfach herausgerutscht. „Hab sie der *Schnattergans* aus dem Bademantel gefischt.“

Joris riss überrascht die Augen auf und grinste anerkennend. „Da sollten wir uns, äh ... Sie sich natürlich, etwas einfallen lassen.“

Noch lange nach dem überraschenden Abend lag er wach, ehe an Einschlafen zu denken war. In Erwartung der Fänge des Schlafs schob sich ständig Lilians makelloses Gesicht vor seine Augen, ihre lebhafte Mimik, die entzückende Geste, mit der sie die Haare aus der Stirn schob, sich während des Erzählens an die Nasenspitze fasste und beim Trinken elegant den kleinen Finger abspreizte. Aber das war nichts gegen das strahlende Licht ihrer Augen und das bezaubernde Lachen, das sie einige Male hatte aufblitzen lassen. Wie aufgeregt war er gewesen, als der Anruf kam, ihn zum Essen einzuladen. Nie hätte er damit gerechnet. Vergeblich hatte er versucht, sich einzureden, dass es albern sei, so nervös zu sein, sich derart ausgehöhlt zu fühlen. Mit seinen zittrigen Händen war er kaum in der Lage gewesen, die Krawatte zu binden. Mindestens vier Fehlversuche. Hoffentlich hatte er nicht zu unbeholfen agiert, an keins der gesagten Worte konnte er sich noch erinnern. Wie peinlich, sie auf die rote Weste über dem gelben Kleid ansprechen zu müssen, die sein Farbempfinden so nachhaltig gestört hatte, dass ihm fast übel geworden wäre. Gottlob hatte sie gleich reagiert, ohne dass er sich erklären musste. Und dann die Sache mit den Beilagen auf demselben Teller wie der Fisch. Wie hätte es ausgesehen, wenn er getrennte Teller bestellt hätte? Dann lieber auf *das Zubehör* verzichten, als für einen neurotischen Spinner gehalten zu werden; alternativ hatte es ja Baguette dazu gegeben.

Unglaublich, was sie ihm erzählt hatte. Jetzt verstand er ihr Bemühen, von Seidelbach nicht erkannt zu werden. Dieser hinterhältige Halunke. Er hatte gleich gespürt, dass man dem Kerl nicht trauen konnte. Aber wie war Lilian nur auf ihn hereingefallen? Offenbar ließen sich bei Frauen weder Gefühle noch Reaktionen voraussagen. Und er hatte sich insgeheim gefragt, wie schlimm die Vorgängerin wohl ausgesehen haben mochte, wenn Lore Ley eine Verbesserung gewesen sein sollte.

Ob sie ihn ein wenig mochte, den unsichtbaren Mitreisenden? Hatte sie irgendetwas erkennen lassen, das ihm einen Funken Hoffnung hätte geben können? Natürlich nicht, wie vermessen war er, sich das überhaupt zu fragen. Allein in ihrer Nähe gewesen zu sein, war schon die Erfüllung eines Wunschtraums. Eins jedenfalls spürte er deutlich. Wie sehr die Begegnung etwas in ihm angetrieben hatte, eine nie zuvor empfundene Energie, einen ihm unbekannten Tatendrang, Ideen, fast Schlagfertigkeit für seine bescheidenen Verhältnisse, wo ihm sonst in Gesprächen partout nichts einfallen wollte. Wer hatte ihm nur die Idee mit dem Spiegel soufliert? Das verwunderte ihn am meisten. Prickelnde Abenteuerlust spürte er bei der reizvollen Vorstellung, wie man es Seidelbach heimzahlen könnte und erinnerte ihn schlagartig an die Kriminalgeschichte, die er damals als Schüler geschrieben hatte.

- Mathilde und Seidelbachs Albtraum -

Hatte es tatsächlich an der Kabinentür geklopft, rief man seinen Namen, oder hörte er es nur im Traum, aus dem er gerade unsanft gerissen wurde? Jetzt vernahm er das Klopfen erneut, kein Zweifel. Jemand atmete hinter der Tür, da war ein schwaches Hüsteln. Der rasche Blick auf die Armbanduhr zeigte Viertel vor fünf, das Schiff war noch in Bewegung. „Ja", rief er, und seine Stimme wirkte ungewohnt tief. „Udo Bonnet, bitte öffnen Sie mir!", vernahm er ein Flüstern. Mit einem Satz sprang er aus dem Bett, lief barfuß zur Tür und ließ den frühen Gast herein.

Udo wirkte völlig aufgelöst, die Augen waren vor Schreck geweitet, die Haare ungekämmt hochstehend und das nicht rasierte Gesicht unnatürlich blass.

„Danke, dass ich reinkommen darf." Er schluckte einige Male, kämpfte mit den Tränen. „Mutter ist heute Nacht gestorben, eben war der Arzt da und hat ihren Tod festgestellt."

Heftiges Schluchzen überfiel den Körper, die Schultern zuckten in schnellem Rhythmus. Joris streifte die Müdigkeit ab, wie einen schweren Mantel, wusste nicht, wie er sich verhalten sollte, bot Stuhl und Mineralwasser an, dachte an den eigenen Schock beim überraschenden Tod des Vaters und Mutters Embolie vor einigen Jahren, heimtückisch angeschlichen in der Nacht, wie eine Schlange, die dem wehrlos Schlafenden tödliches Gift injiziert, wissend um das unvermeidliche Ende. Udo nahm das Wasser wortlos und ließ sich ächzend auf den Sitz fallen.

„Nach dem Abendessen ging's ihr nicht gut, deshalb hat Sonja in der Nacht nach ihr gesehen, da war das Gesicht schon blau angelaufen. Was machen wir jetzt nur?"

Joris umarmte ihn tröstend, keine richtige Umarmung, mehr ein zu sich Ziehen mit einem Arm, eine Geste des Verstehens, der

Herzensnähe. „Ich bin sehr betroffen und verstehe Ihren Schock. Mathilde habe ich in den wenigen Tagen sehr schätzen gelernt, eine ganz besondere, humorvolle, starke Frau. – Wenn Sie einverstanden sind, kümmere ich mich um alles, vielleicht hilft Ihnen das im Moment. Bald legen wir in Villefranche an, da befindet sich die Niederlassung meines Bestattungsinstituts. Wir erledigen alle Formalitäten und machen die Überführung dahin, wo später die Beerdigung stattfinden soll."

„Das wäre eine große Erleichterung und Beruhigung für uns. Wir müssen ja von Bord und zusehen, wie wir am schnellsten nach Hause kommen. Damit konnten wir keinesfalls rechnen, schließlich war sie nie krank, oder wir wussten es nicht. Vielen Dank, ich sehe nochmal nach meiner Frau. Der Schreck hat sie furchtbar mitgenommen."

Als er gegangen war, verharrte Joris auf der Bettkannte, den Kopf in beide Hände gestützt; die unerwartete Nachricht war ihm in die Glieder gefahren. Kaum vorstellbar, dass die lebenslustige, temperamentvolle Dame nicht mehr den Essenstisch unterhalten würde. Nach kurzem Überlegen zog er sich an und ließ sich beim Kapitän melden. Kapitän Gregorius war einverstanden, dass Frank Wendel mit seinen Gehilfen an Bord käme, um die Überführung so diskret wie möglich vorzunehmen. Anschließend klingelte er Frank aus dem Bett und schilderte ihm die Situation. Kurz vor sieben Uhr erreichte das Schiff Villefranche sur mer. Leider legte es nicht wie in anderen Häfen an der Pier an, sondern ging im Tenderhafen vor Anker, so dass Zubringerboote zwischen Schiff und Festland hin- und herpendeln mussten.

Die ganze Zeit hatte Joris angestrengt nachgedacht, bis eine irre Idee in ihm reifte und sich in sein Rückgrat bohrte. Jetzt sprang er auf, glaubte im Spiegel ein neues Ich zu erkennen, das ihn gleich zu Lilian eilen ließ.

Warum habe ich solange vergessen, mich selbst wahrzunehmen, warum ist es mir nie in den Sinn gekommen, dass ich zu einer Kühn-

heit fähig sein könnte, warum habe ich immer jedes Risiko vermieden, aus Angst, einen Fehler zu machen?

„Wer ist da bitte?", vernahm er ihre ungehaltene Stimme.

„Jenner hier, entschuldigen Sie, aber ich muss Sie dringend sprechen. Könnten Sie bitte öffnen?"

Lilian war gerade aufgestanden, weder geduscht, noch geschminkt und reagierte unwillig auf den frühen Besuch.

„So dringend kann es unmöglich sein, dass Sie mich so früh stören. Ich bin noch nicht angezogen, sicher hat es Zeit bis zum Frühstück. Sagen wir, gegen neun?"

Vielleicht hat er die Einladung doch als Ermutigung angesehen, mir nachzustellen, dachte sie verstimmt. *Das habe ich keineswegs beabsichtigt und Probleme genug, um mir nicht noch weitere aufzubürden.*

„Bitte verstehen Sie, ich würde Sie nicht belästigen, wenn es nicht so wichtig wäre und warten könnte", hörte sie ihn förmlich flehen.

Während er in gebückter Haltung durch die Ritze der Kabinentür sprach, in der Hoffnung, besser verstanden zu werden, gingen zwei Serviceleute vorbei und grinsten verständnisvoll, in der Annahme eines liebestollen Verehrers.

„Dann warten Sie einen Moment, ich ziehe mir etwas an."

Sie setzte die Perücke auf, warf den Bademantel über, spürte die Kälte, die vom Boden in die nackten Füße zog und öffnete. Sie gefiel ihm, so wie sie da stand. Manche Frauen können mühelos eine anziehende Wirkung erzielen, selbst im Bademantel oder einfachsten Schlabberlook.

„Frau Bonnet ist heute Nacht gestorben", hielt er sich nicht lange mit der Vorrede auf. „Unsere Firma übernimmt Überführung und Formalitäten."

Er sah, wie Lilian erschrak und ihr Gesicht fahl wurde. Auf der äußersten Kante ihres Bettes sitzend, wippte sie nervös mit dem Fuß. „Das ist ja schrecklich, wer hätte an sowas gedacht, sie war doch die gebündelte Lebendigkeit", murmelte sie verstört.

Joris wartete, bis sie sich gefangen hatte, trat näher, nahm ihre beiden Hände und machte sie mit seiner Idee vertraut. Sie unterbrach ihn nicht, hörte schweigend zu, bis er geendet hatte. Er sah ein helles, silbriges Aufblitzen in ihren Augen, rot gemalte Flecken, sich auf der Haut abzeichnen. Sie überlegte ein paar Sekunden lang, straffte die Schultern und nickte dann energisch zur Bestätigung.

„Ok, dann bis später und viel Glück!"

„Ja, bis später."

Eilig verließ er die Kabine.

Lilian zog sich hastig an, trank nur einen Kaffee im Frühstücksraum, ohne etwas zu essen. Ihre Hand zitterte leicht, als sie die Tasse zum Mund führte. Die Nachricht vom unerwarteten Tod der netten alten Dame war ihr mächtig auf den Magen geschlagen. Aber die Idee des unscheinbaren Jenner war so brillant, dass sie ihr nicht widerstehen konnte und sich zum Gehen aufraffen musste. Wie üblich wurde sie beim Verlassen des Schiffs identifiziert; unter ihren eiligen Füßen bebte der Stahlboden der Gangway. Mit dem ersten Tenderboot ließ sie sich zum Hafen übersetzen.

Joris hatte zwei Sargmodelle zur Auswahl geordert, ein helles und ein dunkles aus unterschiedlichem Holz. Als Franks Boot anlegte und die Fracht beim Schiff eintraf, brachte man die Verstorbene, unbemerkt von den Passagieren, zu einem leeren Lagerraum im unteren Deck, wo Udo und Sybille sich für den Sarg und die Bekleidung der Toten entscheiden konnten. Nach Abklärung der notwendigen Daten und Aushändigung des Totenscheins bettete man Mathilde in den Sarg und überführte sie an die südfranzösische Küste, wo die irdische Reise vorerst ihr trauriges Ende fand.

Nur wenigen Passagieren fiel der diskrete Transport auf, die anderen nahmen wie gewohnt das Frühstück ein oder bereiteten sich auf den Landgang in das malerische Städtchen oder auf Fahrten nach Monaco, Nizza oder Grasse, das Mekka der Parfumeure, vor. Alles lief weiter, als wäre das tragische Ereignis nicht geschehen.

Als Arthur Seidelbach, gesättigt vom reichhaltigen Frühstück, mit Lore in die Kabine zurückkehrte und den Tresor öffnete, stieß er einen lauten Fluch aus. Vom deponierten Bargeld fehlte jede Spur; was aber viel schlimmer war, auch das Säckchen mit den Diamanten, in die er den Großteil seines Vermögens transferiert hatte, schien verschwunden. Der Schock war so gewaltig, dass er sich hinsetzen musste, um den zusammenbrechenden Kreislauf zu stabilisieren. Die Beine zitterten wie unter Stromstößen. Was er gesehen hatte, konnte unmöglich wahr sein. Er musste sich getäuscht haben. Deshalb wagte er erneut einen Blick, tastete mit flatternden Händen im Leeren, als könne er zumindest fühlen, was nicht sichtbar war. Aber der mit Zahlenschloss gesicherte Kasten war definitiv bis auf die Flugscheine ausgeräumt.

„Warum regst du dich auf, mein Schatz?", flötete Lore, die trällernd aus dem Bad kam und künstliche Blüten ins Haar flocht. „Sehe ich nicht hübsch aus für unseren Ausflug nach Monaco, Liebling? Gefalle ich dir oder willst du etwa nicht mehr fahren?"

„Halt den Mund, blödes Huhn, ich denke nach, mein Geld ist weg, ich bin ruiniert. Monaco kannst du dir an den Hut stecken und alles andere auch."

Weißer Schaum bildete sich in den Mundwinkeln.

„Vielleicht hast du das Portemonnaie noch in der Hose von gestern Abend?", schmollte sie, „mich so anzuschreien ist gar nicht nett."

„Noch ein verfluchtes Wort, und ich werfe dich eigenhändig über Bord. Du rührst dich nicht von der Stelle, hältst sofort die Klappe!", schrie er hysterisch und ließ sich mit dem Sicherheitsoffizier verbinden, der kurz darauf gemeinsam mit dem Kapitän in der Kabine erschien.

Seidelbach kauerte wie ein Häuflein Elend auf dem Bett, wirkte ergraut und um Jahre gealtert. Die komplette Habe fort, seine

Zukunft, das, was ihm Macht gab. Wie seine Geschäftsfreunde darauf reagieren würden, mochte er sich gar nicht erst vorstellen. Alles konzentrierte sich in den kleinen glitzernden Steinen, auf die allein er gesetzt hatte, weil sie überall hin mitzunehmen waren. Er hatte große Pläne damit gehabt auf dieser Reise, die Chance auf hohe Gewinne. Was wäre er noch ohne sein Vermögen? Ein Habenichts, dem man keinen Respekt mehr zollen würde. Etwas wie den ‚*Empire – Phantomschmerz*' der Engländer beschlich seine Seele bei der Erinnerung, was er eben noch war und ohne Steine nie mehr sein würde. Sofort trieb es ihm Wasser in die Augen.

„Wer wusste von der Zahlenkombination", wiederholte Gregorius die Frage mit energischer Stimme, weil Seidelbach sie in seinem Schmerz nicht verstanden hatte. Das bestimmte Auftreten des Kapitäns signalisierte, keinerlei Missstände auf dem Schiff zu dulden, hart durchzugreifen und notfalls selbst für Ordnung zu sorgen.

„Niemand außer mir natürlich", versicherte Seidelbach überzeugt und ergänzte dann kleinlaut, „jedenfalls keiner, der sich auf dem Schiff befindet."

„Kann es sein, dass Sie die Kombination irgendwo aufgeschrieben und aus Versehen liegen gelassen haben?"

„Halten Sie mich für einen ausgemachten Idioten?" Sein Ton wurde aggressiv.

Gregorius zeigte sich unbeeindruckt. Selbstherrliche Typen waren ihm in seiner langen Laufbahn häufig genug über den Weg gelaufen.

„Was ist konkret gestohlen worden, ich meine, um welchen Wert geht es hier?"

Seidelbach wand sich, den Tresorinhalt präzise anzugeben. „Es geht um eine sechsstellige Summe."

„So viel Bargeld hatten Sie dabei? Konnten Sie das überhaupt dort unterbringen?"

Es klang skeptisch.

„Die Summe resultiert aus Bargeld und einem Beutel mit ... äh ... Diamanten", räumte er unwillig ein.

Gregorius pfiff leise durch die Zähne und fragte sich, was der eigenartige Passagier mit einem Beutel von Diamanten anstellen wollte. Wohl kaum seriöse Geschäfte. „Diamanten also? – Wenn wir das nicht selbst aufklären können, müssen wir die französische Gendarmerie einschalten. Und der Zoll wird sich womöglich auch dafür interessieren. Wann haben sie den Inhalt zuletzt gesehen und den Verlust bemerkt?"

„Das kann ich Ihnen genau sagen, bei mir gibt's keine Minute Müßiggang. Time is money."

Gregorius verstand den Vorwurf, verkniff sich aber eine passende Bemerkung.

„Punkt acht Uhr habe ich den Tresor geöffnet, um meine Breitling herauszunehmen, da war noch alles in Ordnung. Wir sind acht Uhr dreißig zum Frühstück gegangen und gegen neun Uhr dreißig zurückgekommen, da war er bereits leer. In der Zwischenzeit hat Ihr Personal die Betten gemacht."

„Wir bedauern sehr, was Ihnen passiert ist und werden sofort die notwendigen Überprüfungen vornehmen. Vielen Dank für die Auskunft, wir melden uns bei Ihnen."

Zum Gruß legte er die Hand an die Mütze, trat beim Hinausgehen auf eine Kabinenkarte, die sich unter der Tür festgeklemmt hatte, meinte: „Sehr unvorsichtig", hob sie auf und hielt sie Seidelbach unter die Nase. „Ist das Ihre?" Der fasste sofort in die Tasche seines Poloshirts und zog die eigene heraus. „Dann ist es deine, dumme Gans", herrschte er Lore in Anwesenheit der Männer an. Ihr Gesicht verfärbte sich puterrot. Wenn sie etwas nicht ausstehen konnte, dann seinen herablassenden Ton im Beisein anderer. „Die muss mir eben heruntergefallen sein", stammelte sie, „vielen Dank Herr Kapitän."

Sorgfältige Durchsuchungen in den Schlafräumen des Reinigungspersonals ergab keinen Anhaltspunkt ebenso wie andere Überprüfungen und Befragungen. Sämtliche Passagiere, die während Seidelbachs Abwesenheit das Schiff verlassen hatten, stimmten später einer Durchsuchung ihrer Kabinen und persönlichen Sachen zu. Ergebnislos, das gestohlene Gut tauchte nicht auf. Die französische Gendarmerie betrat das Schiff, sicherte Fingerabdrücke am Tresor, in der Kabine und führte Befragungen durch. Sogar die Mitarbeiter des Bestattungsinstituts gerieten vorübergehend in Verdacht. Nachweislich hatten sie aber den unteren Raum, bis auf die Abholung von Mathildes Leichnam auf einem anderen Deck, nicht verlassen und waren zu keinem Zeitpunkt unbeaufsichtigt, wie Joris mit anderen bezeugen konnte.

Seidelbach verbrachte den Großteil des Tages übellaunig in der Kabine, unentwegt in die gähnende Leere des offenstehenden Tresors starrend, als erwarte er jeden Augenblick das Wiedereintreffen der vermissten Gegenstände. Unzählige Überlegungen hatte er durchgespielt, Theorien aufgestellt, wer sich der Diamanten bedient haben könnte. Der Tresor war unbeschädigt, nicht gewaltsam aufgebrochen. Der Täter musste also die Kombination gekannt haben, denn das Zeitfenster war zu kurz gewesen, um mit zufälligen Zahlenspielereien Erfolg zu haben. Lilian war die Einzige außer ihm, die die vier Zahlen, eine Verbindung seines und ihres Geburtsjahrs vom Tresor zuhause kannte und ihn hätte öffnen können. Seit ihrem Auszug waren sie unverändert geblieben. Aber sie war passé, weit weg und wähnte ihn auf einem Kongress in Koblenz. Sie kam keinesfalls infrage. Lore könnte sie sich am ehesten verschafft haben, indem sie ihn hier beobachtet oder daheim den Zahlenzettel gefunden hatte, der möglicherweise nicht vernichtet worden war. Aber sie saß während des Frühstücks am Tisch, ohne von seiner Seite gewichen zu sein. Allerdings könnte sie Code und Karte einem Komplizen überlassen haben, der sich in ihrer Abwesenheit mühelos hätte bedienen können. Und lag nicht merkwürdigerweise gerade ihre

Karte auf dem Boden, wie unter der Tür durchgeschoben, als Gregorius sie fand?

Aber wen sollte sie hier kennen? War ihm irgendwer aufgefallen? Er versuchte, sich die Gesichter der Personen vorzustellen, mit denen sie in Kontakt gekommen waren, aber es gab nichts Auffälliges. War sie überhaupt einmal ohne ihn weggegangen? Doch, die Romfahrt und die Sauna fielen ihm ein, nur dort hätte sie den Plan aushecken und die Zahlen weitergeben können, lange genug war sie schließlich fort gewesen. Je intensiver er darüber nachsann, desto mehr wurde ihre Täterschaft zur Überzeugung. Zornig sprang er auf, kniete sich aufs Bett, in das Lore sich schmollend zurückgezogen hatte und in einem Magazin blätterte, packte sie derb an der Gurgel und zog ihren Kopf so weit zu sich hoch, bis die Nasen sich berührten.

„Du Aas steckst hinter dem Diebstahl, kein anderer kann es gewesen sein. Ich schwöre dir, du hast den letzten Atemzug getan, wenn du nicht sofort damit rausrückst, wer das Schwein von Komplize ist, und wo die Steine sind."

Dabei drückte er ihr die Gurgel so zu, dass sie zu ersticken glaubte und wie verzweifelt mit den Beinen strampelte. In den flehenden Augen lag blankes Entsetzen. Er lockerte die Hand, damit sie wieder Luft ziehen konnte. „Und, höre ich was?", zischte er und drückte, als sie wimmerte, nichts zu wissen, erneut so kräftig zu, dass ihr in Todesangst die Augäpfel hervortraten. Seidelbach saß auf ihrem Becken, hatte beide Hände wie Stahlkrallen um den Hals gelegt, so dass sie sich nicht bewegen konnte. Lores Gesicht färbte sich langsam blau, ein fürchterliches Röcheln drang aus ihrem Inneren. Jetzt erst gab er den Hals frei, zerrte sie an den Haaren hoch, schlug ihr mehrmals ins Gesicht und brüllte: „Sag endlich, wer es war, du raffgieriges Luder." Aber er erfuhr nichts außer wiederholten Beteuerungen, unschuldig zu sein. „Seit wann hast du die Karte vermisst?" „Überhaupt nicht", schluchzte sie, ich hatte sie in meinem Bademantel, aber nie gebraucht, weil du immer die Tür geöffnet hast. Heute Morgen, als ich aus dem Bad kam und den Mantel überzog, muss sie herausgefallen sein.“

Jetzt löste er sich schwer atmend von ihr, nahm am Fußende des Bettes Platz, den Kopf in die Hände gestützt, direkt vor dem dunklen Loch des Tresors, das ihm bedrohlich wie ein Raubtiermaul entgegengähnte. *Sollte sie wirklich nichts wissen? In meinem Jähzorn hätte ich sie fast umgebracht. Aber wer um Himmels willen könnte es sonst gewesen sein?* Nach einer Weile erhob er sich, schlüpfte in seine Badesachen und verließ wortlos die Kabine, ohne Lore eines Blickes zu würdigen. Er brauchte Luft, sein Brustkorb war wie von Eisenbändern eingeschnürt.

Wozu er die Steine einzusetzen gedachte, hatte niemanden etwas anzugehen. Ramon Garcia, mit dem er zehn gute Jahre in seiner Praxis zusammengearbeitet hatte, war als begnadeter Fußballer nicht nur in der Primera Division Spaniens, sondern auch in der zweiten Bundesliga aktiv gewesen, ehe eine Knieverletzung ihn zum Sportinvaliden gemacht hatte. Nach der Ausbildung zum Physiotherapeuten kam er zu Seidelbach. Ramon war tüchtig und der bessere Therapeut, der durch seine Verbindungen viele Sportler anzog. Die Praxis florierte, Seidelbach konnte kürzertreten und sich mit alternativen, nicht immer legalen Methoden zum *‚Heiler‘* profilieren. Sein erworbenes Guru-Image verschaffte ihm Zugang zur High Society-Klientel. Als familiäre Umstände Garcia zur Rückkehr nach Spanien zwangen, gab er die therapeutische Tätigkeit auf, engagierte sich im Wettgeschäft, Pferderennen, Stierkämpfe, Fußballspiele und entdeckte Möglichkeiten horrender Einnahmen durch geschickte Manipulation. Die Welt ist korrupt, Geld lässt die allermeisten schwach werden, lautete sein Credo.

Schwierig war es, diskrete Geldgeber für die Vorfinanzierung zu gewinnen. Seidelbach gefiel das Modell auf Anhieb, etwas so recht nach seinem Geschmack, er beteiligte sich, Ramon übernahm den subtilen Bestechungspart, bei Referees, Fußballkollegen,

Jockeys und Toreros. Ging die Rechnung auf, fielen satte Gewinne an. Allerdings mussten die Geldtransaktionen mit Vorsicht erfolgen, nicht über Banken und Überweisungen. Zu viel Bargeld in Koffern hätte auch auffällig sein können, da boten sich Diamanten mit ihrem kleinen Volumen geradezu an. Seidelbach hatte Blut geleckt. Sein Enthusiasmus verlor jedes Maß und bekam bereits manische Züge, die letzten Aktionen, an denen sich inzwischen ein kleiner internationaler Kreis beteiligte, waren blendend gelaufen. Jetzt stand der bislang fetteste Coup an, ein Champions-League-Spiel, das es in sich haben und hohe Einsätze erfordern würde. Seidelbach, von Wette zu Wette fanatischer geworden, wollte mit hohem Einsatz dabei sein, dafür waren die Diamanten gedacht, und in Ibiza wartete man bereits ungeduldig auf sein Erscheinen. Wie nur sollte er dort erklären, mit leeren Taschen anzukommen? Spaß kannten diese Zocker nicht. Er war dazu verdammt, die Steine zu finden.

- Lilian und das ‚trojanische Pferd' -

Sie wusste um das Risiko, sich auf den Vorschlag des unscheinbaren Mannes einzulassen, dem sie einen Teil ihrer Lebensgeschichte erzählt hatte, ohne ihn näher zu kennen. Konnte sie ihm vertrauen, würde die makabre Idee gelingen? Wie stünde sie andernfalls da? Die Folgen wären nicht auszudenken. Sofort verscheuchte sie alle Bedenken, die sich in sie hineinfraßen. Die Möglichkeit, Arthur, dem Scharlatan, heimzuzahlen, was er ihr angetan hatte, reizte sie in einem Maße, das sie nicht beschreiben konnte. Wie sehr hatte er sie gedemütigt und betrogen. Jenners Idee hatte Genialität. Sie fröstelte am ganzen Körper, als sie das Tenderboot betrat, um zum Kai zu fahren. Nach kurzer Überfahrt erreichte sie den Hafen und stand vor der malerischen Kulisse des kleinen Städtchens mit bunten Häuserfassaden und pittoresken steilen Gassen. Busse für die Landausflüge standen schon hinter dem Terminal bereit und warteten auf die Ausflugsgäste. Die Ladenbesitzer spritzten die Bürgersteige ab. Sie atmete den frühmorgendlichen Duft nach Sauberkeit ein, die Gesichter der Häuser überzog ein sanftes Rosa.

Den Weg nach rechts sollte sie einschlagen, geradeaus weitergehen und auf einen roten Peugeot am Straßenrand achten. Nur, wie weit sie die Küstenstraße entlanglaufen sollte, hatte er nicht gesagt. Es wird sich ergeben, dachte sie und schritt schneller voran. Langsam ließ das Frösteln nach, ihr wurde warm. Vom Weg aus konnte sie ihr Schiff sehen, das die Hafenzone dominierte und selbst aus der Ferne wie ein majestätischer Koloss wirkte. Neben ihr verlief eine hüfthohe Mauer, die den Strand von der Straße trennte, am linken Straßenrand befanden sich Bistros und Souvenirläden, die noch nicht geöffnet hatten. Der weißgraue Strand wies gröberen Sand mit kleinen Steinen auf, kein Puderzuckerparadies.

Nach einer Biegung entdeckte sie den roten Wagen. Man schien sie auch gesehen zu haben, denn jemand stieg aus und öffnete die Beifahrertür. Die letzten Meter lief sie, um ihn nicht warten zu lassen. Ein smarter, gutaussehender schwarzhaariger Mann mit Schnäuzer und markanter Nase, den sie auf Ende Vierzig schätzte, kam auf sie zu. „Frank Wendel, Sie sind sicher Frau Busch, Joris hat maßlos untertrieben, als er sie mit *‚schöne Frau‘* beschrieb." Sein Lachen war echt und gewinnend. Die Bemerkung hatte nichts Anzügliches, wie sein offener Blick zeigte. Sie gab ihm die Hand und fragte zögernd, ob Herr Jenner …? „Sie können beruhigt sein, er hat mir alles gesagt, was ich wissen muss. Wir sollten uns beeilen, bevor meine Gehilfen eintreffen. Entschuldigung, dass ich Sie nicht am Hafen abgeholt habe, aber wir dachten, Vorsicht ist besser und wollten Sie nicht vor den Augen der Ausflugsgäste einsteigen lassen."

Nach wenigen hundert Metern hielt der rote Wagen vor einem Backsteinhaus und fuhr über eine steile Rampe hinunter in die Kellerräume, wo zwei unterschiedliche Sargmodelle bereitstanden. Frank öffnete ihr die Wagentür und führte sie zu einem der Särge. „Sie brauchen keine Bedenken zu haben, Luft bekommen sie genug. Sehen Sie, hier in den Deckel sind Löcher gebohrt, die die notwendige Zirkulation gewährleisten."

Lilian nickte stumm, das Vorhaben war so makaber, dass sie kurz überlegte, sich für seine Bereitschaft zu bedanken und davon Abstand zu nehmen. Aber schon so weit gegangen, da sollte sie nicht mehr zurück. Frank legte Wolldecken und Kissen auf den Sargboden, forderte sie mit einer Handbewegung auf, hineinzusteigen.

„Für den Fall, dass Sie es nicht aushalten sollten und den Transport abbrechen wollen, klopfen Sie nur gegen den Deckel. Wir versuchen die Überführung so rasch wie möglich durchzuführen und passen auf Sie auf. Haben Sie keine Angst!"

Mit mulmigem Gefühl legte Lilian sich in das enge Gehäuse und verscheuchte den aufkommenden Gedanken an den irgendwann auf gleiche Weise erfolgenden letzten Transport ihres Lebens.

„Ich schließe probeweise den Deckel, damit Sie sich daran gewöhnen können. Sind Sie bereit?"

„Ich bin bereit", antwortete sie energischer, als ihr zumute war, die Stimme zitterte.

Frank schloss den Deckel. „Meinen Sie, dass es so geht?"

Als die totale Dunkelheit eintrat, wurde ihr die Enge des Gehäuses noch bewusster als zuvor. Panikgefühle, ein nicht zu beherrschender Drang, dem Gefängnis zu entfliehen, überkamen sie, so dass sie wild gegen den Deckel pochte und um ein Haar geschrien hätte. Frank öffnete den Sarg nach einer Minute, sah den verängstigten Ausdruck in ihrem Gesicht, kratzte sich am Kopf und sagte mit beruhigender Stimme:

„Das ist nur der erste Moment, Sie gewöhnen sich daran, denken Sie einfach, auf Urlaubsfahrt zu sein und in der engen Etagenkoje eines Segelboots zu liegen. Ich gebe Ihnen eine Wasserflasche und eine kleine Taschenlampe mit. Es wird einfacher, wenn es nicht so finster ist."

„Danke, dass Sie das für mich tun wollen."

Er wehrte ab und meinte: „Ich habe Joris viel zu verdanken, da war es höchste Zeit, ihm einen Gefallen zu erweisen. Ich schließe jetzt den Deckel. Sie sind eine mutige Frau, Sie werden das sehr gut erledigen, davon bin ich überzeugt. Viel Glück, und machen Sie sich keine Sorgen."

Der Deckel schloss sich endgültig über ihr. Sofort füllte Panik ihre Lunge, so als hätte sie zu lange den Atem angehalten. Sie schaltete die Lampe an, die das Innere spärlich beleuchtete und das angstgetriebene Bedürfnis, hinausspringen zu müssen, dämpfte. Kaum blieb Platz, die Arme neben ihrem Körper zu bewegen. Wie lange könnte sie den grauenvollen Zustand ertragen? Bald hörte sie entfernte Stimmen, spürte, wie der Sarg getragen und polternd abgestellt wurde. Sicher würden sie später ein paar blaue Flecken zieren. Leichtes Schaukeln verriet ihr, dass sie auf dem Weg zum Hafen sein mussten. Sie kämpfte gegen die Empfindung an, nicht genügend Luft zu bekommen und sagte sich, dass es nur Folge des klaustrophobischen Engegefühls ist, das sie durch tiefes Ein- und Ausatmen bekämpfen müsse. Bald darauf wurde der Sarg erneut getragen und unsanft abgestellt. Während der Überfahrt zum Kreuzfahrtschiff schlingerte es so heftig, dass ihr speiübel wurde. Gottseidank hatte sie aufs Frühstück verzichtet und nichts im Magen. Alles drehte sich um sie, ein Zustand des sterben Wollens, schon fuhr ihr Arm verzweifelt hoch, um gegen den Deckel zu pochen, das unerträgliche Manöver abzubrechen, aber im letzten Moment bezwang sie sich. Wasser aus der Flasche half ein wenig.

Auf dem Weg zum Deck geriet der Sarg in Schieflage, so dass sie nach unten rutschte, mit den Knien schmerzhaft an den Deckel stieß und einen kurzen Schrei nicht vermeiden konnte. Ihre Stimme verhallte hölzern und matt. Hatte sie jemand gehört? Kurz danach trat Stille ein, nichts tat sich mehr. *War der Transport ins Stocken geraten? Überlegte man bei der Sicherheitskontrolle, den Sarg zu öffnen? Würde alles scheitern? Wäre die ganze Anstrengung umsonst gewesen?* Quälende Minuten vergingen in ihrem Gefängnis, in denen sie nichts tun konnte, als zu warten. Sie spürte, wie Schweiß den Rücken entlang sickerte, nackter kalter Schweiß der Angst. Ihr Herz schlug so heftig, dass sie das Pochen im Mund spürte. Das Blut raste mit solcher Geschwindigkeit durch die Adern, als wollte es testen, wieviel ihre Venenwände im Ernstfall aushalten. Als sie fürchtete, die Anspannung nicht mehr auszuhalten, hörte sie ein leises Klopfen. Sofort hielt sie die Luft an, reagierte nicht. Dann wurde der Deckel aufgehoben, Licht überflutete sie und blendete die Augen. Wie durch einen Schleier erkannte sie Joris Jenners besorgtes Gesicht, das sich über sie beugte.

„Sie haben es überstanden, gottseidank. War es sehr schlimm?"

Er reichte ihr die Hand und half, aus dem Gehäuse zu steigen.

„Hart an der Grenze", antwortete sie und kämpfte erneut mit aufsteigender Übelkeit, „wo sind die anderen?"

„Auf dem Weg zu Mathildes Kabine, um sie zu holen.

Hab keine Angst! – Los, versuchen Sie ihr Glück, viel Zeit bleibt nicht! Besten Erfolg, ich drücke fest die Daumen."

Sein Herz schlug ihm vor Aufregung zum Hals heraus, die Musik im Kopf pulsierte, steigerte sich von Takt zu Takt, schwoll dramatisch an zum *Bolero von Ravel*. Er wusste um das verdammt enge Zeitfenster, dass absolut nichts schiefgehen und niemand sie sehen durfte, sollte die List gelingen. Hatten sie zu hoch gepokert? Ein Scheitern würde allen Beteiligten den Kopf kosten.

Mit taumeligen Schritten machte Lilian sich auf den Weg zu Seidelbachs Kabinendeck, an den Wänden abstützend, verließ ungesehen den Aufzug, bog zum Flur ab, blickte vorsichtig hinein und entdeckte zwei Reinigungskräfte, die sich gerade anschickten, eine Kabine zu betreten. Sofort zog sie den Kopf zurück. *‚Hab keine Angst!'* Jenners eindringliche Worte, bei denen er sie vor Aufregung duzte, hafteten ihr noch im Ohr und erinnerten sie unwillkürlich an die des kleinen Stefan vor langer Zeit, *‚hab keine Angst, ich verlasse dich nicht, auch nicht in einer Million Jahre'*. Die harmlosen drei Worte machten ihr mehr Mut, als sie für möglich gehalten hätte. Der Reinigungstrupp war verschwunden, sie hastete den Gang entlang, fand die gesuchte Kabinennummer. Wenn Arthur jetzt herauskommen sollte, würde sie einfach weitergehen, als wäre sie auf dem Weg zu ihrem Zimmer. Unmittelbar neben der Tür stand der Reinigungswagen mit den üblichen Utensilien, obenauf ein Karton mit Einmalhandschuhen. Zwei fischte sie schnell heraus, schließlich sollten keine verräterischen Spuren hinterlassen werden, auf diese Weise war es einfacher als mit Taschentüchern. Ein Glück, dass sie nicht später gekommen war, denn sein Zimmer wäre als nächstes gereinigt worden. Seidelbach schien beim Frühstück zu sein, das Schild an der Tür signalisierte *‚Reinigen'*, sie drehte es auf *‚nicht stören‘* um und hielt die Karte zittrig ans Schloss. Seltsamerweise zweifelte sie nicht daran, den Tresor knacken zu können. Selbst wenn er die Kombination des häuslichen Geheimfachs, aus den Endzahlen seines und ihres Geburtsjahrs bestehend, geändert hätte, wäre er dem Prinzip treu geblieben, so dass sie statt ihrer, Lores Daten berücksichtigen müsste, deren sie sich nahezu sicher war.

Die Tür öffnete sich zu einer geräumigen Suite, luxuriös, mit ausladendem Balkon, ungleich größer als ihre bescheidene Innenkabine ohne Blick hinaus, aber eine teurere hätte sie sich nicht leisten können. Obstschale und Champagnerkübel schmückten den Tisch. Der Einrichtung schenkte sie keine weitere Aufmerksamkeit, die Zeit war zu knapp, um sie durch Unwichtiges zu verlieren. Schon beim ersten Versuch sprang der Tresor auf. Wie erwartet, hatte Arthur nichts an den Zahlen verändert. Sie fasste hinein, enttäuschend. Die Bargeldmenge in ihrer Hand war mehr als überschaubar und hätte das eingegangene Risiko nicht gelohnt. Aber dann entdeckte sie das Säckchen, fühlte, was darin war und stieß vor Überraschung einen kurzen Schrei aus. Das würde für alles entschädigen. Schnell verstaute sie Geld und Steine in der Kleidung, schloss den Tresor, öffnete die Kabinentür einen Spalt und spähte hinaus. Ein älteres Paar mit Rollatoren mühte sich langsam durch den langen Flur, musste das ausgerechnet jetzt sein? Verflixt, Zeugen konnte sie nicht gebrauchen. Was wäre, wenn Seidelbach in diesem Moment zurückkäme? Wie Schnecken krochen die beiden voran. Schweißtropfen bildeten sich auf der Stirn, ihr Puls raste. Der Reinigungswagen hatte die Suite übersprungen und stand eine Tür weiter, das Servicepersonal arbeitete in der Nachbarkabine, aber wie lange noch? Vor Anspannung wagte sie kaum zu atmen. Endlich war der Gang frei. Sie schloss die Tür, schob die Zimmerkarte darunter durch, drehte das Schild wieder um, entsorgte die Handschuhe im Abfalleimer des Wagens, nahm den Aufzug zu den unteren Decks und hastete durch die Flure. Nur nicht gesehen werden, war der einzige Gedanke. Vor dem Lagerraum, in den man Mathilde gebracht hatte, wartete Joris schon ungeduldig und zog sie gleich in eine Nische, um nicht gesehen zu werden.

„Und? Erfolgreich?", flüsterte er.

„Ja, es hat geklappt", hauchte sie völlig außer Puste.

Sie sah, wie ein Leuchten über sein Gesicht glitt, er aufatmete und sich die Hände rieb.

„Die Bonnets sind eben gegangen, Mathilde wird gleich hinausgetragen. Solange, bis sie den zweiten Sarg abholen, sind wir mit Frank allein, dann müssen Sie nochmal Ihren *Luxusplatz* einnehmen."

„Wie geht es Sonja?"

„Blass, aber gefasst. Ich freue mich, wenn Sie wieder hier sind und alles überstanden ist. Nie hätte ich gedacht, dass Kreuzfahrten so aufregend und strapaziös sein könnten."

„Kann ich nur bestätigen", pflichtete sie ihm bei und lächelte verkrampft. Noch war der dreiste Coup nicht vollendet.

In diesem Moment öffnete sich die Tür und Franks Gehilfen trugen Mathildes Sarg hinaus. Als sie nicht mehr zu sehen waren, huschten beide aus der Nische in den Raum. Frank hatte den Deckel des zweiten Sargs bereits geöffnet und streckte den Daumen hoch als Zeichen, dass alles perfekt gelaufen war. Joris drückte ihr beide Hände, bevor der Deckel sich über ihr schloss. Auf dieselbe Weise wie zuvor, brachte man sie zurück. Jetzt, wo die Mission geglückt und sie im Besitz der Steine war, empfand sie den Transport weniger gruselig als vorher, obwohl sie wie Espenlaub zitterte. Auch in Villefranche musste sie quälend lange auf Franks Klopfen warten, ehe sie ihr *trojanisches Pferd* verlassen konnte. Als er ihr hinaushalf, meinte er: „Meinen Glückwunsch, sowas gibt's weiß Gott nicht alle Tage. *Das war einmal Troja hin und retour.*"

Die Erleichterung, dass alles reibungslos funktioniert hatte, konnte man an seinen Gesichtszügen ablesen. Er war ein großes

Risiko eingegangen, das ihn nicht nur die Lizenz, sondern auch die Freiheit hätte kosten können. Lilian umarmte ihn und gab ihm zögernd das wertvolle Säckchen: „Passen Sie gut darauf auf, meine Zukunft hängt davon ab."

„Sie können sich auf mich verlassen. Ich bin bei der Überführung nach Deutschland dabei und werde es Joris übergeben. Mit ihm müssen Sie alles Weitere abstimmen. Sie nickte stumm. Zum Abschied küsste er sie dreimal auf die Wangen und meinte fast entschuldigend: „So handhaben wir das in Frankreich." Sie spürte, wie sein warmer Atem ihren Rücken hinunter strömte und ein angenehmes Kitzeln auslöste.

„Es wäre schön, wenn wir uns auf andere Weise wiedersehen könnten. Finden Sie den Weg allein zurück, Lilian?"

Zum ersten Mal sprach er sie mit Vornamen an, und es klang so melodisch in ihren Ohren, als hätte sie es noch nie gehört. Sanft, warm und natürlich ein bisschen französisch. „Ich würde mich auch darüber freuen. Vielen Dank, Frank, in gewisser Weise haben Sie mir das Leben gerettet. Au revoir."

Von Zentnerlasten befreit, spazierte sie zurück, zunächst an der Küstenmauer, dann über den Strand direkt am Meer entlang. Euphorie flutete ihren Körper, wie heiße Luft einen Ballon. So leicht fühlte sie sich, dass sie am liebsten getanzt hätte und an die Fähigkeit zu fliegen, glauben wollte. Sie hatte Seidelbach überlistet und das unterschlagene Kapital zurück, wahrscheinlich sogar wesentlich mehr. Das Gefühl war so befriedigend, dass es schier schmerzte. Die Wellen leckten kühl und frech an ihren nackten Zehen, Steinchen kitzelten unter den Füßen, die Schuhe schwenkte sie lässig in der Hand. Hin und wieder bückte sie sich nach interessant geformten Muscheln oder schön gefärbten Steinen, was sie als Kind in den Ferien am Meer so intensiv getan hatte, dass ihr Rücken tief gebräunt, das Gesicht aber blass geblieben war, weil ihr Kopf immer nach unten gerichtet war.

Der Strand hatte sich mittlerweile bevölkert, die Sonne brannte, und Lilian konnte kaum glauben, noch vor kurzem gefröstelt zu haben. An einer Bude kaufte sie Zitroneneis und ertappte sich bei dem übermütigen Gedanken, reich genug zu sein, um den ganzen Laden kaufen zu können. Beim Bummeln durch Gässchen, die sich vor Enge krümmten und keinen Sonnenstrahl in die Schluchten zwischen den Häusern ließen, stöberte sie in Modeläden, aß in Hafennähe vor den Fassaden der verspielt bunten Häuser ein knuspriges Schinkenbaguette und trank Wein dazu. Wunderschön empfand sie den Ort, malerisch, südländisch lebensfroh und von beneidenswerter Gelassenheit seiner Bewohner geprägt. Er hatte sich seine Ursprünglichkeit bewahrt und nicht den Zwang verspürt, sich wie andere so zu modernisieren, dass der Zauber verloren gegangen wäre.

Das Tenderboot brachte sie am späten Nachmittag zurück. Während der Überfahrt unterhielt man sich über den dreisten Diebstahl auf der ‚*Poseidon 3*' sowie die unangenehmen Nachforschungen des Sicherheitsoffiziers und der Polizei. „Waren Sie auch davon betroffen?", fragte man sie. „Nein, das höre ich zum ersten Mal, ich war schon sehr früh unterwegs heute."

Bei Ankunft nahm sie den Lift hinauf zum Außendeck und wurde gleich von einem Windzug erfasst, als sie ihn verließ. Schnell brachte sie Frisur und Kleidung in Ordnung, bevor sie sich an der Bar einen Cocktail mixen ließ, den sie verdient zu haben glaubte, als Seidelbach hinzutrat und in gewohnt herrischem Ton einen Drink forderte. Als der Keeper nicht sofort reagierte, höhnte er, Zustimmung von anderen Gästen erheischend: „Der ist so langsam, dass man ihm beim Laufen glatt die Schuhe besohlen könnte." Unüberhörbar wollte er vor allen anderen bedient werden. Obwohl unmittelbar neben Lilian, so dass sich ihre Schultern fast berührt hätten, bemerkte er sie nicht. Jetzt war sie genau in der rechten Stimmung, sich zu offenbaren.

„Hallo Arthur“, sprach sie ihn gefährlich ruhig an, „du hast mir nicht gesagt, dass der wichtige Kongress auf einem Schiff stattfindet. Welch exklusives Ambiente zur Weiterbildung. Hast du deinen Vortrag schon gehalten oder kommen wir noch in den Genuss?“

Kaum hatte er ihre Stimme vernommen, flog sein Kopf herum, das Gesicht starr vor Überraschung, und sie sah an seiner Ratlosigkeit, dass er Mühe hatte, sie mit langen blonden Haaren zu erkennen.

„Du hier? ... Wieso? Das Ticket ...“, stotterte er nach ein paar Schrecksekunden irritiert.

„Nun, nachdem du meins deiner Gespielin verehrt hast, musste ich mir ein eigenes besorgen, so einfach ist das.“

„Du hast gewusst ...?“

„Für wie dumm hältst du mich?“

Auf einmal schien ihm ein Licht aufzugehen, sein Kopf schwoll sichtbar an und wurde dunkelrot.

„Du warst in meiner Kabine, verfluchtes Luder, hast mich bestohlen, niemand sonst kannte die Kombination. Rück sofort die Steine raus, rate ich dir, sonst ...“

„Wie sollte ich da hineingekommen sein? Und was meinst du mit Steinen?“

„Weißt genau, was ich meine, ich will sie wiederhaben, und zwar gleich, sage ich!“

Er wurde laut, rüttelte an ihren Schultern, so dass der Decksteward sich eilig näherte. Sie genoss die Wut in Arthurs Worten, das wilde Flackern in den Augen, die verzweifelte Hilflosigkeit, aber auch die tiefe Ruhe und Genugtuung in ihrem Inneren.

„Ich weiß zwar nicht, wovon du sprichst“, entgegnete sie seelenruhig, „aber wer hier wen bestohlen hat, solltest du doch am allerbesten wissen.“

Völlig außer sich schrie er über das Deck hinweg, damit es jeder hören konnte: „Das ist die Diebin, ich muss sofort zum Kapitän. Haltet sie fest, haltet sie!“

Wie lächerlich, als wenn Gefahr bestanden hätte, mitten auf dem Meer verschwinden zu können. Niemand kam ihr nahe, aber auch nicht zu Hilfe. Ein willkommenes Spektakel für die Zuschauer, die den Disput zwischen Mann und Frau fast schon mit pornografischer Freude verfolgten.

Selbst ließ sie sich beim Kapitän melden. Sie sei des Einbruchs beschuldigt worden und bereit zu jedweder Untersuchung, um den schlimmen Verdacht zu entkräften. Seidelbach, der kurz nach ihr schnaufend und mit feuchter Badehose in der Offiziersmesse eintraf, tobte zornesrot und musste erst zur Ordnung gerufen werden. Seine Flüche kombinierte er mit theaterreifen nonverbalen Ausdrucksmitteln. Die Überprüfung der Identifikation bestätigte, dass Lilian Busch die *Poseidon 3* bereits verlassen hatte, als Seidelbach vor dem Frühstück noch im Zimmer war und erst am späten Nachmittag zurückkehrte. Sie kam definitiv nicht als Diebin infrage. Arthur geiferte: „Sie hatte einen Komplizen." Sofort bot sie an, Kabine und persönliche Sachen durchsuchen zu lassen. „Sehr nobel von Ihnen, obwohl wir keine Veranlassung dafür sehen, aber wenn Sie das wollen?", entschied der Kapitän. Die Überprüfung blieb, wie nicht anders zu erwarten, ergebnislos.

„So kommst du mir nicht davon, *Schlangenschlange*, ich bleibe dir auf den Fersen, zertrete dich! Ich muss die Steine wiederhaben, mein *Lebenstod* hängt davon ab", schäumte er mit wütenden Tritten gegen die Tür, bis sie splitterte. Von jeher war sein Redestil verbaler Impressionismus mit individueller Wortwahl und eigenen grammatikalischen Gesetzen.

- Seidelbach -

Ein Rest der filterlosen Zigarette hing an seiner Unterlippe, der Magen knurrte übel, Hunger machte sich beißend bemerkbar wie immer, wenn es Ärger gegeben hatte. Mit Erschrecken fiel ihm ein, dass er seit dem Frühstück nichts mehr gegessen hatte. Höchste Zeit fürs Abendessen. Er wählte einen leichten Sommeranzug mit silbernem Schimmer, den er eigens für die Reise gekauft hatte, herrschte Lore an, sich gefälligst fertig zu machen und ihn vor dem Abendessen zum Pooldeck zu begleiten, um Luft zu schnappen. Es war menschenleer dort, kein Wunder, die meisten Passagiere weilten schon in den Kabinen oder beim Abendessen. Frischer Wind empfing sie, spielte mit ihren Haaren, wohltuend nach dem unerfreulichen Tag. Lore, im taubenblauen Kleid, das ihr schmeichelte, mit Sonnenbrille auf der Nase, um die Schwellungen von Arthurs Schlägen zu kaschieren, schrie plötzlich auf, als sie den Außenpool erreichten und zeigte hektisch auf das Wasser. „Arthur, du musst sofort helfen!" Ein Körper trieb bäuchlings reglos im Pool. Seidelbach, der ihn gleichzeitig entdeckt hatte, zischte: „Nicht so laut, was geht's uns an? Doch nicht mit meinem neuen Anzug. Lass uns verschwinden!" Als Lore nicht reagierte, trabte er lustlos zurück, um nach einem Stewart Ausschau zu halten, während sie keine Sekunde zögerte, die Schuhe abstreifte, in voller Bekleidung hineinsprang und den Bewusstlosen zum Beckenrand zog. Seinen Kopf hielt sie so lange über Wasser, bis eine Servicekraft eintraf, den Mann mittleren Alters herauszog und erste Hilfe leistete. Ihr Kleid klebte wie eine zweite Haut am Körper, die Haare hingen in nassen Strähnen herunter, unter ihr breiteten sich Pfützen aus.

„Siehst aus, wie 'ne ersäufte Katze", zischte Arthur abfällig, „ich gehe jedenfalls zum Essen."

Als Lore später umgezogen und mit geföhnten Haaren in den Speisesaal kam, spendeten die Gäste Beifall. Die beherzte Rettung des Florian Puttkammer, eines vermögenden Junggesellen aus Wiesbaden, der inzwischen wieder auf den Beinen war, hatte sich schnell herumgesprochen, ebenso wie der Wutausbruch ihres Begleiters am Nachmittag und seine verachtende Gleichgültigkeit am Pool.

„Ich glaube, meine Meinung über sie revidieren zu müssen", sagte Joris, der mit Lilian alleine am Tisch saß, und sie stimmte nachdenklich zu. „Da schließe ich mich an, man sollte wirklich nicht von der äußeren Erscheinung auf den Menschen dahinter schließen." Schweigend aßen sie die Vorspeise, eine exquisite Lachs-Forellenterrine mit grüner Sauce.

„Ich habe mich noch nicht richtig bei Ihnen bedankt", flüsterte sie, als könnte man es an den Nachbartischen verstehen.

„Ich war Ihnen gerne behilflich, Seidel..."

„Achtung, keinen Namen nennen, wir müssen vorsichtig sein!"

„Er hat es verdient", wollte ich nur sagen, „und für Sie freut es mich ganz besonders." Joris schenkte ihr ein zaghaftes Lächeln, das sie erwiderte.

„Danke, und wie geht es jetzt weiter?"

„Frank bringt mir das ... *Objekt*, wenn er die Überführung macht. Ich verwahre es im Tresor, Sie melden sich bei mir und holen es ab. Adresse und Telefonnummer schreibe ich Ihnen auf."

„Und was macht mich sicher, dass ich Ihnen vertrauen kann?", fragte sie in kokettem Tonfall und lachte schelmisch dabei.

„Dass mein Partner und ich ein ziemliches Risiko eingegangen sind, bei der Aktion aufzufallen."

„Es könnte Ihnen aber auch die Sache wert gewesen sein", neckte sie weiter.

„Es wird Ihnen nichts anderes übrigbleiben, als mir zu vertrauen, was Ihnen offenbar schwerfällt", beendete er die Konversation ungewohnt barsch. Er war mächtig verstimmt, und Lilian merkte, mit ihren Fragen zu weit gegangen zu sein. Hätte sie von Anfang an kein Vertrauen in ihn gehabt, wäre sie gar nicht auf den abenteuerlichen Vorschlag eingegangen. Aber noch waren die Steine nicht in ihrem Besitz.

Die Hauptspeise kam, Tranchen vom Flanksteak auf Kräuterseitling-Ragout mit Kartoffelpüree. Es roch höchst verführerisch, aber er aß mit Überwindung, weil alles auf einem Teller lag, und er sich vor ihr keine Blöße geben wollte.

„Natürlich habe ich Vertrauen", lenkte sie ein, als sie sein verkniffenes Gesicht sah, „nehmen Sie es mir bitte nicht übel. Ich denke, wir sollten jetzt sehr vorsichtig sein und nicht mehr zusammen essen. Es könnte Arthurs Verdacht erregen und auf einen Zusammenhang mit der Überführung schließen lassen."

Joris überdachte die Folgen und stimmte zu. „Dann sollten wir es tun. – Werden Sie in Barcelona auch an Land gehen und sich die Stadt ansehen?"

„Natürlich, unbedingt. Gleich die erste Möglichkeit, das Schiff zu verlassen, werde ich nutzen."

Nach dem Essen verließen sie den Speisesaal getrennt. Obwohl Joris wusste, dass Vorsicht angebracht war und er schon selbst den Vorschlag machen wollte, schmerzte es ihn, dass sie es in so nüchterner Weise ausgesprochen und diese Fragen, wenn auch angeblich im Spaß, gestellt hatte. Seine Hoffnung, ihr durch die kühne Aktion näherzukommen, sie für sich einzunehmen, hatte einen Dämpfer erhalten und den erfolgreichen Tag getrübt. Aber noch lag ein Trumpf in seiner Hand, sie musste die Diamanten bei ihm zuhause abholen.

Missmutig warf er einen Blick ins Theater, in dem gerade eine aufwändige Show lief, die ihn nicht interessierte, suchte die gut gefüllte Bar auf, trank einen Cognac, auf den er jetzt seltsamerweise Lust hatte und gewahrte Seidelbach am anderen Ende des mit vorbereiteten *Hugos* bestückten Tresens, der erkennbar Schieflage hatte und sich lautstark mit einem Thekengast unterhielt. Offensichtlich war er im Begriff, seinen Verlustkummer erfolgreich zu ertränken. Arme Lore. Er nahm sein Glas mit nach draußen, länger verweilen wollte er nicht, vor allem keinesfalls von ihm erkannt werden. Deshalb schlenderte er an den Auslagen der auch abends geöffneten Shops vorbei zum Klanghaus, in dem eine dunkelhaarige, schlanke Sängerin französische Chansons vortrug, begleitet von einer jungen blonden Pianistin. In der letzten Reihe winkte ein freier Stuhl, er setzte sich und hörte mit Genuss zu. Die Dame war erstaunlich professionell, was er auch der Pianistin konzedieren musste, die in den Pausen zwischen den einzelnen Nummern ihr wahres fingerfertiges Können zeigte. Der Anschlag war grazil, ihr Spiel mühelos, von federnder Leichtigkeit und selbst im Pianissimo transparent. Technisch perfekt.

Die Sängerin erinnerte ihn an die junge Juliette Gréco, nicht nur, weil sie ihr optisch glich und ein langes schwarzes Kleid trug, sondern auch, weil sie ihr stimmlich ähnelte und deren Lieder sang: *‚Parlez moi d'amour'*, das erotisch angehauchte *‚Déshabillez moi'*, sehr sinnlich dargeboten und anschließend *‚Les feuilles mortes'*. Alle Beiträge waren ihm vertraut, denn sein Vater hatte die Gréco verehrt, die Chansons gerne gehört, während Joris in ihr stets die schwarz gekleidete, geheimnisvolle, unnahbare Frau sah, die nie die Popularität wie Edith Piaf erreichte. Zu distanziert, die Texte zu intellektuell oder politisch. Kein Wunder, wo Literaten wie Sartre, Françoise Sagan oder Camus für sie schrieben. Unwillkürlich fragte er sich, was die Interpretin auf der Bühne noch mit der *Grande dame de la chanson* gemeinsam haben mochte, außer Stimme und Aussehen. Gréco war immer Existentialistin, nie angepasst, behielt ihren Stil bei, scherte sich wenig um Konventionen, liebte Männer und Frauen. In diesem Moment strich sie der Pianistin im Vorbeigehen zärtlich übers Haar. Hatten die beiden eine Liebesbeziehung, sie, die Dunkelhaarige mit der markant männlich tiefen Stimme und die sehr zart und weiblich wirkende Begleitung? Während er darüber nachsann, schweifte sein Blick durch die vollbesetzte, im leichten Halbdunkel liegende Aula, als er plötzlich Lilian entdeckte an der Seite eines Mannes, den er nur im Profil erkennen konnte. Sie flüsterte ihm gerade etwas ins Ohr, er lachte darüber, was sehr vertraut aussah. Fremd wirkte der Mann nicht auf ihn, irgendwo musste er ihm schon einmal begegnet sein, nur wo war das gewesen?

In der Nacht schlief er schlecht, glaubte das Vibrieren der Maschinen zu spüren und hörte durch den Spalt der leicht geöffneten Balkontür das Meer rauschen. Die Nacht, von wirren Gedanken zerfressen, wollte ihm keine Ruhe schenken, kann sie doch unendlich dumme Geschichten erfinden. Erst gegen Morgen fiel er in tiefen Schlaf, so dass er die Ankunft in *La Seyne-sur-mer* verschlief und erst durch die Lautsprecheransage des Kapitäns geweckt wurde. Sein erster Gedanke galt dem Mann neben Lilian, aber auch jetzt wollte ihm nicht einfallen, wo er ihn schon einmal gesehen hatte. Ein paar Minuten blieb er noch liegen, bevor er aufstand, die Balkontür weit aufschob und hinausblickte. Erste Sonnenstrahlen hatten die Pflastersteine des Piers überfallen, im Hafen lagen etliche Schiffe der französischen Marineflotte, ein martialischer Anblick, den er nicht erwartet hatte. Das südfranzösische *La Seyne* mit pittoresker Altstadt, einladenden Plätzen und vielen Brunnen, wie er im Reiseführer gelesen hatte, würde er sich auf alle Fälle ansehen und auch die nah gelegene Stadt Toulon besuchen.

Gleich nach dem Frühstück, an dem er die reiche Auswahl knuspriger Brötchen neben den kunstvoll geschnitzten Obstskulpturen besonders schätzte, machte er sich auf den Weg. Das Flair von *La Seyne* gefiel ihm, ein verträumtes, hübsches Städtchen, dessen weiches Licht ihn sofort einnahm. Mit der Fähre ließ er sich am Fort Balaguier vorbei in einer knappen halben Stunde durch die weite

Bucht nach Toulon bringen, von Gerüchen nach Tang, Teer und Kerosin begleitet. Der erste Eindruck der strategisch bedeutenden und im Krieg heftig bombardierten Hafenstadt war enttäuschend. Triste Küste, langgezogene Straßen, schmucklose Betonfassaden, Fabrikhallen, die zerrissene Markise einer geschlossenen Brasserie, Verfall. Es roch nach Salz, nassen Steinen und Möwenkot. Selbst die Uferpromenade wartete nur mit nüchternen Hochbauten auf. Aber die schönen Plätze des Zentrums entschädigten dafür, die *Place Raimu* mit der bedeutenden Oper und ihrer attraktiven Fassade, die *Kathedrale Sainte-Marie de la Seds* in der Rue Emile Zola und der *Marché du Cours Lafayette*, ein faszinierend üppiger mediterraner Markt, dessen Vielfalt und frische Auslagen ihn begeisterten. Er kaufte zwei saftige Pfirsiche, erprobte erfolgreich sein mageres Schulfranzösisch bei der Obstverkäuferin und verweilte beeindruckt vor dem schier unendlichen Angebot der Fischstände.

Als besonderen Tipp hatte man ihm den Besuch der Nachbargemeinde Mourillon, einem früheren Fischerdörfchen, empfohlen, mit herrlichen, kaum besuchten Stränden, an denen er hüllenlos badete, faul im Sand lag, sein Obst verspeiste und die Sonne geradezu unverschämt genoss. Weit und breit war niemand zu sehen und himmlische Ruhe. Von dort ließ er sich zum *Jardin d'acclimatation du Mourillon* fahren, einem riesigen botanischen Garten vielfältigster Bepflanzung mit dem Denkmal von Heinrich Heine im Zentrum. Wer hätte so etwas dort erwartet?

Das Abendessen nahm er nun in anderer Gesellschaft ein, bei einem wenig aufgeschlossenen Ehepaar nebst jungfernhafter Tochter, deren stumme Kommunikation an Goldfische im Glas erinnerte und ihn Mathilde schmerzlich vermissen ließ, die immer für heitere Unterhaltung gesorgt hatte. Die ausgezeichneten Agnolotti del Plin mit feiner Fleischfüllung und schwarzem Trüffel darüber zergingen köstlich auf der Zunge, während die Tischgenossen unverständlich lustlos in ihren Tellern stocherten und sich über die servierten Weine empörten. Warum fahren solche Leute in der festen Absicht, alles schlecht zu finden, überhaupt in Urlaub, fragte er sich. Eine Form masochistischer Perversion, den höchsten Genuss im Frust zu finden. Lilian konnte er im Speisesaal leider nicht entdecken, so oft er sich umsah. Auch den Tag über hatte er sie nicht getroffen. *Wo wird sie sein und vor allem bei wem?* Die Vorstellung, dass sie den Tag in Gesellschaft des Mannes aus dem Klanghaus verbracht haben könnte, nagte an ihm, schnell vertrieb er sie aus seinem Kopf, wie eine lästige Fliege.

Der nächste Tag war wieder ein Seetag, ohne einen Hafen anzulaufen. Bei schönstem Sonnenschein machte er sich, mit Lesestoff ausgerüstet, auf zum Sonnendeck, wo ein Stewart gerade die Liegen vom Stapel nahm, um sie in akkuratem Abstand voneinander aufzustellen. Erste Gäste hatten es sich schon darauf bequem gemacht, lasen, ruhten oder hörten Musik über ihre Kopfhörer. Unschlüssig, welche Liege er nehmen sollte, schlenderte Joris über die Planken und entdeckte am äußersten Ende des Bugs eine Sonneninsel für zwei Personen, optimal aufgestellt, um den hier stärker wehenden Wind abzuhalten. Ein geeignetes Plätzchen, um in Ruhe zu lesen. Von außen war nicht zu erkennen, ob sie besetzt war. Er warf einen Blick hinein. Oh la, la, die Chansonsängerin und ihre Pianistin kuschelten nackt darin, so dass er sich sofort zurückzog. Die Vermutung einer Beziehung zwischen beiden hatte sich bestätigt. Parlez moi d'amour ..., am liebsten hätte er laut die Melodie gepfiffen. Er konnte nicht aufhören, an Lilian zu denken, beobachtete auf dem Rückweg andere Passagiere, die ebenfalls allein dort waren, Männer, auch Frauen und fragte sich, ob sie, genau wie er, auf der Suche nach einem Partner waren, sich verliebt hatten, oder unter den gleichen Sehnsüchten litten. Vielleicht war er umgeben von Dutzenden Menschen, die exakt Ähnliches fühlten, wünschten, Leidensgenossen waren und es sich nicht ansahen?

Auch Lilian entschloss sich, den wolkenlosen Tag auf dem obersten Deck bequem im Liegestuhl zu genießen. Auf dem Weg dorthin im türkisfarbenen Bikini begegnete ihr ein smarter, sonnenstudiogebräunter Typ mit gegeltem Haar in Bermuda-Shorts und rosa Flip-Flops, für die er eindeutig zu alt war.

„Entschuldigung, hätten Sie einen Moment Zeit? Meyering, mein Name, Ludwig Meyering." Er hielt ihr gleich die Hand hin, die sie nur widerwillig nahm und ihren Nachnamen nannte.

„Sie sind sehr hübsch, Frau Busch, wenn ich das so sagen darf", säuselte er mit durchwirktem Blick, „nun, das zu hören, dürfte nichts Neues für Sie sein, aber mein interessanter Vorschlag schon."

Er fasste ihren Arm, was sie unangenehm fand und kam so nah, dass sein Gesicht das ihre fast berührte. Unwillkürlich wich sie einen Schritt zurück. „Meine Werbeagentur, die *‚Bestlight-Marketing-GmbH'*, Hannover, möchte Sie gerne verpflichten und zum Gesicht einer Produktkampagne machen. Sie sind der absolute Idealtyp. Sensationell, ich sehe Sie schon auf Plakaten, Katalogen, ... was weiß ich, wo noch. Wir würden super gut zusammenarbeiten, das spüre ich ganz sicher und darüber hinaus viel Spaß miteinander haben."

Dabei grinste er anzüglich, was zwei Goldzähne in der Sonne blinken ließ, zwinkerte vertraulich und versetzte ihr einen jovialen Knuff in die Seite. „Dann bis heute Abend, cara mia, sagen wir dreiundzwanzig Uhr in der Abtanzbar zum Besprechen der Einzelheiten?"

Lilian verblüffte seine Frechheit und die entwaffnende Eindeutigkeit des Angebots.

„Wohl als Kind vom Wickeltisch gefallen?", gab sie zur Antwort und ließ ihn verblüfft stehen.

Was hatte sie an sich, dass sie für jedermann verfügbar gehalten wurde, alle sich mit ihr schmücken wollten und in völliger Selbstüberschätzung voraussetzten, dass es auch ihr Wunsch sei? Besaß sie ein Stigma auf der Stirn, was so zu deuten war? Sandte sie unbewusst Signale aus, ich bin zu haben? Schwindet das Einfühlungsvermögen in die Empfindungen anderer Menschen immer mehr, fragte sie sich verstimmt.

In diesem Moment kam Jenner in blauen Shorts und weißem T-Shirt die Treppe herunter. Schöne Beine besitzt er, wie sie mit einem Blick feststellte.

„Schön Sie zu sehen, Frau Busch, auch auf dem Weg zum Sonnen? Das Wetter ist prächtig und das Meer spiegelglatt. Ich habe meine Liege oben, will mir gerade einen Drink holen, alkoholfrei natürlich. Darf ich Ihnen etwas mitbringen?"

Sie musterte ihn kritisch, sagte dann aber freundlich: „Wäre nett, ich könnte einen Apérol gebrauchen, keinesfalls alkoholfrei, mit Sekt bitte."

„Bin schon unterwegs."

Joris brachte die Getränke, sie stellten ihre Liegen nebeneinander auf und prosteten sich zu. „Auf einen erholsamen Seetag."

„Wegen der Steine ...", machte er sich nach einer Weile leise bemerkbar, damit man ihn nicht hören konnte, obwohl die nächsten Liegen etliche Meter entfernt standen, „es wird nicht einfach sein, sie zu ..."

„Sie meinen, in Geld zu verwandeln, das ich dringend benötige."

„Ja, das meine ich, man braucht Fachkenntnisse und Kontakte, um nicht übers Ohr gehauen zu werden", druckste er. „Darüber verfügen wir nicht. Ich denke, die Branche hat feine Antennen, es spricht sich herum, wenn ein, entschuldigen Sie, Unbedarfter größere Mengen an den Mann bringen will."

„Das lassen Sie ruhig meine Angelegenheit sein", antwortete sie selbstbewusst. „Nett von Ihnen, sich meinetwegen Sorgen zu machen. Ich habe Goldschmiedin gelernt und von da noch sehr verlässliche Kontakte."

„Dann bin ich beruhigt", äußerte Joris verwundert und erleichtert zugleich.

„Sie wissen doch, dass wir Frauen voller Geheimnisse sind."

„In der Tat, daran führt kein Weg vorbei."

Lilian schmunzelte über die Ernsthaftigkeit mit der er ihre spaßige Bemerkung bestätigte. Auf einmal spürte sie gute Laune aufkommen, die der Werbefritze ihr eben verdorben hatte. Lag es an der Unterhaltung mit dem unscheinbaren Jenner, der nichts von ihr wollte, sich aber Gedanken um sie machte oder an der belebenden Wirkung des Getränks? Egal, sie streckte sich auf der Liege aus, genoss den Blick auf das silbrig glitzernde Meer und die sanfte Wärme auf ihrer Haut.

„Wir haben noch nicht über Ihren Anteil an unserem Beutezug gesprochen", griff sie das Diamantenthema wieder auf. „Es ehrt Sie, das nicht zur Bedingung für Ihre Hilfe gemacht zu haben."

Von Joris kam nur eine abwehrende Handbewegung.

„Ich denke, ein Drittel wäre angemessen, um es mit Herrn Wendel teilen zu können."

„Ich bitte Sie, wir beanspruchen doch nichts, ich war froh, Ihnen aus der ... wie soll ich sagen, Klemme helfen zu können. Der Gedanke, dass der Halunke Ihr hart erarbeitetes Geld veruntreut hat, war mir unerträglich."

Lilian erwiderte nichts und kam stattdessen auf seine ursprüngliche Befürchtung zurück.

„Das Diamantengeschäft ist diffizil, da haben Sie vollkommen Recht. Der Wert bemisst sich nach Gewicht, Farbe, Reinheit und Schliff. Im Grunde suchen die Fachleute nicht nach Schönheit, sondern nach Fehlern, um die Güte zu bestimmen. Soweit ich das in der Kürze ausmachen konnte, sind es hochwertige Steine. Die Branche hat sensible Ohren, häufig lässt man gemmologische Gutachten bei Edelsteinlaboren über die Art der Steine anfertigen. Die Nummern dieser Zertifikate werden per Laser auf der Rondiste des Diamanten eingetragen, womit eine zweifelsfreie Identifizierung möglich ist. Wie ein Fingerabdruck."

„Das wäre in unserem ... ähm ... Ihrem Fall sicher nicht so gut. Haben die Steine diese Nummer?“

„Das konnte ich ohne Lupe nicht feststellen. Jedenfalls muss der Verkauf diskret über einen vertrauenswürdigen Insider abgewickelt werden.“

„Was bedeutet Rondiste?“

„Das ist die zwischen Ober- und Unterteil umlaufende Kante des Facettenschliffs.“

Joris hätte gerne gefragt, mit wem sie so vertraut im Klanghaus gesessen hatte, aber es hätte zu sehr nach Neugier ausgesehen. Stattdessen wollte er wissen, wo sie Seidelbach kennengelernt hatte.

Sie presste die Lippen aufeinander und senkte den Blick, nur einen Moment lang, nicht länger als einen Zigarettenzug. „Bei der Party eines Geschäftsfreunds, später haben wir ein Treffen verabredet und ... das Weitere wissen Sie ja.“ Die Sonne machte schläfrig, Lilian rollte ein Handtuch unter den Kopf und schloss die Augen. Federzart strich lauer Wind über den Körper wie eine Liebkosung, es roch nach Meer, auf den Lippen blieb ein Hauch von Salz haften, den ihre Zunge schmecken konnte, wenn sie darüber leckte.

Seidelbach ... dachte sie, und die Szene ihres ersten Zusammentreffens trat so plastisch vor ihre Augen, als liefe ein Film auf der Leinwand ab. Rosie hatte sie mit Gus bekannt gemacht, der Rohware für den Hutladen lieferte. Gus Berendonk, holländischer Abstammung, ein solider, untersetzter Mann, stets gut gekleidet mit Perlen in den Krawatten, pflegte einen luxuriösen Lebensstil, den er kaum vom Erlös des Stoffhandels hätte bestreiten können. Seine Frau, weder hübsch, noch sonst bemerkenswert, hatte beträchtliches Vermögen in die Ehe eingebracht. Kinder bekamen sie zum großen Leidwesen keine. Oft sprach er bedauernd davon, welch große Lücke dadurch in ihrem Leben bestehe. Um die Leere zu kompensieren, luden sie regelmäßig ein, Freunde, Bekannte, Geschäftspartner, um das Haus mit Leben zu füllen. Rosie schwärmte von der Gastfreundschaft, dem großzügigen, edel eingerichteten Haus, direkt an einem Waldsee mit umlaufender Terrasse, das sie einmal besucht hatte. Nach Rosies Wegzug behielt Lilian ihn als Lieferanten bei, der nun auch am Verkaufserfolg ihres Geschäfts partizipieren konnte. Irgendwann drückte er ihr die Einladung zu einer Party in die Hand, ein paar interessante Leute seien da, sicher würde sie sich amüsieren. Auch ein Zimmer zum Übernachten stehe bereit, damit sie nachts nicht mehr fahren müsse.

Gus begrüßte sie gleich mit einem Glas Dom Perignon aus dem Jahr 2008 und machte sie mit den meisten bekannt; er hatte nicht zu viel versprochen. Einige nette Leute trafen da zusammen, Männer in der Überzahl, bei lebhafter Stimmung und interessanten Gesprächen. Haus und Lage waren noch eindrucksvoller, als Rosie es beschrieben hatte. Ein Gast fiel ihr auf, weil er sie ständig mit den Augen suchte. Gutaussehend fand sie ihn nicht mit seinen abstehenden Ohren, den von grauen Fäden durchzogenen schwarzen Haaren, scheitellos, nur mit den Händen zurückgeschaufelt und dem von einer markanten Nase diktierten Profil. Eher kantig, strahlte das Gesicht etwas Geheimnisvolles, Undurchsichtiges, gleichzeitig aber ungeheuer Reizvolles aus. Seine Schuhe sahen gepflegt und nach italienischer Herkunft aus, mit schmal zulaufenden Spitzen. Den Dreitagebart, der die Kinnpartie verdunkelte, fand sie verwegen. Das stand ihm, der Mann hatte etwas Zwingendes ohne Zweifel. Unwillkürlich erinnerte sie sich eines Ausspruchs ihrer Mutter: *„belle laide“ – schöne Hässlichkeit,* der den Kontrast verdeutlichte. Eingeklemmt zwischen zwei Paaren, die hingebungsvoll Reiseerlebnisse austauschten, registrierte sie jedes Mal, wenn sie den Kopf drehte, den unverändert starr auf ihr Gesicht gerichteten Blick des Fremden. Seine Augen nahmen alles wahr an ihr, ohne etwas zu verraten.

Empfindungen, die ihren Puls antrieben, magnetisierend wirkten, sie unruhig aufstehen und fast zwanghaft mit dem Glas in der Hand zu ihm gehen ließen. Offenbar war er nicht in Begleitung gekommen. Man redete miteinander, Belangloses, dessen Inhalt sie kaum wahrnahm, so sehr versuchte sie in seinen Zügen zu lesen, den stahligen Blick zu entschlüsseln, der sie förmlich hypnotisierte. Die Art, sie zu betrachten, nicht flirtend, nicht anzüglich oder begehrend, eher analytisch, kühl, überlegen, erregte sie mehr als sie sich eingestehen wollte. Schlank wirkte er, wie er dort saß, fast hager, den Oberkörper leicht vorgebeugt. Heiß wurde ihr mit der Zeit, der Mund staubtrocken, ihre Zunge schwerfällig, so dass sie den Rest des Sekts in einem Zug leerte und hinaus auf die Terrasse trat, die das Haus wie eine Galerie umgab.

Draußen war es dunkel und kühl, der Himmel von fernen Sternen fast unnatürlich übersät wie ausgeschütteter Glitzer, die Terrasse vom Lichtschein der Zimmer schwach erhellt. Diesmal war die Nacht anders als sonst, spürte sie. Eine vorüberziehende Wolke verdunkelte kurz das Licht des scharfkantigen Monds, die Luft roch würzig grün, vibrierende Boten des Frühlings. Frisch und feucht, als könne man sie trinken, gesättigt von Nässe, die aus dem See aufstieg und sich wie sanfter Tau überall niederlegte. Nachtfalter schwirrten umher, angezogen vom Zimmerlicht und hefteten sich wie Küsse an die Scheiben. Geräusche drangen nach oben, ein eigenwilliges Konzert aus Grillenzirpen, Fröschequaken, Blätterrauschen, unterbrochen vom gelegentlichen Plantschen aus dem Wasser gesprungener Fische.

Nur Minuten später kam jemand hinaus und blieb hinter ihrem Rücken stehen. Ohne sich umzudrehen, wusste sie, dass er es war. Der Geruch nach herbem Rasierwasser, Zigarrenrauch und Männlichkeit raubte ihr fast die Sinne. Sein Atem kam so nah, dass sie die Wärme fühlte und wie sich ihre Nackenhärchen aufstellten. Sekundenlang verharrte er dort, ohne sich zu bewegen. Der heiße Kuss, den sie plötzlich auf den bloßen Schultern spürte, die Hände an ihren Brüsten wie warme Schalen, erfüllten sie mit schauderndem Verlangen. Er packte die Arme, drehte sie energisch zu sich um, küsste leidenschaftlich ihren Mund, ließ sie seine Zunge spüren und zog sie ein paar Schritte weiter, so dass sie von innen nicht gesehen werden konnten. Ihre Erregung und Verwundbarkeit musste er gespürt haben, denn woher konnte er so genau wissen, dass sie schwach sein und es dulden würde?

Sein Körper presste sich nah an ihren Leib, sie fühlte seine Erregung, die fordernde Härte eines ungeduldigen Glieds, nahm den Geruch von etwas Wildem, das Kratzen seiner Bartstoppeln wahr. Eine Zeitlang hielt er sie umfangen. „Zieh deinen Slip aus!“, hörte sie plötzlich seine raue dunkle Stimme wie einen Befehl. Warum gehorchte sie der zwingenden Aufforderung, ohne zu widersprechen, warum zog sie ihn hypnotisiert aus, um ihn wie ein braves Kind in seine ausgestreckte Hand zu legen? Wieso machte sie, was sie nie zuvor getan hatte, verrückt vor Begierde? Er ließ den Slip verschwinden, beugte sich herunter, griff unter ihr Kleid, berührte die nackte feuchte Scham. Ein jähes Lustgefühl ließ ihr Becken gegen seine Hand stemmen. Da stieß er sie von sich, ohne ein weiteres Wort zu sagen und ging fort. Zitternd lehnte sie an der Hauswand, aufgeheizt von der Tageshitze, drückte die Wange gegen die warmen Ziegel. Ihr Körper zuckte unregelmäßig, Gedanken rasten wie Blitze durch den Kopf. Was war geschehen, war sie verhext worden? Was hätte der Unbekannte mit ihr anstellen können? Wäre er in sie eingedrungen, hätte sie sich gewehrt? Nein, sie hätte es haben wollen, die Kraft seiner Arme, das leidenschaftliche Stöhnen, seine Gier, harte, lustvolle Stöße. Sie kannte sich nicht wieder in ihrem Verlangen.

Während sie wartete, um das heiße Gesicht abkühlen zu lassen, bewegte Seidelbach sich lässig zum Rauchersalon, in dem die meisten Männer, bis auf wenige Nichtraucher, saßen, steckte sich eine Marlboro an, machte ein paar tiefe Züge, zerrte dann den weißen Slip aus der Brusttasche seines Sakkos, hielt ihn demonstrativ in die Höhe, verabschiedete sich mit Kratzfuß und diabolischem Grinsen: „Meine Herren ... zu viel versprochen?"

Beim Hinausgehen warf er den Zigarettenstummel, rot verfärbt von Lilians Lippenstift, achtlos auf den Weg.

Sie hätte das nicht für möglich gehalten, und selbst jetzt noch brannte bei der Vorstellung ihr Gesicht vor Peinlichkeit. Erst nach der Trennung hatte sie es von einem, der damals im Salon saß, erfahren, Seidelbachs geschwätzigem Schulkameraden Richard Preyer mit seinen Fischlippen und dicken Metzgerdaumen, der nie Kunde war, aber ihren Notverkauf für günstige Schnäppchen nutzte. Völlig überraschend hatte er sie mit der Geschichte überfallen und eine Flut von Schamesröte ausgelöst, in der sie hätte ertrinken können, während seine Zunge genüsslich über jeden geschilderten Satz gefahren war.

„Arthur hatte schon als Schüler nur Perverses im Sinn, sowas Satanisches, wenn Sie wissen, was ich meine", klärte er auf, „ein Unruhestifter, es machte ihm tierischen Spaß, andere zu piesacken, bloßzustellen und sich an ihrer Scham zu weiden. Meist waren Frauen Opfer seiner Machoschikanen. Es verschaffte ihm schon bei der bloßen Vorstellung pawlowschen Genuss." Mit boshaftem Grinsen fuhr er fort: „Sie wissen um die Verbrennung an seinem Allerwertesten?"

„Nur, dass er als Kleinkind mit heißem Wasser verbrüht worden ist. Was ist daran so interessant?"

„Hahaha, das ist die Version, die er Ihnen erzählt hat. In Wirklichkeit wollte der Irre sich – mit Verlaub gesagt – den eigenen Furz anzünden und hat sich dabei das ganze Gesäß verbrannt. Man muss sich das vorstellen, welch gesundes Hirn kommt auf solche Gedanken? Wir sollten uns unbedingt in netterer Umgebung treffen und das Gespräch fortsetzen", schlug er mit gierigen Augen vor.

„Danke für Ihren Einkauf", hatte sie ihn kühl verabschiedet.

Zwei Tage nach dem Vorfall auf Gus' Terrasse war Seidelbach im Geschäft erschienen und hatte sie ohne Umschweife zum Essen eingeladen. In einer Allee, dem ausgewählten Restaurant gegenüber, wollten sie sich treffen. Er wartete bereits, als Lilian kam, und ihn rauchend hin und her gehen sah. Nun schritt sie betont langsam auf ihn zu, wollte, dass er ihren Gang sah, die geschmeidigen Bewegungen, das eng anliegende Kleid und sie begehrenswert finden würde. Sie war so aufgeregt und ärgerlich, es sich anmerken zu lassen, dass sie vom Essen kaum etwas zu sich nahm. Ihn schien es nicht zu stören; ungerührt vertilgte er, was auf ihrem Teller zurückblieb, schließlich sei es bezahlt.

Nach etlichen Gläsern Wein nahm sie ihn mit nachhause und schlief mit ihm. Liebe empfand sie nicht, nur pure Lust, die sie hemmungslos auskostete. Nicht, dass er brutal oder sadistisch mit ihr umgegangen wäre, sie erlebte eine bis dahin unbekannte Form leidenschaftlicher Gewalt und Macht, der sie sich hingab wie einem entfesselten Sturm, von dem sie fortgetragen werden wollte, den Schmerz stumm erflehte und mit allen Sinnen genoss. Seine Wildheit war erschreckend. Sie liebte das gewisse Knistern, das Funkeln in den Augen, die verzerrende Gier im Gesicht, das Aufwallen der Pheromone, was ein Höchstmaß an visueller Spannung erzeugte. Er wollte es bei weit geöffnetem Fenster, sie sollte sich vorstellen, dass jemand ihnen zuhört, sie mit dem Fernglas beobachtet und dabei masturbiert, was sie bis zur Grenze des Erträglichen erregte. Sie küssten sich, verschlangen einander, fühlten die eigenen Körper nicht mehr, als hätten sie für diesen Moment ihre Konturen verloren. Der Sex mit ihm war animalisch, schmutzig, kurz gesagt, fantastisch und ließ eine neue, wilde Seite an ihr entdecken.

Aber danach, wenn er sich abrupt abwandte wie von einer Prostituierten, die ihre Dienstleistung erbracht hatte, fühlte sie sich würdelos, gedemütigt, sehnte sich nach Wärme und Zärtlichkeit. Das Körperliche, die Lust am ‚Verbotenen' dominierte ihre Beziehung, die nie in ruhigen Bahnen verlief. Sie vertraute ihm und seiner Erfahrung in geschäftlichen Dingen blind, was zu ihrem Verhängnis wurde. Arthur, Exzentriker und Experimentierer, war nie zufrieden zu stellen, wollte immer Ausgefalleneres, stärkere Anreize, neue Frauen, was die Beziehung systematisch tötete. Es war keine Liebe, was sie miteinander verband, das wusste sie heute, nur Leidenschaft, die immer dazu verdammt ist, sich irgendwann in Monotonie zu verlieren.

Mittlerweile war ihr klar geworden, dass es Arthur von Beginn an gereizt hatte, ihre Überzeugungen aufzuweichen, sie wie eine Marionette zu dirigieren, ihr das Rückgrat zu brechen. Welch unbegreiflicher Kontrast zu seiner beruflichen Mission, Menschen zu helfen. Hals über Kopf hatte sie damals ihre Wohnung aufgegeben, welch fataler Fehler. Anfangs schien das Glück eine valide Basis zu haben. Die Veränderung kam so schleichend, dass sie es lange nicht wahrnahm, vor allem, weil sie kopfüber in der Arbeit steckte. Arthur gab ihr wertvolle Tipps fürs Geschäft, sodass sie das Angebot, ihre finanziellen Dinge zu regeln, dankbar annahm. Dabei war es bereits Teil der Machtausübung und Kontrolle. Bald kannte seine Herrschsucht keine Grenzen, er duldete weder Nachfragen noch Widerspruch. Es eskalierte mit der Veruntreuung ihres Gelds, von dem er zu glauben schien, es stehe ihm zu, verschlagen und abgefeimt. Nicht einmal den Schneid hatte er besessen, ihr von der Neuen zu erzählen, stattdessen vom Kongress gefaselt. Sie hatte sich wie eine der Zigarren im Humidor ihres Vaters gefühlt; je nach Lust und Stimmung wurde mal die eine oder andere probiert. Nach dem Auszug war sie notdürftig bei Theaterkollegen untergekommen, bis sie eine Wohnung in Mainz fand und Frankfurt den Rücken kehrte.

Heute kann ich nicht mehr verstehen, wieso ich ihn nicht gleich durchschaut habe und mich in die schleichende Abhängigkeit begeben konnte. Ein Drama mit gezinkten Karten.

„Sie haben gerade an die Zeit mit Seidelbach gedacht, habe ich recht?“, hörte sie Joris neben sich fragen, der sie aus dem Meer der Erinnerungen herausriss.

„Sind Sie Gedankenleser? Mir ging in der Tat einiges davon durch den Kopf. Anfangs habe ich ihn verehrt wie einen

Guru, aber seine Veränderung erlöste mich von dem Bann und der *‚Profanisierungsprozess‘* begann, nur leider zu spät. Er ist ein zerrissener, bösartiger Mensch, der wie ein Lamm auftreten kann, wenn es die innere Regie fordert. Aber gefährlich bleibt er immer. Seinen Machtanspruch schwitzt er aus jeder Pore, Bewunderung ist lebenswichtig. Die Luft muss überquellen von seiner Bedeutung. Aber Dunkelheit umhüllt den Charakter wie ein Mantel. Irgendetwas muss in seiner Kindheit gehörig schiefgelaufen sein."

„Hat er je darüber gesprochen?"

„Nein, nie, da ist er sehr verschlossen geblieben. Auf ihn trifft Thomas von Aquins Satz zu: *‚Im Menschen wohnen Tier und Engel zugleich.‘*"

„Bei seiner ausgeprägten Selbstherrlichkeit denke ich an den makabren Witz, wie Egomanen Selbstmord begehen."

„Und wie tun sie das?"

„Ganz einfach, sie klettern auf ihr Ego und springen herunter."

Lilian hatte längst vergessen, wie es war, unbekümmert und frei zu sein, sie wollte sich nicht mehr binden, nicht mehr den Egoismus anderer, das klebrig Süße, Falsche, Verletzende, Geheime, was sie für Liebe gehalten hatte und vorgespielte Orgasmen ertragen. Von den Männern, die sie kennengelernt hatte, waren die meisten unzuverlässige, oberflächliche Egoisten.

Während Joris neben ihr auf der Sonnenliege lag, der aufregenden Nähe bewusst, spürte er sein Herz anders schlagen als früher, wo es nur die Aufgabe hatte, ihn am Leben zu erhalten, ohne weiteres Ziel, ohne das belebende Adrenalin, das seine Gefühle für sie nun freisetzte. Aber er wusste auch, wie töricht es wäre, zu glauben, sie empfinde ähnlich, und je größer das eigene Verlangen ist, desto mehr hätte man das Recht auf Erfüllung. *Die wahre Tragik liegt wohl im Reiz und der Schönheit des ewig Unerfüllten.*

Nur einen Herzschlag lang beugte er sich hinüber, blickte in ihre Augen, in unergründliches Aquamarin, dann wandte er sich wieder seiner Lektüre zu.

Das Meer lag in dunstigem Dunkelblau vor ihm, verunreinigt fast, wie zu Schulzeiten, wenn ein Tropfen Schwarz sich im Farbkasten versehentlich hineingemischt hatte. Joris war zeitig aufgestanden, um einer der ersten beim Landgang nach Barcelona zu sein und sich Lilian anschließen zu können, die ebenso früh aufbrechen wollte. Die *Poseidon-Seawinner 3* ankerte direkt am Pier des spanischen Hafens. Es roch nach Salz, Teer und Fisch. Obwohl früh am Tag, herrschte schon eine beachtliche Temperatur, die Luft war körnig und schwül. Schweißtropfen perlten auf der Stirn, rannen den Rücken entlang, während er sich identifizieren ließ und ungeduldig darauf wartete, passieren zu können. Da entdeckte er Lilian in weißen Shorts, korallenfarbener Bluse und lindengrünem Sommerhut an der Kaimauer lehnend. Sie wartete schon auf ihn, natürlich, auf wen sonst? Sofort beschleunigte sich sein Herzschlag. Zwar hatte er nicht die Courage besessen, sich direkt mit ihr zu verabreden, aber gefragt, ob sie Barcelona wie auch er besichtigen wolle, was sie bestätigte, frühestmöglich. Zumindest als indirekte Verabredung könnte man es deuten. Endlich war die *erkennungsdienstliche* Prozedur vorbei, er verließ das Schiff, winkte ihr, die es nicht sah, sich im selben Augenblick von der Mauer abstieß, auf einen Mann mit Rucksack auf dem Rücken und Locken, wild wie Wolle, zulief, um an seinem Arm das Hafengelände zu verlassen.

Verflixt, derselbe Rosenkavalier, der im Klanghaus neben ihr gesessen hatte? Wer war der Mann, wie hatte sie ihn kennengelernt, vor allem so schnell und vertraut miteinander? Warum kam er ihm bekannt vor, ohne dass er sich zu erinnern wusste? Wie einen Schlag in die Magengrube spürte er den ernüchternden Anblick. Unschlüssig blieb er stehen mit dem Stadtplan in der Hand, als Lore Ley im knallgelben Body die Gangway hinunter stöckelte, die

Frisur einem zerstörten Vogelnest ähnlich. Das sah nach heftigem Gewitter in der Kabine aus. Den kurzen Gruß angedeutet, machte er sich davon. Sich noch einmal ihrem Redeschwall aussetzen, wollte er nicht, wo seine Stimmung gerade auf dem Nullpunkt war. Er hatte sich darauf gefreut, mit Lilian die zweitgrößte Stadt Spaniens zu erkunden, schloss sich dann aber, nachdem es sich zerschlagen hatte, einer Reisegruppe mit lebhafter Führerin an, die sie im Stil einer Dompteuse, der nur die Peitsche fehlte, zu langen Wegen durch die Stadt befehligte.

Schnell war vom Hafen die *Ramblas*, Barcelonas repräsentative Flanier-Allee erreicht, die sich bis zum Zentrum erstreckt, von schattenspendenden Bäumen gesäumt, unter denen sich Blumen- und Zeitungsverkäufer, Imbiss- und Verkaufsstände, Maler und Musikanten im bunten Mix präsentierten. Im sanft gerundeten Hintergrund ragte der *Tibidabo* als markanter Punkt wie ein beschützendes Wahrzeichen hervor, im Südwesten der kleinere Hügel *Montjuic.* Mit ausgebreiteten Armen aufs Meer weisend, beherrschte Christoph Columbus' Statue die *Plaça Portal de la Pau*. Ein einziges Blumenmeer schien die Stadt zu sein, Gerüche, verströmt von den Bäumen, Duftorgien von Oleander, Bougainville und der in Hülle und Fülle angebotenen Blumen, betörend, berauschend, halluzinierend. Am Ende der *Ramblas* gönnte sich die Gruppe einen kühlen Schluck aus dem *Font de Canaletes*, dem sagenumwobenen Trinkbrunnen, von dem man behauptet, dass jeder, der einmal daraus getrunken hat, ein weiteres Mal nach Barcelona kommt. Die Hitze machte allen zu schaffen, sie tränkten Tücher und Hüte im Wasser, um sie in den Nacken oder auf den Kopf zu legen, kühlten die Arme im erquickenden Nass.

Über die *Plaça de Catalunya* zur Einkaufsmeile *Passeig de Gràcia* mit noblen Geschäften, die die Gruppenteilnehmerinnen wie Magnete anzogen, führte der Weg zu Antoni Gaudis berühmten und für ihre Zeit höchst avantgardistischen Bauten *Casa Milà* und *Casa Batlló* im Stil der Modernisme, dem katalonischen Jugendstil.

Die verspielte Fassade der Casa Batlló, vorquellend, wellenförmig geschwungen, zauberhaft anmutend, wie aus Teig geformt, die Terrasse gar als Drachenrücken ausgebildet. Joris kam aus dem Staunen nicht heraus. Fast expressionistisch erschien ihm die Casa Milà mit weitgewölbter Fassade, ein Haus ohne einzigen rechten Winkel. Die Steinplatten der Fassaden wirkten wie natürliche Felsen, Sandbänke, dem Meer entrissen, die mit Balkonen verschlungenen Drahtgeflechte wie angeschwemmter Tang. Schornsteine und Lüftungsschächte auf dem Dach, eine sehenswert bunte Armee steinerner Märchenritter, die das Haus zu bewachen schien.

Seine Füße schmerzten auf dem letzten Wegstück zu Gaudis berühmtestem Werk, der Kathedrale *Sagrada Familia*. Er bückte sich kurz, um die Schuhe fester zu schnüren neben einer Litfaßsäule mit alten Plakaten und längst überholten Veranstaltungshinweisen. Unbegreiflich für eine Touristenmetropole, keine aktuellen Informationen, dachte er kopfschüttelnd und humpelte der Gruppe hinterher. Hunderte Touristen harrten gebannt vor und hinter der Kirche aus, Fotoapparate und Handys in die Höhe gereckt. Welch gigantisches Werk, welche Erhabenheit, welch architektonische Eruption vor seinen Augen? Zu Stein gewordene Fantasie eines Genies. Es dauerte eine schwindlige Weile bis er die wahren Dimensionen erfasste; fast hätte er vor Staunen zu atmen vergessen, die wehen Füße spürte er nicht mehr, ganz vom Zauber der, Korallenriffen gleich, anmutenden Spitzen, Türmchen und filigranen Details ergriffen. Skulpturen voller verborgener Symbolik und biblischer Geschichten. Nach wie vor sei die Kathedrale nicht fertiggestellt, erfuhr er, noch immer arbeite man an den Plänen grenzenloser Magie, die Spaniens berühmtester Baumeister hinterlassen habe. Modernisme und spanische Gotik architektonisch spektakulär ineinander verwoben. Sollte sie eines Tages fertiggestellt sein, davon war Joris überzeugt, wird sie in ihrer Großartigkeit alle von der Christenheit jemals errichteten Kirchen übertreffen.

In die Betrachtung aller Feinheiten versunken, verlor er die Reisegruppe im Menschengewühl aus den Augen und trat später alleine den Rückweg an, der ihn wieder an der Säule vorbeiführte, in deren Nähe er die Schuhe zugebunden hatte. Nur stand sie nicht mehr an derselben Stelle, vielleicht siebzig Meter in Richtung Kathedrale verschoben, wie er schätzte. Für Zahlen oder Maße hatte er ein Auge und normalerweise eine gute Erinnerung. Aber wie war das möglich? Hatte er sich geirrt, eine Sinnestäuschung in der flimmernden Hitze? Noch einmal verglich er die Position mit Häusern und Geschäften. Kein Zweifel, der Koloss musste in der Zwischenzeit bewegt worden sein. Bei näherem Erkunden, indem er ihn ganz umkreiste, fiel ihm der Abstand zwischen Straßenboden und Säule auf, so, als sei sie in der Lage, darüber zu schweben, sich auf Rollen weiterzubewegen. Dann besteht die Säule nicht wie üblich aus Beton, dachte er, drückte kräftig dagegen, stolperte, als sie nachgab und schob sie über den Bordstein auf die Straße.

Sekunden später zerriss eine gewaltige Explosion die schwüle Luft Barcelonas, der ununterbrochen weitere folgten. Augenblicklich verstummte das Zwitschern der Vögel, das Rauschen der Blätter, selbst der Luftzug hielt wie auf Befehl inne. Die Erde bebte und schwankte. Das sind Schüsse, unbarmherzig herausgejagte Salven eines Maschinengewehrs, rasten entsetzte Gedanken durch seinen Kopf, bevor er einen spitzen Schmerz im Rücken spürte, zu Boden stürzte, die Hände zum Schutz um den Kopf geschlossen. Über ihm brach ein unvorstellbares Chaos aus, ohrenbetäubender Lärm, unaufhörliches Knattern von Waffen, gellende Schreie, quietschende Bremsen, in Panik vorbei Hastende, Stolpernde, zerfetzte Leiber, die auf seinen Körper fielen, ihn mit Blut tränkten, unter sich begruben. Menschen lagen reglos auf der Straße, dort ein einzelner Frauenschuh, eine Aktentasche, da die Brille mit zertretenem Glas, ein abgetrennter Arm mit tickender Uhr. Sirenen von Polizei- und Rettungsfahrzeugen fütterten die Luft, scharfe Kommandos, bellend antwortende Pistolenschüsse. Eine Seite seines Gesichts war nass, eine zähe Flüssigkeit, blutete er? *Was sind das für Gewichte auf mir, wo kommen die Schreie her?* Nur gedämpft drangen sie noch an sein Ohr, die Schwärze, die ihn umgab, war von Tausenden roter Fetzen umgeben. Bin ich tot, wollte er in die Finsternis fragen, aber nur ein rasselnder Schrei, in dem sich der Kummer seines ganzen Lebens destillierte, kam aus den Lungen, die unter dem Gewicht kaum noch zu atmen vermochten. Dann verlor er das Bewusstsein.

Ein fanatischer Attentäter, auf der Flucht erschossen, hatte sich einer neuen, perfiden Variante bedient, der hohlen fahrbaren Plakatsäule, in der er sich schwerbewaffnet verschanzt, an den Menschenpulk vor der Kathedrale heranpirschen wollte, um dort ein Blutbad unvorstellbaren Ausmaßes anzurichten. Ein Fanal sollte es werden, ein blutiger Schrei in die Welt nach Freiheit und Unabhängigkeit für Katalonien. Joris' zufällige Entdeckung hatte ihn die Nerven verlieren und schon vor dem geplanten Ziel zuschlagen lassen mit der grauenvollen Bilanz von neun Toten und mehr als vierzig Verletzten. Nicht auszudenken, wenn er den belebten Platz erreicht, im Blutrausch um sich geschossen und dort Handgranaten gezündet hätte. Barcelona fiel in kollektive Trauer, ein schwarzer Schleier senkte sich über die quirlige Stadt, lähmte ihre Energie und Lebensfreude.

- Lilian und Silvester -

Lilian und Silvester, ihr Begleiter, kannten Barcelona von früheren Ausflügen. Arm in Arm flanierten sie über die belebte Ramblas, bogen in die *Carrer Nou de la Rambla ab*, vorbei am *Palau Güell*, einem weiteren prächtigen Haus Gaudis, schön wie ein venezianischer Palast, in den sich Lilian schon beim ersten Besuch der Stadt verliebt hatte. Sie wollten die Zeit zum Erzählen nutzen, schließlich hatten sie sich Jahre nicht gesehen und Silvesters Freizeit war arg begrenzt.

„Ich weiß, wo wir uns unterhalten mit phantastischem Blick auf Barcelona“, meinte er vielsagend, „lass dich überraschen Lilian, sicher kennst du es noch nicht.“

Mit der U-Bahn-Linie 13 ging es zur *Station Lesseps*, von dort zu Fuß hinauf zur *Travessera de Dalt*, dann in die *Avinguda del Santuari de St. Josep de la Muntanya* und von dort immer steiler und schweißtreibend zur *Carrer d'Otger*. Die Anstrengung hatte sich gelohnt, denn hoch über der Stadt öffnete sich ein unbeschreiblicher Märchengarten, behutsam in die Landschaft gefügte Grünanlagen, ein skurriles Gewirr von Wegen, Mauern, Brücken, Laubengängen, lebkuchenartigen Häuschen, zu Stein gewordenen Geheimnissen, der *Park Güell,* Gaudis Hommage an die Natur. Üppige Gärten mit unendlich changierendem Grün, Schattenlinien zwischen den Baumreihen, tief und kühl wie Bäche, alles durchsetzt mit farbenfrohen Kacheln, Pavillons, Säulen wie Bäume geformt und Märchenfiguren, schillernd bunt.

„Wusstest du, dass Gaudi hier eine unkonventionelle Gartenstadt für die Aristokratie Barcelonas geplant hatte, die ihresgleichen suchen sollte, aber bis auf wenige Gebäude nie Wirklichkeit wurde? Zur Weltausstellung 1929, hat man den Park eröffnet. Du kannst dir die entzückten, aber auch verständnislosen Reaktionen vorstellen: *‚Traumhaft schön, surrealistisch, total verrückt, Ort der Magie‘ usw.* So etwas hatte man bisher nirgendwo gesehen."

„Ich finde ihn zauberhaft, nie hätte ich mir solch ein Idyll vorstellen können, die Farbenpracht, die runden Formen, atemberaubenden Keramikarbeiten, Mosaiken und faszinierenden Details. Welches Maß an Liebe und Fantasie gehörte dazu, um das zu schaffen?", sagte Lilian hingerissen. „Danke, dass du mir das gezeigt hast."

Silvester legte stolz den Arm um ihre Schultern und zog sie weiter. „Etwas hast du noch nicht gesehen, das Wahrzeichen, den Drachen, der den Aufgang zur Halle bewacht und die weit geschwungene Bank auf der Terrasse, beides aus blauer Bruchsteinkeramik gefertigt mit unzähligen glitzernden Mosaiken."

Sie bildete den Mittelpunkt des Parks, die großzügige Terrasse mit schönster Aussicht auf die Stadt, die weltberühmte geschwungene Sitzbank und die beeindruckende Säulenhalle, ursprünglich als Markthalle und Platz der Begegnung gedacht. Hier machten sie es sich gemütlich, Silvester hatte an alles gedacht, Cava in der Kühlmanschette, zwei Gläser und Tapas.

„Salud Lilian, auf unser unverhofftes Wiedersehen und den unvergesslichen Anblick."

Sie stießen miteinander an; trotz der Hitze war der Sekt angenehm kühl geblieben und ließ ein beschwingtes Gefühl von Schwerelosigkeit entstehen.

„Wie ist es dir ergangen in den Jahren, Silvester?", wollte sie, an seine Schulter gelehnt, wissen.

„Dasselbe wollte ich dich gerade fragen. Hast du einen neuen Partner? Louis lebt ja bei Charlotte, wie ich hörte, bist du inzwischen verheiratet?"

„Weder das eine, noch das andere, und ich habe auch keine Absicht, etwas daran zu ändern, erzähl mir lieber, was dich auf unser Schiff verschlagen hat?"

Sie tauschten ihre Lebensgeschichten aus, blickten in den Himmel über ihnen aus stiller Luft, aßen Tapas zum belebenden Sekt.

„Wusstest du, dass noch immer nach dem Juwelendieb gesucht wird? Man macht weiterhin gezielte Kontrollen, diskret, nicht auffällig. Du hast doch von dem Raub gehört oder nicht?", fragte er und beobachtete fasziniert, wie sie sich einen Brotkrümel von der Unterlippe leckte.

Lilians Augen verengten sich für einen Moment, als sie in seinem Gesicht zu lesen versuchte. War es möglich, dass er etwas ahnte? Schwang in seinen Worten ein Verdacht mit? Verdächtigte man sie, hatten Seidelbachs Hinweise doch Gehör gefunden? Fangfragen, um ihre Reaktion zu testen, unvorsichtig geworden durch den Alkohol? Hatte man ihn auf sie angesetzt? – Nein, Hirngespinste, so schätzte sie Silvester nicht ein, er war immer ehrlich, eine Künstlernatur ohne Talent zum Lügen oder Spionieren?

„Gehört schon, die Anfangskontrollen konnten einem ja nicht verborgen bleiben", sagte sie vorsichtig. „Ich dachte, die Sache hätte sich längst aufgeklärt."

„Keineswegs, Seidelbach erscheint jeden Tag beim Kapitän, wie meine Freundin berichtet und fordert strengere Kontrollen. Dem wäre es am liebsten, wenn alle geröntgt würden, ob die Dinger nicht im Magen oder sonst wo gelandet sind. Du kennst ihn ja nicht den unangenehmen Wichtigtuer. Vielleicht hat er das Ganze nur arrangiert, um etwas bei der Versicherung rauszuschlagen? Aber was interessiert das uns."

„Ja, was haben wir damit zu tun?"

Nur Minuten später drangen Geräusche zu ihnen hoch, wie von einem Feuerwerk oder Neujahrsböllern. Bald darauf Sirenen von Polizei- und Rettungswagen, zuerst einzelne, dann immer mehr, als würden sich sämtliche Fahrzeuge der Stadt an einer Stelle vereinen. Bedrohlich, aufregend. Hubschrauber kreisten plötzlich über dem Zentrum. „Was mag da nur passiert sein?" Nahe der Kathedrale konzentrierte sich ein dichter Pulk von Fahrzeugen, winzig klein aus ihrer Perspektive. Es sah chaotisch aus. „Denkst du ein Verkehrsunfall?", fragte Lilian, der es kalt den Rücken hinunterlief. „Mit einem solchen Aufgebot an Fahrzeugen, glaube ich das kaum. Da ist etwas Schlimmes passiert, eine Katastrophe."

Blutüberströmt klebte Joris förmlich auf dem Straßenpflaster, als Rettungskräfte ihn vom Menschenknäuel über ihm befreiten und ins Hospital brachten. Aber bei erster Untersuchung stellte sich heraus, dass es das Blut anderer, und er wie durch ein Wunder nahezu unverletzt geblieben war, bis auf schmerzhafte Rippenprellungen und eine wunde Stelle am Rücken. Er war erschüttert, stand aber nicht unter Schock durch den Anblick Toter und Verletzter in der Ambulanz, so dass er nach gewisser Beobachtung das Krankenhaus verlassen und seine polizeiliche Aussage machen konnte. „Barcelona hat es Ihnen zu verdanken, dass es nicht zu einer schlimmeren Katastrophe gekommen ist. Mutig, aber auch sehr gefährlich, sich dem Amokschützen entgegenzustellen. Sie hatten unverschämtes Glück, nicht sein erstes Opfer geworden zu sein", lobte ihn der Polizeipräsident. Rasend schnell war die Presse zur Stelle, um ihn abzulichten, Fotos aus jedem Winkel und um Informationen aus erster Hand zu erhalten. Seine Beteuerungen, nur zufällig an die Säule gestoßen zu sein, ohne jeden Verdienst am glimpflicheren Ausgang des Attentats, fanden kein Gehör. Enttäuscht war er, wäre er nicht hingefallen, hätte er den Mann vielleicht ablenken, tatsächlich etwas Positives tun können. Man suchte einen Helden im Inferno und hatte ihn in Joris gefunden, dem Aleman, der über sich hinauswuchs und all seinen Mut zusammengenommen hatte, um dem Schwerbewaffneten beherzt entgegenzutreten.

Als er Stunden danach in improvisierter weißer Montur der Rettungsleute – seine eigene Kleidung war nicht mehr zu gebrauchen – mit Eskorte zum Schiff gebracht wurde, stand Seidelbach umringt von Passagieren an der Bar, demonstrierte wortreich, wie mühelos er dem Attentäter die Waffe aus der Hand geschlagen und ihn überwältigt hätte. Schade, dass der Aufschneider, der sich schon beim Badeunfall so wenig handlungsbereit gezeigt hatte, nicht wirklich an Ort und Stelle gewesen war, mochte mancher gedacht haben.

„Hey, schaut mal den an, da hat sich einer aber böse im Tropenanzug vergriffen!", rief er Joris hämisch nach und brachte die Lacher auf seine Seite. „Und dann noch in Uropas Modell aus der Kolonialzeit, zum Schießen, die Witzfigur."

Es war seine Art öffentlicher Demütigung und Vorführung vermeintlicher Macht, für die er ein Publikum als Resonanzverstärker brauchte. Joris ignorierte die theaterreife Provokation.

In der Nacht schlief er unruhig, von Bildern des schrecklichen Geschehens aufgeschreckt und grübelte. Seltsam, dass sich der Täter ebenfalls der von ihnen praktizierten Finte des *trojanischen Pferdes* bedient hatte. Lilian war am Abend nicht mehr gesehen worden. Hoffentlich war ihr nichts passiert, dachte er besorgt, obwohl es vor Abfahrt des Schiffes keine Informationen gab, dass einer der Passagiere betroffen gewesen sei.

„Schönes Ibiza, smaragdgrünes Meer, letzte Station, bevor das Schiff wieder Palma erreichen wird."

„Alles ist viel zu schnell vorbeigegangen", seufzte Joris wehmütig und Lilian pflichtete ihm bei: „Ich habe das Gefühl, ab der zweiten Hälfte hätte sich ein Zeitbeschleuniger eingeschlichen und mit höchster Drehzahl gearbeitet."

In der Tat war sein Urlaubsvergnügen jetzt, wo sich die anfänglichen Leichtigkeitstage verabschiedet hatten, deutlich getrübt. Da zog sich das Herz jedes Mal zusammen beim Gedanken an das baldige Ende der abwechslungsreichen Reise, an die öde Monotonie, die ihn zuhause erwarten und die Schwermut, die verlockend Einlass in sein Inneres begehren würde. Aber es gab ja noch die Hoffnung, dass Lilian die Steine bei ihm abholen musste. Solange würde er den Kontakt zu ihr nicht verlieren. Am Stadtstrand von Ibiza waren sie sich zufällig begegnet, Lilian im rotweiß gepunkteten Bikini, er in zu weiten Bermudashorts. Diesmal war sie alleine unterwegs, schon von Weitem hatte er gesehen, wie gazellenhaft sie sich über den Sand bewegte, die energisch rudernden Arme, ihre kegelförmigen Waden, das kleine, pralle Gesäß und seinen Schritt beschleunigt.

Aus dem geplanten Bad im Meer wurde nichts, weil es von kleinen Quallen wimmelte und keiner wusste, ob sie gefährlich waren, Hautreizungen auslösen würden oder Schlimmeres. Nicht sehr mutig von ihm, davon abzulassen, sodass er schon befürchtete, sie könnte ihn für einen Angsthasen halten. Stattdessen breiteten sie ihre Handtücher auf dem feinen Sand aus und legten sich faul in die Sonne. *Ein gutes Gefühl, neben einer Frau zu liegen mit den Augen auf derselben Höhe, einfach ideal.*

„Haben Sie von dem fürchterlichen Geschehen in Barcelona gehört?“, fragte sie und wandte ihm das Gesicht zu.

„Natürlich, jeder spricht darüber.“

„Entsetzlich die Brutalität und Selbsterhöhung dieser Fanatiker. Wir hatten nur Stunden zuvor die Straße verlassen, in der es passiert ist, stellen Sie sich vor. Wie gut, dass wir später im Park Güell saßen. Sie waren doch auch in der Stadt, oder?“

Er nickte wortlos.

„Jeden von uns hätte es treffen können, ich mag mir nicht ausmalen, das Inferno miterlebt zu haben. Da hatten wir wirklich Glück.“

„Das hatten wir in der Tat“, stimmte er zu. Er wollte sich nicht aufspielen bei ihr, nichts von der Tragödie und seiner Rolle darin berichten. Gewaltsam schüttelte er die quälenden Erinnerungen ab.

„Einer soll den Attentäter vorzeitig gestört haben, nicht auszudenken, wenn er bis zur Kathedrale gekommen wäre. Der Mann müsste eine satte Belohnung bekommen, war aber sicher das erste Opfer. Oder was denken Sie?“

„Ich glaube, dass er überlebt hat.“

„Ich wünsche es ihm von Herzen. So jemanden mit Courage würde ich gerne mal kennenlernen."

Schon wechselte Lilian das Thema. Wie leicht gelingt das, wenn man Unheil nur aus der Ferne betrachtet und nicht betroffen ist, dachte er. Ob er ihr freundlicherweise den Rücken mit Sonnenmilch einreiben könne, bat sie, legte sich auf den Bauch und vertiefte sich in ihre Whats-App-Nachrichten. Nie hätte er erwartet, dass sie ihn darum bitten würde, er spürte die zarte, glatte Haut, die Festigkeit ihres Körpers unter seinen Händen, tat es mit sinnlicher Hingabe und ließ sich nicht anmerken, wie sehr seine Rippen schmerzten. Ein Begehren kam auf wie Verdursten, wie quälender Hunger, der in den Eingeweiden nagt. Die ganze Zeit über klickte Lilian auf ihrem Smartphone herum, die Finger schwirrten atemberaubend schnell über die Miniaturtastatur und erinnerten ihn unwillkürlich an Stepptänzer.

In der Nähe lagerte ein Pulk spanischer Schulmädchen, die amüsiert beobachteten, wie er beim eincremen auch die Fußsohlen einbezog. Eins der Mädchen saß aufrecht, kämmte ihr langes schwarzes Haar, ein Duft wehte zu ihm hinüber, der ihn augenblicklich an Frieda erinnerte, deren Haare immer nach grünen Äpfeln dufteten, was er anfangs gemocht, später aber als aufdringlich empfunden hatte. Wie mochte es ihr gehen, was würde sie wohl denken, ihn hier knien zu sehen?

Welches Auto fährt wohl ein so bedächtiger Typ wie Jenner, ging Lilian durch den Kopf, die immer rasant im Frankfurter Verkehr unterwegs und rasch mit der Hand auf der Hupe gewesen war, bevor sie ihr Auto, der finanziellen Umstände wegen, verkaufen musste. Sie fragte ihn. Seine Antwort hätte in ihrer Unschuld selbst das Jesuskind verblüfft: „Hab weder Auto, Fahrrad noch Führerschein." *Welch seltsamer Heiliger*?

„Danke fürs Eincremen", sagte sie, das Autothema schien ihm unangenehm zu sein, da wollte sie nicht weiter nachhaken.

„Wann waren Sie zuletzt am Meer?“, versuchte sie das Thema zu wechseln.

Er drehte sich zur Seite, um sie besser ansehen zu können.

„Als Kind zuletzt – in Spanien“, gab er zur Antwort, betrachtete fasziniert die langen Wimpern, ihr Flattern vor der Sonne, so als sähe er zum ersten Mal, dass sie welche besaß, dunkle Flimmerhärchen, nach oben gebogen wie umgedrehte Gabelzinken.

„Und später nicht mehr?“

„Nein.“

Die Antwort ging fast unter im Rollgeräusch einer mächtigen Welle, die wie ein Faustschlag am Strand aufschlug und alles nass spritzte. Sie sprangen erschrocken auf, stießen mit den Körpern zusammen, lachten verlegen über ihr Ungeschick und zogen die Tücher höher hinauf.

„Gab es dafür einen Grund?“

Wenn sie etwas wissen will, bleibt sie hartnäckig.

„Mein Vater verlangte damals eine Mutprobe von mir, für die ich zu schwach und ängstlich war. Danach hatte er offenbar die Lust verloren, mit mir in Urlaub zu fahren.“

„Haben Sie sich nicht mit ihm verstanden?“

„Doch schon, aber ich war nicht der draufgängerische Sohn, den er gerne gehabt hätte. Es gab nie Anerkennung, keinen meiner Vorschläge hat er angenommen.“

„Kommt mir bekannt vor, da haben wir Gemeinsamkeiten. Ich fürchte, meine Mutter liebt und hasst mich gleichermaßen, nie Lob, Kritisieren ist ihr Lebenselixier. – Aber er hat Ihnen doch sicher hin und wieder gesagt, dass er sie liebt?“

„Nicht ein einziges Mal. – Ich lebte ziemlich verschlossen in einer beengten Welt, in meinem ‚*Anderswo*‘.“

Zwei nachdenkliche Fältchen zeigten sich über ihrer Nase auf der Stirn. Sie fragte nicht weiter, vertraute ihrer eigenen Interpretation. Sicher hatte man ihn unter der Unscheinbarkeit und seinem ‚*Anderswie*‘ leiden lassen, ihm die Würde genommen, was sie am eigenen Leib erfahren hatte. Das machte ihr seine Bemerkung erst richtig bewusst. Dennoch war er nicht verbittert oder aggressiv, sondern ein empathischer, liebenswürdiger, schüchterner Mann.

„Und wie ist das Verhältnis heute?“

„Er ist bei einem Autounfall gestorben, ich war erst einundzwanzig und musste das Geschäft unvorbereitet weiterführen.“

„Das tut mir leid, entschuldigen Sie meine Wissbegier.“

Joris machte eine abwehrende Handbewegung. „De nada, sagt man wohl hier.“

„Jetzt haben Sie aber ein paar Fragen an mich frei.“

Die Gelegenheit wollte er sich keinesfalls entgehenlassen, Lilian aber sein besonderes Interesse auch nicht spüren lassen. Deshalb ließ er eine längere Pause eintreten, um möglichst beiläufig zu fragen: „Gestern sind Sie in Begleitung eines Mannes zum Landgang aufgebrochen, der mir bekannt vorkam, aber beim besten Willen weiß ich nicht woher.“

„Ah, Herr Jenner ist neugierig“, kicherte sie belustigt und begann nachzudenken, indem sie den Zeigefinger wie ein Schweigezeichen an die Lippen legte. „Ich ahne, wo Sie ihn schon mal gesehen haben könnten. Im Klanghaus, er ist Tenor und hat Operettenarien gesungen. Waren Sie nicht auch dort an dem Abend?“

Da fiel es ihm wie Schuppen von den Augen. *Der war das also.*

„Vor Jahren war ich am Frankfurter Opernhaus beschäftigt, in den Theaterwerkstätten, habe dort Silvester Remondo kennengelernt und ihn an diesem Abend zu meiner großen Überraschung wiedergesehen. Er hat ein Engagement hier, da gab’s natürlich viel zu erzählen. Seine Freundin gehört zur Crew, das hat ihn wohl dazu bewogen, um nicht so lange von ihr getrennt zu sein. Leider bekam sie den Tag nicht frei, um die Stadt gemeinsam mit uns zu besuchen.“

Der Sänger, ihr Exkollege, Joris fühlte sich ungeheuer erleichtert, am liebsten wäre er aufgesprungen, hätte seine Freude herausgelassen, unterdrückte aber die Emotionen, um sich nicht anmerken zu lassen, wie gut ihm die harmlose Aufklärung gefiel. Nur der zufriedene Gesichtsausdruck wollte nicht verschwinden, selbst dann nicht, als er zum Wasser hinunterlief, um sich abzureagieren. Dort traf er Lore Ley, die eine Fußspitze ins Meer hielt, sich aber nicht hineintraute und ihn in ein Gespräch über Ökologie und vernachlässigte Strandpflege verwickelte, dem er sich erst nach drei Verabschiedungen entziehen konnte. Was sie sagte, hatte Hand und Fuß, da war sie nicht mehr das kleine dumme Blondchen von der Romfahrt. Ihre Augenpartie *zierten* zwei farbintensive Hämatome. Auf dem Weg zurück sah er Lilian telefonieren und bestürzt die Hände vors Gesicht schlagen, als sei sie Zeugin eines Unglücks direkt vor ihren Augen geworden. Was war da geschehen? Sollte er zu ihr eilen oder ihr Zeit lassen, alleine zu sein? Er entschied sich für letzteres.

Louis tot – vollkommen unbegreiflich – gerade hatte sie es erfahren. Den aus Film und Fernsehen bekannten, von Fans umjubelten Schauspieler Louis Fuchs, alias Renard, um den es in letzter Zeit still geworden war, gab es nicht mehr. Ausgelöscht, sein Dasein nur noch in Bildern existent, als Konserve einst sprühenden Lebensgeistes. Wer sollte das verstehen? Als rasender Film liefen Stationen ihrer gemeinsamen Zeit vor Lilians Augen ab, und ein stechender Schmerz schraubte sich vom Magen hoch bis zum Gehirn, um dort in rasendes Pochen überzugehen. Mit kleinen Verschlechterungen seines Zustands musste man rechnen, keinesfalls mit seinem Ende. Aber erklingt nicht für jeden die *Melodie der Ewigkeit* viel zu früh? Charlotte, der Name wollte Lilian nur schwer über die Zunge gehen, bei der er die letzten Jahre verbrachte, hatte ihr die Nachricht übermittelt und detailliert berichtet, wie sie ihn gefunden hatte. Zusammengebrochen vor dem Bett, auf dem Bauch, die Arme ausgebreitet wie bei der Priesterweihe, so als wollte er dort oben gnädig aufgenommen werden: *‚Herr, ich* *empfehle dir meinen Geist*', Whiskyflasche und Tablettenschachtel neben sich am Boden. Erschreckend nüchtern tat sie das mit fester, kühler Stimme, in der kein Beben lag, unterbrach die Schilderung auch nicht, als Lilian bat, auf Einzelheiten zu verzichten, im Gegenteil, als bereite es ihr sadistisches Vergnügen, sie damit zu quälen. „Wann ist es passiert?" Schon vor einigen Tagen, man habe sie auf See leider nicht erreichen können, sie hörte ihrer Stimme an, dass es gelogen war, verbrannt sei er, schon beerdigt, verscharrt, als hätte Lilian nichts mit ihm zu tun gehabt, weder als Partnerin, noch in seiner *Rolle* als Kranker, nicht mit seinem Tod und den Erinnerungen an ihn.

Seltsamerweise dachte ihr wundes Herz in diesem Moment intensiv an zuhause, an Vaters graue Weste mit ewigem Zigarrenrauch, sein Spiel auf der Heimorgel, das Mottenkugelaroma ausgelagerter Wintersachen im Schrank und das Vertraute, das sie jedes Mal empfand, wenn sie das Haus betrat. Den typischen Geruch, wenn Mutters Bügeleisen über besprengte Wäsche glitt, das klickende Geräusch beim Abstellen auf dem Bügelbrettgitter und ihre nörgelnde Bemerkung: „Warum kommst du wieder so spät?" Hoffentlich geht es ihnen gut, fragte ein banges Gefühl in ihr. Tränen sickerten über das Gesicht und ließen sie Salz schmecken. – Ja, Louis Fuchs hatte sie mit seinem Talent und Aussehen fasziniert, sich aber nicht für ihr Leben, ihre wahren Gefühle interessiert gehabt, dafür war er sich selbst zu wichtig gewesen, nahm sein Narzissmus zu viel Raum ein. War es überhaupt Liebe gewesen, was sie mit ihm verband? Erst viel später war ihr bewusst geworden, wie sehr Narzissten in ihrer Selbstverliebtheit Nehmer sind, Tyrannen, die gleich Vampiren alle Energie aus dem empathischen Partner saugen, ihn zum Schuldigen für Missstimmungen stempeln, um ihre Seele zu massieren und einst zugefügte alte Wunden zu pflegen. Für Ratschläge unempfänglich, hatte sich eine Beziehung entwickelt, die zerstörerisch geworden wäre und auch sie verändert hätte.

Wie gut, dass Jenner jetzt nicht hier ist, wo ich aussehe wie eine Kröte mit den verheulten Augen. Sie träumte von einer Hand, die sie jetzt an die Hand nehmen, von Augen, die in ihren Augen lesen, von Worten, die ihren Gedanken Antwort geben, ihre Verletzlichkeit und das schmerzvolle Erschrecken verstehen würden.

- Seidelbach und die Mafia -

Als Joris wiederkam, war Lilian fort, nur sein zurückgebliebenes Handtuch erinnerte noch an das gemeinsame Gespräch. Was hatte sie so schnell vertrieben, hing es mit dem Telefonat zusammen? Nachdenklich schlenderte er am Strand entlang zurück zur Promenade, bog in die verkehrsreiche Straße ein, über die er gekommen war, hatte kein Ohr für Autolärm und Motorradknattern in Sorge um die verschwundene Frau. Am Abend aß er in der mediterranen Version des *Ocean-Classic,* saß einer Regalwand gegenüber mit unzähligen Porzellantellern und ebenso vielen Gestaltungsmotiven. Einige Gäste schauten verstohlen zu ihm hinüber, hatten möglicherweise sein Bild in der heutigen ‚*La Vanguardia*', der katalanischen Tageszeitung, gesehen, die ausführlich über den Anschlag und seine heldenhafte Rolle berichtete, vielleicht blickten sie auch aus anderen Gründen. Es ließ ihn kalt, er hoffte inständig, dass niemand ihn darauf ansprechen würde, nachdem der Kapitän es sich am Vormittag schon nicht hatte nehmen lassen und ein großes Rad drehen wollte. *Nicht mit mir.* Das Menü schmeckte, auch ohne Appetit. Das gestrige Erlebnis, das Ende der Reise und die Vorstellung, wieder in sein trostloses Leben zurückzukehren, drückten ihm auf den Magen, Abreisemelancholie. Und noch etwas ließ ihn nicht zur Ruhe kommen, Lilians abrupter Aufbruch. Nach dem Essen suchte er ihre Kabine auf, aber entweder überhörte sie sein Klopfen, oder sie war nicht da, nur wo sollte sie sein?

Er suchte alle Decks und Bars ab, passierte die Arena, wo man tagsüber Fuß- oder Basketball spielte und am Mittag ein Kochduell, Gast gegen Profi stattgefunden hatte. Nirgends konnte er sie finden, merkwürdig, selbst in die Sauna warf er einen Blick, vergebens.

Als er die Suche schon aufgeben wollte und durstig geworden, einen Drink an der Bar bestellte, entdeckte er sie, ganz oben an Deck in einem schmalen Erker an der Schiffsseite, dem *blauen Balkon* mit Glasboden und Blick auf das darunter wogende tiefblaue Meer, gerade groß genug, um zwei Personen aufzunehmen. Das Abendlicht umgab sie mit silberner Silhouette. Mit dem Rücken zu ihm, im schulterfreien dunkelblauen Kleid, einen luftigen Schal um den Hals, stand sie da und schaute aufs Meer, während das Schiff am verschachtelten Häuserweiß Ibizas vorbeiglitt, silberne Strudel hinterlassend im mit der Sonne verschmelzenden Wasser. Ganz im Bann ihrer Erscheinung trat er leise hinter sie, räusperte sich, um sie in der Versunkenheit nicht zu erschrecken.

„Ist alles in Ordnung? Ich frage nur, weil Sie vorhin so schnell aufgebrochen sind, da machte ich mir ... äh, wollte ich hören, ob ich Ihnen vielleicht helfen kann."

Ein gehauchtes Lächeln, zerbrechlich, verletzlich, verloren, in schmerzlicher Erinnerung an etwas, das lange zurücklag, formten ihre Lippen.

„Danke, sehr nett von Ihnen. Mein plötzlicher Aufbruch geschah nicht aus Unhöflichkeit, ich hatte einen sehr ... unerfreulichen Anruf erhalten, der mich ziemlich erschütterte und gleich aufbrechen ließ. Leider waren Sie außer Reichweite, sonst hätte ich Bescheid gesagt."

„Sie müssen sich nicht entschuldigen, ich bitte Sie."

Für Sekunden schwiegen beide wie die in der Ferne vorbeiziehende Landschaft. Eine Stille mit Fragezeichen, aber keine der peinlichen Art. Der Wind war stärker hier oben und kühl. Sie rieb sich die bloßen Arme, worauf er seine Jacke auszog und ihr wortlos überhängte. „Danke, und Sie?" Auf ihrem Gesicht lag der versöhnlich warme Schimmer untergehender Sonne.

„Ich friere nicht, habe ja auch keine unerfreuliche Nachricht erhalten."

Ungewohnte Nervosität packte Seidelbach beim Frühstück, das ihm schier in der Kehle stecken bleiben wollte. Jeder Atemzug von Lore, selbst ihr kauender Kiefer störte ihn. Die ganze Nacht hatte er darüber gebrütet, wie er den mafiösen Geschäftspartnern den Verlust der Steine erklären könnte. Würde man ihm die Geschichte abnehmen oder sie für einen lausigen Trick halten, sich der Zahlungspflicht zu entziehen? In seiner krankhaften Spielsucht hatte er zu hoch gepokert und nahezu sein ganzes Kapital eingesetzt. Wie konnte er nur so gierig gewesen sein? Kaum ertrug er das langsame Verrieseln der Stunden bis zum vereinbarten Treffen. Als es soweit war, ließ er sich mit dem Taxi in die Calle Francesco Sandossa fahren, betrat das von hohen Mauern geschützte Haus eines Teilnehmers, wo sich die illustre Gruppe schon eingefunden hatte. Man hielt sich nicht lange mit Vorgeplänkel auf, Geldpakete wechselten den Besitzer, Steine wurden taxiert. Als er an die Reihe kam zu liefern, erklärte er mit theatralischen Gesten das Missgeschick. Verblüffung zeigte sich auf den Gesichtern, aber kein Verständnis. „Heißt das etwas, du bist mit leeren Händen hergekommen, Amigo?"

„Leider ja, ich konnte doch ..."

„Besorg's dir anderswo, du hast genau eine Stunde!" Mit finsterem Blick herrschte Ramos' Boss Paco, ein Madrilene mit der Figur eines Schranks und verschlagenem Fuchsgesicht ihn an, ließ dabei sein Messer drohend, fast artistisch über die Finger gleiten. „Dein Anteil war vereinbart, du konntest den Hals ja nicht vollkriegen; wir haben das Sümmchen vorgelegt und wollen es zurückhaben auf jeden Cent. Das verstehst du doch, Amigo?"

Seidelbach wurde mulmig, er hatte es mit Profis zu tun, die nur das Geschäft interessierte und für die ein Menschenleben kaum zählte. Er riss den Kragen auf, warf Ramos einen verzweifelten Blick zu, der nur ratlos die Schultern hob und wiederholte mit heiserer Stimme: „Ich habe kein Geld mehr, nach den Diamanten wird fieberhaft gesucht, sicher findet man sie bald, habt Geduld."

Das Fuchsgesicht zuckte für den Bruchteil einer Sekunde mit den Brauen, drehte sich geschmeidig um die eigene Achse und nagelte Seidelbachs Hand in einer blitzschnellen Bewegung, die man ihm nicht zugetraut hätte, mit dem Messer auf dem Tisch fest.

„In einer Stunde oder du bist für alle Zeit raus", übertönte er Seidelbachs grellen Schmerzensschrei und schlug wütend die Tür zu. In den Gesichtern der anderen lag kein Mitleid für ihn, der gegen ein ehernes Gesetz verstoßen und die Abmachung nicht eingehalten hatte. Ramon, blass vor Schreck, zog das Messer heraus und wand ein Taschentuch um die blutende Wunde. Seidelbach, geschockt, der Ohnmacht nahe, ließ sich, nachdem man ihm die goldene Breitling-Uhr abgenommen hatte, sofort zurückfahren und zum Schiffsarzt bringen. Finstere Gestalten hätten ihn auf der Straße auszurauben versucht, er habe sie in die Flucht geschlagen und dabei den Stich in die Hand abbekommen. Wie eigenartig, dass gerade der Handrücken und nicht die Innenfläche beim Abwehrversuch getroffen wurde, dazu glatt durchstochen ohne sonstige Schnittwunden an Armen und Händen. Der Schiffsarzt ließ sich seine Zweifel nicht anmerken, desinfizierte und versorgte die Wunde, verabreichte Schmerzmittel und ein Antibiotikum. Er hatte großes Glück, dass keine Sehne durchtrennt worden war. Strafanzeige? Nein, die wolle er nicht stellen mangels Vertrauen in die spanische Polizei.

Joris brauchte mehrere Versuche, um den widerspenstigen Koffer zu schließen, obwohl es beim Hinflug genügend Platz gegeben hatte und nur wenig dazu gekommen war, das bekannte Phänomen. Zum Abholen stellte er ihn vor die Kabinentür. Am nächsten Morgen Hektik und knisternde Nervosität, die Luft im Schiff war wie elektrisch aufgeladen. Das Gepäck der Passagiere, in einer Halle gesammelt, nach Abflugzeiten ausgerichtet, musste verladen werden. Busse fuhren vor, um die früher Fliegenden abzuholen, während sich andere mit Handgepäck noch auf Sonnendecks oder in Kabinen aufhielten. Da Joris' Flug später ging, hatte er sich rechtzeitig von Lilian verabschiedet, die Adresse weitergegeben und guten Flug gewünscht. „Wir sehen uns, wenn alles wie besprochen eingetroffen ist."

„Auch Ihnen gute Heimkehr Herr Jenner und ‚danke' für alles, was Sie für mich getan haben." Sie umarmte ihn flüchtig.

Lilians letzter sehnsüchtiger Blick von der Reling galt der Kulisse Palmas. Silvester trat unbemerkt zu ihr. „Schön, dich noch anzutreffen, es hätte mir leidgetan, mich nicht verabschieden zu können. Er drückte ihr einen Kuss aufs falsche Haar. Du hast gerade mit unserem Helden gesprochen, wie ich beobachten konnte, woher kennst du ihn?"

Held? Sollte Silvester doch etwas von ihrem gemeinsamen Coup ahnen?

„Meinst du etwa Jenner? Ein eigenartiger Held", sagte sie spöttisch, „hab ihn beim Abendessen kennengelernt, wir saßen mal zusammen am Tisch."

„Kapitän Gregorius ist mächtig stolz darauf, dass er auf unserem Schiff war."

„Wieso denn das? Kaum jemand ist so unauffällig wie Jenner."

„Aber er hat doch den Attentäter gestellt und eine noch größere Katastrophe verhindert, der Kerl hat Todesmut bewiesen, die Presse feiert ihn als Retter."

Als Lilian ihn ungläubig angrinste und meinte: „Du musst dich gewaltig irren", zog er den Zeitungsausschnitt aus dem Jackett und präsentierte das Bild.

„Nerven hat der und ist doch so bescheiden, der Kapitän hat ihm sofort gratuliert, nachdem er den Bericht gelesen hatte und wollte ihn bei einem Festbankett ehren, aber davon hielt Jenner nichts."

„Ich fasse es nicht", sagte sie wie zu sich selbst, „davon hat er kein Wort erwähnt, obwohl ich gesagt habe, dass ich den Mann gerne kennenlernen würde."

Die Maschine, in der sie, Seidelbach und Lore zurückflogen, landete mit leichter Verspätung in Frankfurt. Während Lilian ungeduldig auf ihr Gepäck wartete und Seidelbach sich mit verbundener Hand in der Armschlinge irgendwo eine Sitzgelegenheit suchte, fragte Lore nach ihrer Adresse. Hatte Arthur sie geschickt? Wollte er ihr zuhause die Polizei auf den Hals hetzen? Warum sollte sie die Anschrift nicht geben, herausfinden könnte er jederzeit, wo sie jetzt wohnte? Oder war Lore aus eigenem Antrieb gekommen, was hatte sie dabei im Sinn? Bevor sie danach fragen konnte, war sie zurück an ihren Platz geeilt. Offensichtlich sollte Arthur nicht Zeuge des Gesprächs werden. Endlich rollten die Gepäckstücke über das Band, ein schneller Zugriff, jeder strebte eilig zum Ausgang. Am Taxistand setzte Seidelbach rücksichtslos die Ellenbogen ein, drängte sich wie gewohnt vor, um einen der ersten Wagen zu erhaschen.

„Du bezahlst das Taxi", bellte er Lore an, während er die Verladung der Koffer in den Gepäckraum überwachte, „schließlich habe ich keinen Pfennig Geld mehr."

„Aber sicher mein Herz", bestätigte sie, stieg ein, forderte den Fahrer auf, sofort loszufahren und rief dem verdutzt Zurückbleibenden aus heruntergelassenem Fenster zu: „Die blöde Gans fährt schon vor. Sie ist zwar nicht die Hellste, hat aber eine Seele, die Respekt verdient."

Lilian war seit wenigen Stunden zuhause und unentschlossen, den Koffer auszupacken, als Lore an der Tür läutete. Abgehetzt wirkte sie, drückte ihr mit verschwörerischem Blick einen Umschlag in die Hand, schien in Eile zu sein.

„Ich denke, der ist bei dir besser aufgehoben, als bei Arthur. Es wurde höchste Zeit, dem werten Herrn einiges klarzumachen."

Lilian war zu überrascht, um zu verstehen, was sie sagte, hätte gerne Fragen gestellt, aber Lore lehnte die Einladung hineinzukommen, ab. „Bin knapp bei Zeit, ein anderes Mal vielleicht, ich melde mich."

Kaum war Lore gegangen, riss Lilian neugierig den Umschlag auf. Wertpapiere, sämtlich auf ihren Namen ausgestellt, über die Arthur mit ihrer arglos erteilten Vollmacht mühelos verfügen konnte. Von ihrem Geld erworbene Papiere, die angeblich durch unglückliche Spekulation wertlos geworden sein sollten. Das hatte der Lügner verdient. Sie schnalzte genüsslich mit der Zunge bei der Vorstellung seines entsetzten Gesichts nach Entdeckung des nächsten geleerten Tresors. Ein weiteres Mal musste sie sich eingestehen, Lore unterschätzt zu haben. Courage besaß sie und bei allen Defiziten, die sie haben mochte, Charakter, Mut, ein Gefühl für Anstand und Gerechtigkeit. Darüber hinaus die Cleverness, Lilians Papiere im Bankschließfach zu vermuten, den Schlüssel zu finden und die Aktion abzuschließen, bevor er ihr hinter die Schliche kommen konnte. Respekt! „Wie soll ich dem Himmel nur danken", rief sie laut, den Blick nach oben gerichtet, „dass er mir den weisen Entschluss zu dieser Schiffsreise eingegeben hat."

- Lilian kommt -

Ende August, einer dieser trüben, milchigen Tage, bei denen man morgens schon das Gefühl hat, er neige sich bald dem Ende zu, spürbar herbstlich, als ein kleiner, offener Sportwagen, er kannte sich bei Autotypen nicht aus, auf dem Hof hielt und eine attraktive Frau ausstieg. Joris sah sie mit energischem Schritt auf das Haus zukommen. Sportlich, elegant, die hochhackigen Schuhe verliehen ihrem Gang einen sexy-drive. Langes, entschiedenes Läuten. Als er öffnete, erkannte er zu seiner Verblüffung Lilian. Die Haare schwarz, anders getragen, kürzer und zur Seite gekämmt, das Gesicht überwältigend schön, der Blick genauso spöttisch wie auf dem Schiff. Immer wieder hatte er sich in den letzten Wochen, in denen er die Einsamkeit wie eine Krankheit empfand, diesen Moment vorgestellt, ihn in Endlosschleifen seiner Wiedersehensfantasien durchgespielt. Wie sie über den Hof auf ihn zukommt mit beschwingtem Gang, ihre auffallende Erscheinung, die, wo sie auch hinkam, allen Sauerstoff absorbierte, sein rasend freudiges Herzklopfen, den weichen Klang ihrer Stimme. Besorgt war er nur gewesen, sich ihr Bild allzu oft vor Augen zu rufen, die Erinnerung dadurch abzunutzen und es verblassen zu lassen.

Nein, keine Illusion, nur faszinierende Wirklichkeit, vor Aufregung brachte er kein Wort hervor.

„Da bin ich", meinte sie lapidar, was er auch ohne Hinweis bemerkt hatte, so als wäre sie nur kurz zum Einkaufen fort gewesen.

„Ihre blonden Haare ...?", stammelte er irritiert statt der einstudierten Begrüßungsworte, an den veränderten Anblick musste er sich erst gewöhnen. Schwarz passte zu ihr. „Ach, das waren nicht meine Haare, auf dem Schiff hatte ich eine Perücke getragen, das ist die Naturfarbe."

Er brachte sie in die geräumige Wohnstube. Überall war der Geruch von frisch gemähtem Gras präsent. Das Haus gefiel ihr, auch wenn die rustikale Einrichtung nicht ihrem Geschmack entsprach und sie an das Mobiliar ihrer Großeltern erinnerte. Es strahlte in der Kombination von Naturstein, Holz und Kachelofen Wärme, Solides, Vertrauen erweckendes, ja die spezifische Gemütlichkeit aus, die alte Häuser mit ihrer gelebten Tradition oft vermitteln. Die Wände zierten unzählige Familienfotos in silbernen Rahmen, beherrscht von einem großflächigen Gemälde gegenüber dem Kachelofen. Überraschenderweise war es nicht das Porträt eines Vorfahren in Öl oder der obligate röhrende Hirsch auf der Lichtung, sondern eine moderne Collage in Acrylfarben, kombiniert mit Papier-, Metall- und textilen Elementen. Fast ein Anachronismus im altmodisch möblierten Raum mit seinem mehrarmigen Glühlampenbestückten Kronleuchter an der Decke, den energetische Sparbemühungen offensichtlich kalt gelassen hatten. Interessant und geschmackvoll. Alles in der Stube wirkte gepflegt, weder Kleidungstücke, Schuhe, noch achtlos zusammengelegte Zeitungen lagen umher, wie man es bei einem Junggesellenhaushalt hätte erwarten können, zumal sie ihren Besuch bewusst nicht angekündigt hatte und ihn unvorbereitet antreffen wollte. Akribische Ordnung, alle Achtung.

„Nehmen Sie Platz, Frau Busch", er wies auf einen ausladenden Lesersessel mit gestickten Kissen hin. „Darf ich Ihnen Kaffee, Wasser oder Saft anbieten, der wird aus unseren Äpfeln frisch gepresst?"

„Hört sich gut an, den Saft probiere ich gerne."

Jetzt fiel ihr die über dem Kamin hängende Kohlezeichnung im schlichten Metallrahmen auf, die unverkennbar ihr Konterfei wider gab. Um ein Haar hätte sie sich verschluckt, so irritierte es sie. Kein amateurhaft dilettantischer Versuch, nein, ein professionelles Werk, das sie gut traf, wie sie zugeben musste. Typisch der ironische Zug um den Mund, der spöttische Blick, den sie sich vor

Jahren zum Selbstschutz zugelegt und vor dem Spiegel eingeübt hatte.

„Wo kommt denn das Bild her?“, fragte sie verwundert, „ich kann mich nicht erinnern, irgendwo gezeichnet worden zu sein.“

„Ich hoffe, Sie sehen es mir nach, ich habe es nach der Vorlage eines Fotos, das die Bonnets an unserem Tisch aufgenommen hatten, gemalt.“

„Sie haben das gezeichnet? – Gut gelungen, präzise Arbeit kann ich nur sagen. Ich hatte keine Ahnung, welch ein Künstler in Ihnen steckt. Mein Kompliment.“

Joris war das Lob sichtlich unangenehm, er zog die Schultern hoch, was ihm etwas kindlich Schuldbewusstes gab. „Ich würde es nie ohne Ihr Einverständnis hinhängen. Wenn es gefällt, schenke ich es Ihnen gerne, es würde mich froh machen.“

Das Bild war in der Tat ein echtes Schmuckstück, und der Wunsch, es zu besitzen, war sofort aufgekommen, als sie es entdeckt hatte. „Ich wäre sehr stolz, es zu besitzen, kann aber ein so großzügiges Geschenk nicht annehmen.“

„Selbstverständlich können Sie das, Sie machen mir eine große Freude damit.“

„Wo haben Sie so gut zeichnen gelernt, wer hat die Perfektion weiterentwickelt?“ Joris kratzte sich verlegen am Kinn, zuckte nervös mit den Augenlidern. Das Thema war ihm peinlich.

„Autodidaktisch, hab’s mir selbst beigebracht“, brummte er kaum hörbar. Lilian vernahm es ungläubig, in ihrem Blick lag echte Bewunderung. Wie bescheiden, unwillkürlich erinnerte sie sich des Attentats in Barcelona, und dass er ihr verschwiegen hatte, mitten im Inferno gewesen zu sein. Weil er sie von weiterem Lob abhalten wollte, schließlich hatte man sein Zeichentalent nie wahrnehmen, geschweige denn fördern wollen, fragte er, warum sie auf der Kreuzfahrt eine Perücke getragen habe. Noch war ihm das Haargold, in einer Welle aus Schimmer und Glanz über die Schulter gefallen, in bester Erinnerung.

„Zunächst wollte ich Arthur nicht auffallen, sondern anonym bleiben, ihn und die Geliebte beobachten, ohne dass sie es bemerken sollten. Später gefiel es mir, eine neue Identität zu besitzen. Es machte mich stärker, so als spielte ich eine Bühnenrolle. Irgendwie fühlte ich mich beschützt."

„Hatten Sie von Beginn an die Idee, sich das Geld irgendwie zurückzuholen?"

„Nein, der Einfall, Lore den Schlüssel zu entwenden, kam spontan, als ich ihren Bademantel in der Sauna hängen sah, aber selbst da gab es keine Vorstellung, was ich damit anstellen könnte. Den *Masterplan* haben erst Sie geliefert."

Joris verzog das Gesicht zu einem breiten Grinsen. „Es war in der Tat ein echtes Husarenstück."

Lilians Ungeduld wurde spürbar, sie wollte die Steine sehen. Joris öffnete den alten Safe und entnahm ihm das Säckchen, das Frank gebracht hatte. Sie breitete ein schwarzes Samt-Tuch aus, entnahm ihrer Tasche die Lupe, schüttete die Diamanten vorsichtig darauf, betrachtete sie lange, bevor sie den ersten in die Hand nahm, intensiv prüfte und in das eisblaue Innere blickte. „Wirklich sehr gute Qualität und keine Zertifikatsnummer auf der Rondiste." Hörbares Aufatmen, Joris nickte zufrieden. Nach und nach sah sie sich jeden einzelnen Stein an, völlig versunken in eine Welt von schimmerndem Glanz, Lichterketten, funkelnden Farbtönen und Einschlüssen. Als sie die Prüfung beendet hatte, füllte sie das Säckchen wieder, rollte das Tuch zusammen und legte die Lupe weg. Ihr Abdruck hatte einen rosafarbenen Kreis um ihr Auge hinterlassen.

„Diamanten sind nie perfekt", raunte sie und blickte zu ihm hoch. „Sie haben feinste Risse im Inneren und meist kleine Einschlüsse. Das unterscheidet sie von synthetischen. – Möchten Sie Ihren Anteil in Steinen oder aus dem Erlös, was ist Ihnen lieber?" Es klang kühl und geschäftsmäßig.

„Ich sagte Ihnen doch, dass ich keinen Anteil beanspruche, es ist der gerechte Ausgleich für Ihr verloren gegangenes Geld."

Kaum ausgesprochen, griff er nach dem Säckchen und hielt es fest in der Faust. „Sie werden verstehen, dass ich Ihnen zunächst nur wenige Steine geben kann. Es wäre zu gefährlich, hätten Sie alle im Besitz oder den ganzen Erlös."

Lilian protestierte heftig. „Was soll das? Ein schmutziges Geschäft gegen unsere Abmachung? Ist Ihnen der Anteil zu gering?", fauchte sie angriffslustig. Mein Gott, was für ein Temperament, dachte Joris und verkniff sich ein beeindrucktes Schmunzeln.

„Beruhigen Sie sich, ich bin an den Steinen nicht interessiert, vermute aber, dass Sie nach dem Verkauf schnell wieder einen Laden eröffnen wollen."

„Völlig richtig, und das kann ich wohl kaum vom Verkauf läppi scher drei Steine tun." Ein süffisantes Lächeln begleitete die Worte.

„Denken wir doch weiter, der Laden ist kaum eröffnet, schon ermittelt die Polizei auf Seidelbachs Anzeige hin, wie Sie zu dem Geld gekommen sind. Entweder man findet noch Steine bei Ihnen oder Sie können nicht belegen, woher die Mittel für die Investition kamen. Schließlich waren Sie vorher so gut wie insolvent. Für Seidelbach der Beweis, dass Sie die Diamanten entwendet haben müssen. Seien Sie vernünftig, Lilian."

Zum ersten Mal nannte er sie beim Vornamen. Sie überlegte mit unwilliger Miene. „Ich soll nach Ihrer hoch geschätzten Meinung also bis zum jüngsten Gericht oder Seidelbachs gnädigem Ende auf den Laden verzichten, und bitteschön wovon leben?"

„Keinesfalls verzichten, nur nachvollziehbar beweisen, woher das Geld gekommen ist. Die Steine sind bei mir gut verwahrt, keiner vermutet sie da. Sie erhalten den Safe-Code und eine Zugangsberechtigung für den Fall, dass mir irgendwas geschehen sollte. Ich überlasse Ihnen für den Anfang ein paar, der Erlös könnte gespart worden sein und fiele nicht auf, den Rest gebe ich Ihnen als Darlehen, das Sie in dreimonatlichen Raten zurückzahlen. Peu à peu können die Diamanten dann später abgesetzt werden. Nicht spektakulär, ganz unauffällig."

„Hm", ließ sie wortkarg verlauten, zog eine Grimasse und meinte nach einer Weile des Nachdenkens, „ehrlich gesagt, gefällt mir das nicht. Ich hasse es, von jemandem abhängig zu sein."

„Das sind Sie doch nicht, Ihre Steine sind der Gegenwert, jederzeit könnten Sie sie nehmen und mir die vorgestreckte Summe zurückgeben. Wir vertrauen uns doch, oder? Es geht allein um Ihre Sicherheit."

„Würde es nicht eigenartig erscheinen, mir solch eine Summe zu geben?"

„Warum, das Geld ist vorhanden, bringt kaum Zinsen ein, wir haben uns auf dem Schiff kennengelernt, und ich bin vom wirtschaftlichen Erfolg überzeugt. – Allerdings wäre es noch glaubhafter, würde ich es investieren und Teilhaber ihrer kleinen Firma werden. Alles sauber vertraglich geregelt. Was halten Sie davon?"

„Völlig neue Situation, muss ich erst überdenken, kann das nicht sofort entscheiden."

„Verstehe, denken Sie darüber nach. Sind Sie vorerst mit acht Diamanten einverstanden?"

„Hätte nie gedacht, dass Sie so knauserig sind", schmollte sie, „okay, mein Kontaktmann soll sie einlösen, dann sehe ich ja, wie das läuft. Ein gewisses Startkapital hätte ich auch noch mit den Wertpapieren."

„Ich dachte, die hätte er sich auch unter den Nagel gerissen."

Lilian erzählte ihm von Lores überraschendem Besuch.

Joris schlug sich schadenfroh auf die Schenkel. „Oh, das muss ihn schlimm getroffen haben, auch noch die Papiere weg; dagegen wird er nichts tun können, wenn sie auf Ihren Namen ausgestellt sind und keine Überschreibung erfolgte, aber seine Wut wird so groß sein, dass er wegen der Steine garantiert Anzeige erstattet.

Nehmen Sie mein Angebot an, kalkulieren Sie, wieviel Sie brauchen, dann setzen wir den Vertrag auf. Wieviel denken Sie, sind die Diamanten wert?" „Genau lässt sich das nicht sagen, eine knappe halbe Million vielleicht."

Lilian ging in den nächsten Tagen auf das Angebot ein, sie war so heiß darauf, den Hutladen wieder zu eröffnen, dass sie Joris drängte, die Verträge zügig aufsetzen zu lassen. Er überwies die Summe und wurde stiller Gesellschafter. Der Zufall wollte es, dass Lilian kurz darauf eine Ladenofferte in Mainz ins Auge fiel und sie sich mit der Vermieterin schnell einigte. Die Räume waren größer als die in Frankfurt, und der Mietpreis lag nicht höher. Aber bis zur Eröffnung war es noch lange hin, zunächst musste das Atelier eingerichtet und ein Vorratsbestand angefertigt werden. Joris behielt Recht, Seidelbach erstattete Diebstahlsanzeige wegen der abhanden gekommenen Diamanten und Wertpapiere. Von den geplanten geschäftlichen Aktivitäten musste er irgendwie erfahren haben, was ihn in der Überzeugung bestärkte, nur sie könne die Diebin gewesen sein. Auch diesmal ergaben die polizeilichen Ermittlungen keinen Hinweis auf vorhandene Diamanten. Die Wertpapiere hatte Lore der rechtmäßigen Eigentümerin zurückgegeben, und der gewährte Kredit erlaubte die nötigen Investitionen. Seidelbach konnte keine Rechte an den Papieren nachweisen, er raste vor Wut auf Lilian und Lore, die ihn und Frankfurt ebenfalls verlassen hatte.

Ein geschickter Schachzug von Joris, auf den er nicht wenig stolz war, er würde ihm weiteren Kontakt zu Lilian ermöglichen. Die ersten Diamanten hatten sich über Sebastians Verbindungen problemlos verkaufen lassen, er war froh, ihr den Gefallen erweisen zu können. Auf seine Diskretion konnte sie sich verlassen. Gleich danach hatte sie Gus angerufen, um Rohware zu bestellen und sich voller Elan in die Arbeit gestürzt. Gus war glücklich, die angenehme Zusammenarbeit fortsetzen zu können, an den Erfolg ihrer Kreationen glaubte er, und noch jemand hoffte, an frühere Zeiten anknüpfen zu können. Michael Rupf, der ihr attraktives Bild nie aus den Augen verloren und gerade erfahren hatte, dass sie nach der Trennung von Seidelbach in Mainz lebte. Seine fast täglich erfolgten Einladungen zum Essen, zu Konzerten oder Events lehnte sie ab, nicht nur, weil ihr die Zeit dafür fehlte. Wollte sie überhaupt noch, dass jemand etwas von ihr wollte?

Die Situation zuhause ließ ihr keine Ruhe, seitdem sie sich in Ibiza die bange Frage gestellt hatte, wie es den Eltern ginge. Monate hatten sie sich nicht mehr gesehen, die Anrufe hatten meist Beschimpfungen ihrer Mutter zur Folge, ohne konkrete Informationen. Trotz knapper Zeit fuhr sie für ein paar Tage in die alte Heimat, um sich an Ort und Stelle ein Bild zu machen. Schon beim Öffnen der Haustür spürte sie die Veränderung. Kartons standen im Flur, von Wollmäusen umrahmt, Kleidungsstücke hingen ohne Bügel an Garderobenhaken, wochenlang schien nicht mehr geputzt worden zu sein. Im Wohnzimmer türmten sich Schachteln, Medikamentendosen, Strümpfe lagen verstreut auf dem Sessel, eine für ihre penible Mutter ungewöhnliche Unordnung. Auf ihr Rufen erhielt sie keine Antwort. Vaters Arbeitszimmer war von außen abgeschlossen, sie öffnete die Tür und fand ihn vor seinem Schreibtisch sitzend, den Kopf auf die Arme gebettet, ein Foto in der Hand. Uringeruch lag im Raum, der sie direkt das Fenster öffnen ließ. Fragend schaute er auf, als er ihre Stimme hörte, so als müsse er sich erst erinnern, ob sie ihm bekannt sei.

„Papa, ich bin's, wie geht es dir?" Sie drückte ihn fest an das pochende Herz. Seine Haare waren ungewaschen, die Füße blank, er trug noch den Schlafanzug, obwohl es auf Mittag zuging.

„Schau mal", sagte er und streckte ihr das Bild eines früheren Orgelschülers entgegen, „Peter, mein Sohn." Stolz lag in seinen Augen. Sie war entsetzt, Tränen sickerten über die Wangen, die sie nicht mehr zurückhalten konnte. „Aber du hast doch keinen Sohn, nur eine Tochter, mich, Lilian, das weißt du doch. Peter war dein Schüler."

„Sohn, Sohn", beharrte er schmollend und sah sie feindselig an. Es brach ihr fast das Herz. Sie lief hinaus, suchte in der Küche, die ebenso unaufgeräumt war, hastete in andere Zimmer, wo sie endlich ihre Mutter angezogen auf dem Ehebett fand. „Was um Himmels willen ist hier los?“, brach es aus ihr heraus. Hermine hob müde den Kopf, so hatte sie ihre Mutter noch nie gesehen, die Haare wirr, dunkle Ringe unter den Augen, bleich, spitz das Kinn. Nächtelang habe sie nicht mehr durchgeschlafen, die Demenz des Vaters sei soweit fortgeschritten, dass er nachts durchs Haus irre in der Meinung, es sei Tag, den Herd anstelle, um Essen aufzuwärmen, obwohl er zuvor gegessen hatte und das Haus in Schlafkleidung verlassen wolle. Obwohl der Zustand inzwischen unhaltbar geworden war, hatte sie vermieden, um Hilfe zu bitten, aus Angst, er käme in ein Heim, und sie könne die Kosten nicht tragen. Lieber wollte sie alle Last auf sich nehmen. Letztlich, erkannte Lilian, hatte die aufopfernde, überfordernde Versorgung egoistische Gründe. Es bedurfte massiver Überzeugung, ihr bewusst zu machen, dass es keine andere Lösung geben würde, als einen Pflegeplatz zu suchen. „Ich will nicht alleine im Haus bleiben, und können wir uns das leisten?“, versuchte die Mutter auszuweichen.

„Keine Angst, wir schaffen es gemeinsam. Das Schicksal spielt seine eigene Musik, ob wir sie hören wollen oder nicht. Mein Geschäft wirft etwas ab, im Übrigen habe ich ein paar *glänzende* Rücklagen, mach dir also keine Sorgen.“

Als Michael wegen eines Treffens anrief und sie ihm die Notlage schilderte, bot er gleich an, seine Kontakte zu nutzen. Er hielt Wort, nur wenige Tage später fand sich ein Platz im gediegenen Seniorenheim *Mühlbad* in Boppard, direkt an der Uferpromenade, mit Blick auf den gepflegten Garten, das grüne Atrium der Weinberge und die vorbeigleitenden Rheinschiffe. Lilian blieb so lange dort, bis alles geregelt und ihr Vater eingezogen war. Hermine ließ sich zur Kurzzeitpflege aufnehmen, um sich von den Strapazen der letzten Monate zu erholen und Albert während der Eingewöhnung regelmäßig besuchen zu können. Er schien sich wohl zu fühlen im *‚goldenen Stück‘*, wie man den Flurtrakt nannte, wozu sicher das

Klavier im Speisesaal beigetragen hatte, das er sofort in Beschlag nahm.

Angst hatte Hermine immer gehabt, Angst im tiefsten Inneren, Lilian keine gute Mutter zu sein, zu viel falsch zu machen, deshalb war sie streng und kritisch gewesen, ohne je zu loben, Angst, dass sie die gängigen Regeln nicht verstanden haben könnte. Je mehr durch Heirat und Geburt der Wunsch nach Sicherheit gewachsen war, desto mehr hatte sich ihr Blick eingeschränkt, desto enger war ihre Welt und Toleranz geworden. Wie sollte man auch je sicher sein, mit seiner Erziehung richtigzuliegen? Sie wollte das Beste für sie. Aber jetzt war sie stolz, stolz auf die Stärke ihrer Tochter, die die Notlage souverän meistern und sie von großer, auch finanzieller Sorge befreien konnte. Lilian hatte ihren Weg gefunden, den sie ihr lange nicht zutrauen wollte.

„Was hätte ich nur ohne dich getan? Danke Lilian, das hast du großartig gemacht, ich bin stolz auf dich."

Nur langsam füllte sich das Lager, zum Glück hatte sie die meisten ihrer damaligen Entwürfe behalten, sodass sie einen Teil der Ware danach fertigen konnte, andere Hüte entstammten neuen Kreationen, für die ihr die erforderliche Zeit und Muße fehlte. Sie war Michael sehr dankbar für die schnelle Hilfe, wusste, dass er eine Gegenleistung erwartete, nur die Zeit fehlte ihr. Sie entwickelte eine Energie, als speise sie ein inneres Kraftfeld, verpflichtete Kitty, eine tüchtige Modistin, ihr im Atelier zur Hand zu gehen, so dass sie sich später mehr Entwürfen und dem Verkauf würde widmen können. Das Schaufenster war schon mit dem Namenszug dekoriert, wie ein bald einzulösendes Versprechen, die Ladeneinrichtung montiert, der Eröffnungstermin rückte näher.

- Lilians Unfall -

Lilian wachte auf, benommen und schwach, alles drehte sich, sie wusste nicht, wo sie sich befand und welcher Tag es war, fühlte sich heiß und fiebrig. Das nackte, kalte Weiß der Wände schrie sie an. Sofort schloss sie die Augen und verfiel wieder in den Dämmerschlaf, aus dem sie gerade erwacht war. Zwei Infusionen sickerten langsam in ihre Armvenen, das eingegipste Bein schwebte ein paar Zentimeter über der Bettdecke. Niemand sieht gut aus, wenn er nach einem Unfall ins Krankenhaus kommt und sie machte da keine Ausnahme. Fahl das Gesicht, der Blick erschöpft, Blutergüsse unter den Augen, an Hals und Armen, die Nase genäht und grotesk angeschwollen. Klein, zerbrechlich und unscheinbar wirkte die vor kurzem noch so stolze Frau inmitten der medizinischen Apparate und Schläuche umgeben von fiebenden Bildschirmen. Auf ihren Zügen lag der abwesende Ausdruck von Patienten, die unter dem Einfluss von Schmerz- oder Betäubungsmitteln stehen. Michael Rupf hatte einen Freund in der Klinik besucht und zufällig erfahren, dass Lilian nach einem Unfall hier eingeliefert und operiert worden war.

„Siehst farbenfroh aus", meinte er scherzhaft mit Blick auf die sichtbaren Blutergüsse, die bereits changierende Farben angenommen hatten, „wie vom Lastwagen überfahren."

„Nicht ganz", lallte sie benommen, „ein Kleinbus, ich war gestresst, in Gedanken – zu spät erkannt."

„Kann ich irgendetwas für dich tun?"

„Das Wasserglas bitte."

Ungeschickt hielt er es ihr an den Mund, sodass ein Teil daneben tropfte und ihren Hals herablief. Es hätte ihr gutgetan, nur seine Nähe zu spüren, ohne ein Wort oder eine Hand, die ihre hält. Aber er kam nicht auf den Gedanken, sondern redete im Märchenerzählerton von Partytreffen und Personen, bei denen sie sich zu schwach fühlte, sich ihrer Gesichter zu erinnern, sodass sie ermüdet einschlief, was ihm zunächst entging, vom eigenen Erzählfluss gebannt. Mit halb offenem Mund lag sie in den Kissen, die Arme schlaff neben dem von Prellungen übersäten Körper. Leise schlich Michael aus dem Zimmer. So hatte er sich das Wiedersehen nicht vorgestellt. *Wie entstellt sie wirkt, ob sie jemals wieder die außergewöhnliche Schönheit sein würde wie früher?* In den Folgetagen fühlte sie sich etwas besser, der Blick war klarer, nicht mehr so glasig, nur die Schmerzen hielten ihr hartnäckig die Treue. Nach wie vor war es schwierig, sich zu bewegen. Inzwischen teilte sie das Zimmer mit einer opulenten fünfzigjährigen Beamtin, die sich von einer Gallen-OP viel zu schnell erholt hatte und rücksichtslos Dauergespräche mit ihren Freundinnen führte. Gefühlt mussten es mindestens hundert Adressen sein. Drohte ihr am Ende des Kommunikationsmarathons die Luft auszugehen, übernahm sofort der Fernseher den unterhaltenden Part. Lilian brauchte dringend Ruhe, sie hasste den Singsang der hohlen, belanglosen Permanentgespräche und bekam heftige Kopfschmerzen, je mehr sie sich darüber ärgerte. Sie sehnte sich nach ihrer Wohnung, dem eigenen Bett, wusste aber, mit eingegipstem Bein, operiertem Arm und angebrochenen Rippen nicht weit kommen zu können. Michael vermied jetzt weitere Besuche, rief in gewissen Abständen an, um sich nach ihrer Genesung zu erkundigen und machte Pläne für spätere Treffen.

Joris hatte länger nichts von ihr gehört, was er darauf zurückführte, dass die Eröffnungsvorbereitungen sie ganz in Anspruch genommen hatten und war deshalb nicht beunruhigt. Sicher würde alles seinen ordnungsgemäßen Lauf nehmen. Er freute sich unbändig darauf, sie wiederzusehen. Als jedoch eine weitere Woche verstrich, in der er nichts erfuhr und sie weder im Atelier, noch in der Wohnung erreichen konnte, machte er sich Sorgen. Das war ungewöhnlich. Was sollte er tun? Die Vermieterin fragen, sicher wusste sie, wo Lilian zu erreichen wäre? Er hatte eine Kopie des Mietvertrags mit Adresse und Telefonnummer. Es gelang ihm, Frau Lautwein zu erreichen.

„Frau Busch? Dass sie die nicht kriegen konnten, verwundert mich nicht, sie hatte einen Unfall und ist erst seit zwei Tagen wieder aus der Klinik. Aufstehen kann sie nicht. Wussten Sie etwa nichts davon?“ Es klang fast vorwurfsvoll. Joris war betroffen wie ein gescholtener Schüler, der seine Hausaufgaben vergessen hat. „Nein, ich ...äh ... bin völlig ahnungslos. Ist sie schwer verletzt worden?“ Vor Angst hielt er den Atem an und wartete bange auf die Antwort. „Na ja“, räusperte sich die Stimme am anderen Ende der Leitung, „von einem Kleinbus angefahren zu werden, hinterlässt natürlich Spuren, aber sie hat noch Glück im Unglück gehabt. Der Kopf ist soweit heil geblieben, Bein und Arm gebrochen, überall blaue Flecken. Sie versucht mehr schlecht als recht klarzukommen. Zweimal am Tag sieht eine vom Roten Kreuz nach ihr. Ich kann leider nicht helfen, hab ’nen kranken Mann zuhause.“

„Danke für die Information, ich besuche Lilian so schnell wie möglich, aber sagen sie ihr nichts davon. Wie finde ich am besten zu Ihnen, ich komme per Bahn?“

Sie gab ihm eine Wegbeschreibung nach Mainz-Marienborn durch. Zwei Tage später saß er mit Koffer und großer Einkaufstüte im Zug. Obst, Huhn und ein paar Dinge, die er in der Situation für nützlich hielt, hatte er besorgt. Am Hauptbahnhof angekommen, verwirrte ihn die Vielzahl der Bus- und Bahnlinien, aber nach einiger Suche fand er die Haltestelle der Mainzelbahn, Linie 51, in Richtung Lerchenberg. Rumpelnd, scheppernd und mit metallischem Schleifen setzte sie sich in Bewegung, ruckartig wie ein störrisches Pferd in die Schienenspur gezwungen – da möchte man ungern Anwohner der Trasse sein, dachte er – legte sich ächzend in die Kurven, scheinbar willkürlich die Straßenseiten wechselnd. Vorbei an der Universität, der Opel-Arena (glücklicherweise war Mainz als Bundesligist nicht abgestiegen), der Hochschule und dem Gutenberg-Zentrum. ‚*Hinter den Wiesen*', hatte Frau Lautwein ihm eingeschärft, sei die Station, an der er aussteigen müsse. Er quetschte sich mit dem Gepäck aus der vollbesetzten Bahn, passierte den Gleisübergang, ging den Weg geradeaus weiter, über die Wiesenstraße und stieß auf die Pfarrer-Dornstraße, in der das Haus liegen sollte.

An einem parkenden Auto hielt er kurz an, musterte sich im Außenspiegel, kämmte seine Haare zurück und bog nach links ab. Dummerweise hatte er die Hausnummer vergessen, orientierte sich nach der erhaltenen Beschreibung an Häusern mit üppigem Grün. Nur eins war von einer hohen Zeder, Bäumen und Jasmin-Sträuchern vollständig verdeckt, das musste es sein. Er durchschritt den Kletterrosenbogen und gelangte unter dichtem Laubdach, vorbei an einer Miniaturwindmühle, zu einem Haus stattlicher Größe. Ob sie dort wohnte? Sollte es nicht ein separates kleines im Grünen sein, ein ehemaliges Gartenhaus, wie Lilian erzählt hatte, das vor Jahren ausgebaut worden war? Wie durch einen Wald tastete er sich weiter, ob er hier wirklich richtig war? Dann sah er es auftauchen, unter Bäumen verborgen, mit kleinen Fenstern und lachsrot lackierten Holzläden, so wie er sich als Kind das Hexenhäuschen von Hänsel und Gretel vorgestellt hatte, nur ohne Lebkuchen. Das gedrungene Steinhaus war wenigstens sechzig Jahre alt und vor neugierigen Blicken vollständig geschützt.

Frau Lautwein, mütterlich, füllig, mit breitem, freundlichen Gesicht, das ein tiefes Kinngrübchen zierte, weißen, zum Knoten gesteckten Haaren und lächelnden Augen, sah ihn kommen, begrüßte ihn herzlich, mit einem schnellen Blick taxierend. „Willkommen, Herr Jenner, schön, dass Sie da sind? Haben Sie uns ohne Mühe gefunden?"

Sie lispelte leicht, ein charmanter Silberblick ihrer Zunge.

„Kein Problem bei der guten Beschreibung, Frau Lautwein. Sagen Sie mir, wie es ihr heute geht." Fast hätte er das Lispeln nachgemacht, das war verführerisch und ihm nie zuvor passiert, buchstäblich im letzten Moment konnte er sich zurückhalten. Wie peinlich wäre das gewesen.

„Sie ist sehr ungeduldig, aber sehen Sie selbst", antwortete sie mit sieben „s" im Satz, öffnete die Tür und rief, ehe sie ihn eintreten ließ: „Frau Busch, Besuch für Sie."

Lilians Reaktion wartete sie nicht ab, nickte Joris aufmunternd zu und ließ ihn allein. Er stellte das Gepäck im Flur ab, ging zögernd zum Wohnraum, den er als sehr kühl empfand. Dicke Teppiche saugten an seinen Füßen. Entgegen seiner Vorstellung war die Möblierung nicht üppig: Eine lindgrüne Stoffcouch mit passendem Sessel. Ein Glastisch, ein Regal aus Kirschbaumholz, das die Seitenwand einnahm, ein Sekretär aus gleichem Holz mit zwei Thonetstühlen und ein Flachbildfernseher mit Unterschrank. Drei Aquarelle mit bukolischen Landschaften schmückten die Wand über der Couch. Warmes Licht spendete eine dreiarmige messingfarbene Stehlampe. Im Kamin lagen drei Holzscheite übereinander wie ein fernes Versprechen auf Wärme. Medizinischer Geruch waberte durch die Luft. Die Tür zum Schlafzimmer stand offen, als er leise anklopfte, sich räusperte und vorsichtig eintrat. Sein Magen verkrampfte sich vor Aufregung. Es hatte etwas Verlockendes, aber auch Unerträgliches, ihr auf diese intime Weise nahe zu sein. Lilian richtete sich in den Kissen mühsam auf, man merkte, dass es ihr schwerfiel und sah ihn unverwandt an. Auf dem Boden lag ein Wasserglas, das ihr offensichtlich heruntergefallen war, denn etwas von der Flüssigkeit glänzte feucht auf dem Parkett.

„Wo kommen Sie denn her, um alles in der Welt? Was tun Sie hier?"

Sie versuchte, energisch zu klingen, offenbar fiel ihr das Sprechen schwer, die wenigen Worte machten sie schon atemlos, vermutlich eine Folge der Rippenverletzung.

„Ich hörte nichts mehr von Ihnen, da habe ich mir natürlich Sorgen gemacht und versucht, sie zu erreichen."

„Niemand hat Sie gerufen, ich komme sehr gut alleine zurecht", sagte sie barsch.

„Ich sehe es", bestätigte er, hob das Glas auf, stellte es in der Küche ab, nahm ein neues aus dem Schrank, füllte es mit bereitstehendem Mineralwasser und reichte es ihr. Gierig trank sie davon, ohne sich zu bedanken.

„Ich nehme an, Sie fahren heute wieder."

Er blieb die Antwort schuldig. „Wo ich schon mal hier bin, hätte ich gegen etwas mehr Freundlichkeit nichts einzuwenden."

„Bin Ihre Geschäftspartnerin, nicht die Therapeutin", knurrte sie.

„Hätte nicht gedacht, dass Sie hier faul und entspannt im Bett liegen, während die ersten Kunden schon mit den Füßen scharren, um Hüte zu kaufen", versuchte er sie aufzuheitern.

„Und ich nicht, dass sie meine Steine unbewacht lassen."

Sie war bleich und matt, aß wohl nicht vernünftig, um wieder zu Kräften zu kommen. Im Gesicht sah man noch Reste der Hämatome und ein paar Tränen auf den Wangen schimmern, sicher litt sie unter Schmerzen und war angriffslustig wie eine Viper.

„Nun im Ernst, wie geht es Ihnen wirklich?"

„Sagt das nicht genug?", meinte sie spröde, hob das eingegipste Bein und den in einer Schlinge liegenden Arm demonstrativ ein Stück hoch. „Ich fühle mich gefesselt, eingekerkert, und die dringende Arbeit im Atelier wird nicht fertig."

„Sie müssen Geduld haben; wenn die Eröffnung später stattfindet, ist es nicht tragisch. Wenn Sie erlauben, mache ich mich ein wenig nützlich. Sie sollten inzwischen ein bisschen schlafen, sehen müde aus. Soll ich die Tür solange schließen?"

Sie grummelte etwas, das als Zustimmung gewertet werden konnte.

Der Himmel verdunkelte sich bedrohlich, bald brach ein heftiges Gewitter los, Böen peitschten den Regen an die Fensterscheiben, die Bäume im Garten bogen sich wild, Blitze zuckten, und die Temperatur sank um etliche Grade. Joris machte Feuer im Kamin, schnitt das mitgebrachte Obst in mundgerechte Stücke und servierte es Lilian auf einem Glasteller, den er im Küchenschrank entdeckt hatte. Sie nahm tatsächlich ein paar Stücke zu sich, versank dann in kurzen Schlaf. In der Ablage hatte sich Geschirr angesammelt, das er schnell spülte, mit Küchenkrepp trocknete, weil kein Küchentuch zu finden war und nach Gutdünken in die Schränke räumte. Von zuhause hatte er ein frisch geschlachtetes Huhn mitgebracht, das er in Salzwasser zum Kochen aufsetzte. Lauch, Möhren, Zwiebeln und Knoblauch waren im Vorratsraum neben einigen Flaschen Silvaner. Im Kühlschrank gab es Butter, Eier, Marmelade und ein Stück Reibekäse, im Brotschrank frisches Weißbrot, vielleicht brachte es der Bäcker zu den Kunden. Das Huhn wollte er am nächsten Tag zu Frikassee verarbeiten und heute von der Brühe eine kräftige Zwiebelsuppe zubereiten, im Herd überbacken und servieren. Die würde ihr sicher schmecken, schon beim Gedanken an die goldbraune Käsekruste lief ihm das Wasser im Mund zusammen.

Das Huhn blubberte mit dem Gemüse im Topf, Zwiebeln und Knoblauch waren in Butter angeschwitzt und mit Wein abgelöscht, den Joris reintönig und kräftig fand, er würde gut zur Suppe passen. Seitdem er Mathildes Philosophie kennengelernt hatte, ging er genussvoller mit Wein um, achtete eher auf Jahrgänge, Feinheiten und Fruchtnuancen. Ein Schlüssel bewegte sich im Schloss, hastig setzte er das Glas ab, aber es war nur die Pflegerin, um Lilian für die Nacht vorzubereiten. „Hier riecht's ja vortrefflich, wird sicher was Gutes geben!" Sie reckte neugierig den Hals, ging zur Patientin und schloss die Zimmertür. Als das Huhn gar war, hob Joris es heraus, befreite es von Haut und Knochen, schöpfte Fett ab, füllte die Zwiebelmasse mit Brühe auf und würzte sie. Währenddessen war der Backofen erhitzt. Zur Suppe in großen Tassen gab er Petersilie aus dem Vorgarten, angeröstete Weißbrotwürfel, geriebenen Käse mit Butterflocken und schob sie zum Überbacken in den Herd. Dann staffierte er die Couch mit Kissen und Decken aus, schob ein Tischchen davor, deckte es mit Löffeln und zwei Weingläsern ein. Die Pflegerin verabschiedete sich und wünschte guten Appetit. Der Hühnerduft drang bis in Lilians Zimmer, aber sie sagte nichts dazu.

Joris schlug ungefragt die Decke zurück, griff mit einem Arm um ihre Schultern, mit dem anderen unter die Kniekehlen, hob sie gegen ihren Protest aus dem Bett und bettete sie vorsichtig auf die Couch in fast sitzender Position. Das Holz knisterte im Kamin und spendete angenehme Wärme. Er nahm die Tassen mit zartbrauner Kruste aus dem Ofen und goss den Wein ein. Lilian räkelte sich wohlig in der Wärme, verkündete gleich, keinen Hunger zu haben, nach wie vor unnahbar, spröde. Er ignorierte es, prostete ihr zu, sie nahm einen Schluck und gleich darauf einen zweiten, der sie offensichtlich belebte. Der verführerische Duft der Zwiebelsuppe stieg ihr in die Nase.

„Bei nasskaltem Wetter gibt's nichts Besseres als Zwiebelsuppe mit Hühnerfond", redete er wie zu sich selbst, teilte mit dem Löffel den köstlichen Käse und begann zu essen. Er fand sie gut gelungen, Mutter hatte sie an kalten Tagen oft gemacht und stets mit einem Schuss Wein verfeinert, sonst fehle ihr das Leben, wie sie pathetisch deklamierte. Nachdem er ein paar Löffel gegessen hatte, begann auch Lilian zaghaft, davon zu schlürfen. Er tat so, als bemerke er es nicht, ganz in den eigenen Genuss vertieft.

„Ich wusste nicht, dass Sie sowas können", sagte sie nach einer Weile und fischte den Rest mit einer Toastscheibe aus der Tasse. „Das heiße Gericht hat mir gutgetan und der Wein auch. Mehr darf ich nicht trinken wegen der Medikamente." Er nickte zufrieden.

„Noch etwas Suppe?"

„Nein danke, genug, das war seit Langem etwas, das ich mit Appetit gegessen habe."

Joris strahlte innerlich, während er nach einem intelligenten Satz suchte, um die Unterhaltung fortzusetzen.

„Was ich fragen wollte, hätten Sie ... ähm ... etwas dagegen, wenn ich hier übernachten würde?"

„Das Gästebett im Arbeitszimmer ist frei, wenn Sie es beziehen, meinetwegen."

Ihr ausdrucksloses Gesicht ließ nicht erkennen, ob sie sich über sein Bleiben freute oder ärgerte.

„Danke, werde ich gerne tun. Wie weit waren Sie mit den Anfertigungen gekommen?"

„Für die Erstausstattung reicht es gerade so, aber ich kam nicht zu neuen Entwürfen. Keine Einfalle, Hirnlücken. Hätte ich sie, könnte Kitty schon daran arbeiten. So verzögert sich alles. Es ist zum Verzweifeln."

Er hörte stumm zu. Nach einer Stunde wurde sie schläfrig, er trug sie zurück ins Bett, half beim Zähneputzen, spülte das Geschirr und ging früh schlafen. Im fremden ungewohnten Bett, die Arme unter dem Kopf verschränkt, den Blick an die Decke gerichtet, das Fenster einen Spalt weit geöffnet, die Gedanken bei Lilian und den Hutmodellen, kam ihm eine Idee, die ihn wieder zum Aufstehen zwang.

- Einbruch -

Am nächsten Morgen duschte und rasierte er sich zeitig, brühte Filterkaffee auf, toastete Weißbrot, bestrich es mit Butter und Aprikosenmarmelade, presste die mitgebrachten Apfelsinen aus und brachte Lilian das Frühstück ans Bett. Ihr Haar war platt gelegen wie Gras auf einer Wiese, der Schlaf hatte Knitter in ihrem Gesicht hinterlassen, das Nachthemd so eng um den Leib gewunden, dass sich unter der Spannung deutlich die Brüste abzeichneten. Er blickte diskret daran vorbei, um es nicht genauer zu sehen, aber auch, um nicht an die vergangene Zeit erinnert zu werden, als er noch glücklich bei einer Frau liegen durfte. Zu gerne wollte er die Tastatur ihrer Lippen spüren, die diese unvergleichlich genussvollen Empfindungen schreibt. Einen kurzen Moment lang überkam ihn das überwältigende Bedürfnis, sie in die Arme zu schließen, ihre Schmerzen zu absorbieren, ihr zu sagen, wie schön sie trotz strähniger Haare und blauer Flecken sei, aber dann senkte er den Blick, weil er befürchtete, dass die Augen seine Gefühle verraten könnten. Als sie gegessen hatte, räumte er das Geschirr ab und präsentierte ihr einige Bogen Papier.

„Was soll ich damit?", fragte sie unwirsch.

„Nur ansehen."

Sie nahm die Bogen, betrachtete sie erst flüchtig, dann nacheinander aufmerksam, zog den einen oder anderen erneut hervor, verglich sie miteinander und schüttelte den Kopf. „Wo kommt das her?"

„Ich weiß, es ist unprofessionell gezeichnet, aber ich habe immer gerne neue Formen entworfen und dachte mir ..."

„Die sind wirklich von Ihnen?" Ungläubig sah sie ihn an und meinte nach ein paar Sekunden der Verblüffung: „Originell, wirklich außergewöhnlich, sie gefallen mir. Danach könnte man einige

Hüte anfertigen. Natürlich müssten sie dafür umgezeichnet werden, aber die Entwürfe sind fabelhaft. Das bringt mich, ich meine uns, einen großen Schritt weiter."

Ihr dankbarer Blick ließ ein inneres Hochgefühl aufkommen und Schalmeienklänge im Kopf. Bei ihr zu sein, war wie wirksame Medizin.

„Ich habe keinen Schimmer von der Fertigung und wie man dafür zeichnen muss", meinte er, „aber die verrücktesten Modelle habe ich damals im Spaß für meine Mutter kreiert, die ein Hutfaible hatte, aber auch Möbel- und Sargformen, die mein Vater mir allerdings gleich um die Ohren gehauen hat."

„Sie sind ja ein zweiter Luigi Colani", lobte sie und lächelte zum ersten Mal. „Bringen Sie mir neutrale Bogen und einen Stift bitte."

Er brachte ihr das Gewünschte, den Stift mit Radiergummi und zog sich zurück, zumal die Pflegerin kam und er sie ohnehin hätte verlassen müssen. Frau Lautwein klingelte und erkundigte sich, ob sie etwas besorgen könne, sie sei gerade im Begriff, einkaufen zu fahren. „Ich könnte Sie mitnehmen, wenn Sie möchten."

Als er mit prallen Taschen zurückkam, telefonierte Lilian mit einem Michael, es wirkte sehr intim. „Das tun wir, sobald ich wieder laufen kann, ich freue mich sehr darauf. Liebe Grüße und Küsse", verabschiedete sie sich. Sie wirkte sichtlich erschöpft, die Hände ruhten kraftlos neben ihr, die Augenlider flatterten. Offenbar vom Luftzug verweht, lagen Papierbogen auf dem Zimmerboden verteilt, auf denen sie drei seiner Entwürfe für die Anfertigung umgezeichnet und mit Markierungen versehen hatte. Er beugte sich herunter, nahm ihr das Telefon ab, legte es auf die Station zurück, drückte die kühle Hand, um ihr etwas von seiner Wärme und Stärke abzugeben. *Wer mochte Michael sein?*

„Sie waren sehr fleißig Lilian, soll ich Kitty bitten, sie abzuholen?"

„Das wäre gut, damit kann sie starten."

Beim Hinausgehen fiel ihm eine Plastiktonne neben dem Schrank auf, die, wie er feststellte, Schmutzwäsche enthielt. Er schmuggelte sie hinaus in den Keller, wo er die Waschmaschine vermutete, stopfte sie hinein, wobei er sich bei einigen Teilen unsicher war, ob sie zusammen gewaschen werden durften. Egal, selbst wenn sie auf Kindergröße schrumpfen, sagte er sich, wäre es besser, als noch länger in der Tonne zu bleiben. Als er zurückkam, sah sie angespannt, fast angstvoll aus. „Geht es Ihnen nicht gut?", platzte er heraus.

„Gut, dass Sie da sind, könnten Sie direkt Frau Lautwein rufen?"

„Sie ist nochmal mit dem Wagen fort, ich schaue nach, ob sie zurück ist."

Nein, sie war noch unterwegs. Als er ihr das berichtete, druckste sie: „Ich bin in ziemlicher Verlegenheit", deutete auf die Tür des Nachtschränkchens und wurde rot. Er sah die Bettpfanne, begriff ihre Verlegenheit und schob sie Lilian, als sie sich leicht anhob, ohne Umschweife unter den Leib.

„Entschuldigung, es ist so furchtbar", presste sie zwischen den Zähnen hindurch und kämpfte mit den Tränen.

„Furchtbar sind ganz andere Dinge", sagte er beruhigend, ließ sie allein, bevor er die Pfanne wieder nahm und ausleerte. Als er zurückkam, blickte sie zum Fenster, ohne ihn anzusehen; sie hatte sich gesäubert, er entsorgte das Papier, brachte Seife und nasse Lappen, damit sie sich die Hände reinigen konnte. Ein verzerrter Ausdruck lag auf ihrem Gesicht wegen der Anstrengung, aber auch aus Scham und Schmerz.

„War doch halb so schlimm", tröstete er in jovialem Ton.

„Es war das Allerschlimmste."

Tränen schimmerten in den Augen. Ein Schluchzen durchlief den Körper, während er sanft über ihr Haar strich, eine Berührung, mit der er nichts forderte, nichts verlangte. Als sie eingeschlafen war, räumte er auf, ließ die Wäsche trocknen, leider war ein Pullover zu Puppenkleidergröße geschrumpft, irre, was ein bisschen heißes Wasser und Pulver anrichten konnten, nahm die Bogen wieder zur Hand und zeichnete, wozu er spontan Lust hatte. Diesmal keine Hutmodelle, keine Portraits, sondern Cartoons, die ihm gerade in den Sinn kamen. Fast hätte er die Zeit darüber vergessen, das Frikassee war zuzubereiten und ein knackiger Salat, den er mit Apfelstücken, Avocado und Pinienkernen garnieren wollte. Kurz vor dem Servieren bat sie, mit dem Essen noch zu warten. Er verschob das Andicken der Soße und wartete, bis sie bereit war. Nach dem Verzehr des Huhns mit Reis und Champignons setzte er sich ans Bett und zeigte ihr die wahllos gefertigten Zeichnungen.

„Keine Hutkreationen?"

„Ich hatte Lust auf was anderes; wie gefallen sie Ihnen?"

Sie musterte die Bogen sorgfältig, sah ihm sekundenlang in die Augen, bevor sie sagte: „Ideen hast du und ein Talent zum Zeichnen, da kann ich nur staunen. Brillant! Soll's ein Cartoon-Buch werden?"

Zum ersten Mal hatte sie ihn geduzt, zufällig, bewusst oder nur als Versprecher? Hatte die erzwungene Intimität des Vormittags Grenzen zwischen Ihnen gesprengt? In seiner Unsicherheit tat er so, als hätte er es nicht bemerkt.

„Nein, mir kam die Idee, T-Shirts damit zu bedrucken, eventuell mit originellen Sprüchen und sie als unser zweites Standbein zu vertreiben."

Sie ließ den Kopf in die Kissen sinken, schloss die Augen und überlegte lange.

„Guter Einfall, mit pfiffigen Zeichnungen könnte es wirklich ein Hit werden. – Ich denke, wir sollten uns duzen, die Vornamen kennen wir ja."

Wider Willen wurde er rot, und auch ihr Gesicht überzog eine zarte Färbung, wie er erleichtert feststellte.

„Nur zu gerne Lilian", bestätigte er, traute sich aber nicht, sie zu küssen.

Am nächsten Morgen brachte er ihr das Frühstück mit Omelette ans Bett, wie gesponnenes Gold sah es aus und schmeckte nach Wolken.

Zu Mittag aßen sie den Rest des Huhns, als Dessert Quarkspeise mit Himbeeren. Vanillepudding vermied er wegen der ihm unerträglichen Farbkombination von Gelb und Rot.

„Ich mache mir Sorgen wegen Arthur“, sagte sie bedrückt und löffelte den Nachtisch dabei. „Er sucht verzweifelt nach Lore, um sich an ihr zu rächen, aber sie hat sich gut versteckt, außerhalb von Frankfurt. Mit mir ist er sicher auch nicht fertig, fürchte ich.“

„Woher weißt du das mit Lore?“

„Sie hat mich zweimal im Krankenhaus besucht, hat wahrscheinlich von der Lautwein gehört, dass ich da liege. Wir wollten mal einen Kaffee zusammen trinken. Er ist wahnsinnig wütend, nicht nur wegen der Wertpapiere, sie hat ihm – lach bitte nicht – als Zeichen ihrer besonderen Wertschätzung zum Abschied auf den kostbaren Perserteppich geschissen.“

Joris schüttelte sich angeekelt, konnte aber ein Grinsen nicht verkneifen.

„Sieht Lore ähnlich, passt zu ihr; für Seidelbach dürfte es geradezu ein blasphemischer Akt gewesen sein.“

Sie lachte trocken, musste husten und verzog gleich das Gesicht, es war offensichtlich, dass es schmerzte.

„Das Atelier ist voll mit neuen Hüten und Rohware, die Alarmanlage noch nicht installiert. Ich fürchte, es könnte eingebrochen werden.“

Auch Joris sah das Risiko, da kam einiges an Wert zusammen, und Seidelbach war in seinem Zorn unberechenbar.

„Könntest du ... ich meine ...“, stöhnte sie.

„Natürlich kann ich mal nachsehen, ob alles in Ordnung ist.“

„Das wäre gut. – Andererseits fürchte ich, dass eher nachts etwas passieren könnte. Tagsüber schaut Kitty schon hinein.“

„Du möchtest, dass ich in der Nacht ...?“

„Nur für eine kurze Übergangszeit bis die Anlage funktioniert. Drei, maximal vier Nächte, oder fürchtest du dich?“

Kaum hatte er es genossen, in ihrer Nähe zu sein und sie ein wenig verwöhnen zu können, da sollte er auf einer schäbigen Matratze im Geschäftslager nächtigen, wie ein obdachloser Penner, eine wenig einladende Vorstellung. Aber als Angsthase vor ihr stehen, wollte er auch nicht.

„Würdest du es tun?“ Sie sah ihn bittend an. „Es wäre mir eine große Beruhigung.“

Die erste Nacht auf der unbequemen Schlafstatt verlief ohne Störung, Frau Lautwein hatte ihn mit Matratze und den nötigsten Utensilien hingefahren, womit er sich im Atelier einigermaßen einrichtete. Das Geschäft besaß hinter dem Laden zwei weitere Räume, einen Hinterausgang zum winzigen Gemüsegarten mit Terrasse, sodass er bis zum Schlafengehen dort verweilen konnte und sich nicht völlig gefangen fühlte. Den Tag verbrachte er bei Lilian. Auch in den beiden folgenden Nächten blieb es ruhig, bis auf eine lautstarke Auseinandersetzung zweier Betrunkener, die sich ausgerechnet das Schaufenstersims zum Austragungsort ihres Disputs erkoren hatten. Mit harschen Worten und dem lauten Ruf nach einem imaginären Hund konnte er sie schließlich vertreiben. In der vierten Nacht hatte er sich an das Domizil gewöhnt, war rasch und tief eingeschlafen.

Ein helles Klirren schreckte ihn plötzlich auf, wie zersplitterndes Glas und gedämpfte Stimmen. Kurz darauf ein Fiepen, so als würde man einem Hund versehentlich auf den Schwanz treten. Er kannte das Geräusch nur zu gut, es rührte von der Gummileiste unter der Terrassentür her, wenn sie über den Steinboden gezogen wurde. Da war jemand von hinten in den Laden eingedrungen. Lähmender Schreck fuhr ihm in die Glieder, halb benommen wurde ihm bewusst, dass er weder eine Waffe, noch irgendetwas anderes hatte, um sich verteidigen zu können. Nur sein Handy könnte Hilfe versprechen. Wenigstens zwei Personen schienen etwas Schweres durch die Tür zu schleifen. Was sollte er nur tun in seiner Angst? Er war nicht der Mutigste und es mit zwei, vielleicht gar drei Typen aufzunehmen, wäre alles andere als ratsam. Auf Zehenspitzen schlich er in den Toilettenraum, schloss sich vorsichtig ein, wählte mit zitternden Händen den Notruf und erklärte leise flüsternd die Situation. Der Beamte war entweder schwerhörig oder ging von einem Scherz aus, so dass er sein Anliegen zweimal wiederholen musste. Angstschweiß perlte auf der Stirn, der nicht trocknen wollte. Hoffentlich waren die Typen nicht auf ihn aufmerksam geworden. Endlich schien man seine Notlage begriffen zu haben, eine Streife sei zur angegeben Adresse unterwegs. „Bitte kommen Sie so schnell wie möglich!", flehte er.

Deutlicher hörte er jetzt das Schleifgeräusch und Männerstimmen, die sich nicht mehr bemühten, leise zu sprechen. Kartons polterten herunter, Schubladen wurden herausgerissen, einer der Männer drückte die Klinke der Toilettentür herunter, rüttelte daran, trat wütend dagegen und fluchte derb, weil sie abgeschlossen war. Joris hätte sich ohrfeigen können, dass er den Schlüssel nicht herausgezogen hatte. *Wenn der Fremde merkt, dass er von innen steckt, weiß er, dass ich mich hier verberge und dann Gnade mir.* Er saß in der Falle, wagte kaum zu atmen, ebenso wenig, den Schlüssel abzuziehen. Beim geringsten Geräusch könnte er auffliegen, und das würde nichts Gutes bedeuten. In der dunklen Zelle stellte er sich vor, wie der Eindringling langsam die Pistole aus dem Holster nimmt, den Schlitten zurückzieht, den Finger an den Abzug legt und auf ihn zielt. Mehrere Schüsse durch die Tür, die seinen Körper wie ein Sieb durchlöchern. Täuschte er sich? War da nicht wirklich ein helles Klicken zu hören?

„Die Scheißtür ist zu, ich schieße das Schloss auf, sicher ist da was zu holen, sonst hätte die Alte nicht zugesperrt", kündigte er an. „Bist du übergeschnappt, damit uns jeder hört?", zischte der andere, offenbar der Anführer. „Wenn du pinkeln musst, mach es hier." Eilige Schritte bewegten sich im Raum, Joris hörte einen

Stuhl umfallen und ein grauenvolles Stöhnen wie unter starken Schmerzen. Was hatte das zu bedeuten?

Vor lauter Furcht überzog Gänsehaut seinen Rücken, im Körper breitete sich der Lärm eines ratternden Güterzugs aus, der unbarmherzig nach oben in den Kopf drang, wie über schmale, sich windende Stufen. Plötzlich glaubte er, nicht mehr schlucken zu können, die Kehle war staubtrocken, ein kaum zu unterdrückender Reiz husten zu müssen, überfiel ihn. Den Mund verzweifelt auf den Arm gepresst, nur durch die Nase atmend, versuchte er sich zu räuspern. Vergebens, der Reiz blieb hartnäckig und löste panische Angst aus, zu ersticken. Wo blieb nur die Polizei, wieviel Zeit war seit dem Anruf vergangen? Hätte er sich nur die Wasserflasche mitgenommen. Was mochten die Diebe inzwischen ausgeräumt haben? Und ihn hatte Lilian eigens zur Bewachung hinbeordert, was für ein Versagen? Schon war er versucht, aufzugeben, die Tür zu öffnen, dem drängenden Hustenreiz nachzugeben und wie ein Verdurstender zum Wasserhahn zu stürzen, egal, was mit ihm geschehen würde. Aber in diesem Moment drangen Geräusche von außen herein, worauf die Stimmen der Eindringlinge schlagartig verstummten.

„Polizei, das Haus ist umstellt, verlassen Sie den Raum, die Hände hinter dem Kopf verschränkt", schallte es metallisch aus einem Megaphon. „Dem Himmel sei Dank", stöhnte Joris, von der Lautstärke der Aufforderung überrascht und wagte endlich zu husten. „Waffen auf den Boden! Sonst wird geschossen!"

Der Versuch der Männer, durch den gesicherten Hinterausgang zu fliehen, misslang, Schüsse fielen, eine Kugel traf den bewaffneten Komplizen in den Oberschenkel. Danach gaben sie auf. Joris verließ zitternd sein Versteck und sah, wie man Seidelbach und seinem Helfer gerade Handschellen anlegte. Lilian hatte richtig vermutet. Zu seinem Entsetzen gewahrte er auf dem Boden Lore mit grotesk verdrehten Beinen, gefesselt, einen Knebel im Mund, die Hälfte ihrer Haare abgeschnitten oder ausgerissen, das Gesicht so übel zugerichtet, als sei es mit Fußtritten traktiert worden. Sie schien ohnmächtig oder gar tot zu sein. Gleichzeitig bemerkte er scharfen Benzingeruch im Raum, und dass einer der Polizisten Pfützen auf dem Boden mit Lappen aufzunehmen versuchte. Für Lore und den verletzten Helfer forderte man Krankenwagen an, Joris nahm man mit aufs Revier, nachdem er sich vom ersten Schrecken erholt hatte.

Wie sich bei den Verhören herausstellte, hatte Seidelbach Lores Versteck in Wiesbaden nach akribischer Suche entdeckt, sie gekidnappt und von seinem Komplizen, einem wegen Körperverletzung mehrfach Vorbestraften, brutal zusammenschlagen lassen. Sein perfider Plan war, Lilians Laden anzuzünden und Lore darin verbrennen zu lassen, als sei sie die Brandstifterin, die beim Zündeln aus Rache den Tod gefunden hat. Auf diese Weise hätte er sich mit einem Schlag an Lilian rächen, gleichzeitig Lore beseitigen können, die ihn bestohlen hatte und der er überdrüssig geworden war. Raffiniert hatte er sich für den nächsten Tag zu einer außerhalb stattfindenden Tagung angemeldet und einen Bekannten gebeten, am selben Abend im dortigen Hotel mit Seidelbachs Ausweis einzuchecken. Noch in der Nacht wäre er dorthin nachgefahren. Hätte man ihn nicht auf frischer Tat ertappt, wäre sein Alibi für die Tatnacht perfekt gewesen.

Noch drei Wochen blieb Joris bei Lilian und kochte, was sein bescheidenes Repertoire hergab. Einmal versuchte er sich an Kartoffelpuffern mit geriebenen Zwiebeln, Eiern, Muskat, Petersilie und Apfelkompott. „Schmeckt wie bei meiner Mutter“, lobte sie und leckte jeden Finger einzeln ab, „ewig habe ich die nicht mehr gegessen.“

„Haben wir alles, was wir brauchen?“, wollte er nach den Einkäufen wissen, fast schon eheliche Alltagsfragen. Lilian, erleichtert, dass die Bedrohung durch Arthur gebannt war, zeigte sich gereizt, wenn ihr Körper schmerzte, herrschte Joris an, so dass er überlegte, ob es nicht besser wäre, abzureisen. Dann wieder stürzte sie sich in die Arbeit, zeichnete seine Entwürfe um und gab sie zur Verarbeitung an Kitty weiter. Trotz der Tätigkeiten im Haus fand er zwischendurch Zeit, an den Cartoons zu arbeiten, von denen es schon eine beachtliche Anzahl gab. Schmerzte Lilians Kopf höllisch, was alle paar Tage geschah, setzte er sich zu ihr aufs Bett und massierte geduldig den Nacken. Aber kaum ein liebevoller Blick oder eine flüchtige zärtliche Berührung, die er sich gewünscht hätte, galt ihm als Belohnung. Er spürte, keinen Platz in ihren Gedanken oder Gefühlen zu haben, was er sich nicht anmerken ließ.

Lilian mochte es durchaus, wenn er sie massierte, seine sensiblen Hände mit ihrer Haut sprachen, eine stumme, wohltuende Kommunikation. Nur Zentimeter waren ihre Köpfe voneinander entfernt, seine beruhigende Stimme streichelte ihr den Rücken entlang und ließ das Blut in den Ohren rauschen. Sie spürte seine Körperwärme, die Atemzüge im Nacken, roch den Zitrusduft seines Parfums, Augenblicke, leicht wie Luft. Gerne hätte sie ihm gesagt, wie sehr sie es genoss, seine Nähe schätzte, aber sie wollte ihm keine Hoffnung machen, keine Erwartung auf mehr erwecken. *Wenn er sich jetzt vorbeugt und versuchen sollte, mich zu küssen, meine Lage auszunutzen, wird etwas Kostbares zwischen uns zerbrechen, zerstört, bevor es jemals die Chance bekäme, zu beginnen.* Sie ahnte, dass er verliebt war, sie bewunderte, mochte die rührende Unbeholfenheit, mit der er manchmal agierte, war ihm unendlich dankbar. Kein anderer Mann hätte ohne Gegenleistung so viel für eine Frau getan. Bisher hatte sie nur solche kennengelernt, die in erster Linie an unbeschwertes Vergnügen dachten, sie schamlos ausnutzten, mit ihr repräsentieren wollten, wenig zärtlich, dafür unzuverlässig waren, keine Freunde in der Not. *Dieser unscheinbare Mann ist in der Tat anders, überragt alle in seiner menschlichen Größe. Selbstinszenierung und Glamouröses verabscheut er, das ist nicht seine Sache. – Erst in diesen Tagen habe ich ihn richtig wahrgenommen, als sei er vorher kaum sichtbar gewesen.*

In diesen Momenten der Nähe entstand eine Leichtigkeit in Joris, die er bisher nie kennengelernt hatte, und die ihn auch ohne Erfüllung glücklich machte. Lange hatte er gewartet, bis er das eine aus dem Meer der Gedankengeräusche fischen konnte, das er am allerliebsten hörte, die Symphonie der Liebe, die beglückende Sequenz von Harmonie. Für diese Frau wäre er bereit, alles zu tun.

„Du siehst schon viel besser aus", munterte er sie auf.

„Von wegen", wehrte sie ab, „wie eine Streunende, die wochenlang unter der Brücke geschlafen hat, sieh nur meine Haare an."

„Unsinn, aber wenn du willst, helfe ich, sie zu waschen, ich nehme an, du besitzt einen Fön?"

„Natürlich, mit Diamanten besetzt", meinte sie augenzwinkernd, „irgendwo müssen die Steine ja hin. Wäre lieb, wenn du das tun würdest."

Hinterher öffnete er einen Wein aus ihrem Geburtsjahrgang neunzehnhundertzweiundachtzig, eine Auslese von der Saar, der aparten Moselschwester. Nach intensiver Suche hatte er sie bei einem Weingut erstehen können und schenkte zwei Gläser ein. Warmes Abendlicht ließ die Blätter der Bäume im Garten transparent erscheinen. Sie prosteten einander zu, tranken den finessenreichen Kanzemer Riesling und lauschten dem *Gesang* der untergehenden Sonne.

- Geschäftseröffnung -

Im Spätherbst kam Joris wieder, Lilians Gips war entfernt, sie konnte ohne Krücken gehen, tat sich aber noch schwer. Viermal in der Woche holte man sie zur ambulanten Reha ab, was sie sehr erschöpfte. Fortschritte waren es, auch wenn sie noch öfter schmerzhaft das Gesicht verzog. Die Eröffnung des Geschäfts stand nun unmittelbar bevor, Ware gab es genug im Lager. Lilian hatte ihre Kunden informiert, Werbeanzeigen schalten lassen, und Joris war es gelungen, Abnehmer für die mit Cartoons bedruckten Shirts zu finden. Ihre Nervosität am Eröffnungstag lässt sich kaum beschreiben, erst trat sie in den Saum des Kleids, riss einen *schmerzhaften* Winkel hinein, so dass sie die Garderobe wechseln musste, dann glitt ihr eine Vase aus der Hand und zerbrach in tausend winzige Stücke, großflächig übers Parkett verteilt, zuletzt verbrannte sie sich die Zunge am heißen Kaffee. Als unmittelbar vor ihrem Eintreffen ein starker Regenguss niederging, schien das Maß voll. Joris beruhigte, öffnete ihr die Tür, sie spannte den nassen Schirm auf, schüttelte Tropfen aus dem Haar, ehe sie den festlich dekorierten Laden betrat.

Was dann geschah, hätte sie sich nicht träumen lassen. Hinter einem üppigen Blumengebinde verborgen, wartete Rosie und umarmte sie unter Tränen. Jahre hatten sie sich nicht gesehen, und das Wiedersehen ließ die euphorischen Gefühle ihrer damaligen Geschäftseröffnung aufleben.

„Ich fasse es nicht, Rosie du, wie kommst du hierher aus München, woher wusstest du ...?"

Sie hielten sich so fest umfangen, als wollten sie sich nie mehr voneinander lösen.

„Joris hat mich ausfindig gemacht und heimlich eingeladen, um dir eine Freude zu bereiten. Und ich freue mich genauso närrisch.

Warum konnten wir uns nur so lange aus den Augen verlieren? Wie geht's dir nach dem bösen Unfall?"

„Rosie, das ist die schönste Überraschung, die ich mir nur vorstellen kann. Es geht mir soweit gut, es waren schlimme Wochen, aber erzähl, wie läuft es bei dir in München?"

„Später, jetzt musst du dich um die Gäste kümmern, ich helfe euch, es wird so schön wie damals", kicherte sie und gab ihr einen zärtlichen Knuff in die Seite. Unter den geladenen Gästen befand sich ein Mann mit blendendem Aussehen, der als Model hätte Karriere machen können. Rosie sah ihn schmachtend an wie den Lieblingsdarsteller ihrer bevorzugten Fernsehsoap. Lilian begrüßte ihn gleich mit Kuss und stellte ihn als Michael Rupf vor. Er schien der Anrufer zu sein, mit dem sie mehrmals telefoniert hatte. Als er sich verabschiedete und sie innig um die Hüften fasste, erinnerte er sie an einen Termin. „Vergiss es nicht, ich hole dich ab, es wird ein traumhafter Abend, schließlich bist du mir noch etwas schuldig." Joris spürte, wie etwas Schweres durch ihn hindurchfiel. Liebend gerne hätte er getauscht mit dem Mann, der im Gegensatz zu ihm nicht zu übersehen war. *Wer ist er, mit dem Lilian so vertraut scheint?*

Als weitere Überraschung waren Frank Wendel mit Marie-Claire eigens aus Villefranche gekommen, was Lilian total rührte. „Das wollten wir uns unter keinen Umständen nehmen lassen", strahlte Frank und umarmte sie. „Sonst begleiten wir ja immer das Ende, hier dürfen wir mal den Anfang miterleben."

„Wie schön, dass ihr gekommen seid. Ohne dich, ich darf doch Frank sagen, hätte es den Tag heute nie gegeben. Ich kann gar nicht beschreiben, wie dankbar ich dir bin."

Frank nickte mit verschmitztem Lächeln, das ihn sehr verführerisch wirken ließ. „Und Marie-Claire ist wahnsinnig gespannt auf deine Hüte, die sie gerne in ihrer Boutique präsentieren möchte."

Marie-Claire ergänzte in charmantestem Deutsch: „Oui, darüber wäre ich glucklich. Wenn wir reden von dich, du bist die Frau mit den schönsten -üten der Welt. Fronk schwärmt von dich, weil du extraordinaire -übsch bist und so viele Müt ge-abt -ast", und küsste sie auf die Wangen.

Als die Feier vorüber und alles abgeräumt war, erzählte Rosie bei einer Flasche Graacher Himmelreich, die Joris für diesen Tag ausgewählt hatte, wie erfolgreich die Jahre in München gewesen waren. Von ihren Entwürfen, die hervorragend ankamen, dem sich stetig vergrößernden Kundenkreis, und einem in Wien eröffneten Zweitgeschäft, in dem sie ein halbes Jahr die Einarbeitung übernahm. Wahrhaft goldene Hutzeiten.

„Du sprichst in der Vergangenheit, gefällt es dir heute nicht mehr dort?", wollte Lilian wissen.

„Die Senioren haben vor zwei Jahren überraschend aufgegeben, sind an den Tegernsee gezogen und kümmern sich nur noch um ihre Gesundheit. Der Sohn führt jetzt das Geschäft mit seiner Frau, einer richtigen Hexe. Nichts machst du ihr recht, an jedem Entwurf hat sie was auszusetzen, verprellt unsere Kunden. Sie besitzt weder Gespür für Modetrends, noch für die Kundschaft. Die Umsätze sinken, die Modelle sind unattraktiv."

„Das tut mir leid für dich. Was sagt der Junior dazu?"

„Der sieht's ähnlich, traut sich aber nicht, ihr zu widersprechen, ein schwaches Mannsbild ist das, ein Feigling vor dem Herrn, ganz anders als dein Joris."

„Er ist nicht mein Joris, wenn du das meinst", verbesserte sie schnell, „wir haben eine rein geschäftliche Verbindung. Er versteht es, meine schwebenden Füße auf den Boden zu setzen."

Rosie hob kurz eine Augenbraue an. „Ach, ich beneide dich um deine Selbstständigkeit Lilian und den Neubeginn nach dem geschäftlichen Desaster."

„Selbstständigkeit kannst du direkt wiederhaben", lachte Lilian und kniff sie in die drallen Hüften, „brauchst nur einzusteigen und wir führen den Laden zu dritt, Joris hätte nichts dagegen."

„Du meinst das im Ernst?"
„Nie war mir etwas ernster."
Rosie küsste sie spontan auf beide Wangen. „Die Vorstellung ist mehr als verlockend, schließlich waren wir ein verdammt gutes Team. Die Leute merkten es nur zu spät."
„Und ich wäre nie hier ohne dich, der ich alles verdanke, dir, Joris und Frank auch. Überleg es dir!"
„Werde ich, versprochen."
Rosie besaß noch immer das wonnige Gemüt, die alte Herzlichkeit und ihre Pfunde. Allein die Vorstellung, wieder mit ihr zusammenarbeiten zu können, war fantastisch schön. Im Vorfeld der Feier hatte Joris öfter mit ihr telefoniert, begeistert von ihrer herzlichen Art. In einem unbeobachteten Augenblick nahm sie ihn zur Seite. „Und, bist du zufrieden mit deinem Leben, tüchtiger Mann?"
Joris antwortete ausweichend: „Jeden Tag gibt es schöne Momente, wenn mir eine originelle Zeichnung gelingt, die Sonne durch die Blätter meiner Apfelbäume scheint oder ich den Feuersteingeruch vom Regen benetzter Kieselsteine rieche, was mich an meine Kindheit erinnert."
„Verstehe", meinte sie grinsend, „du bist verliebt, sehnst dich mit jeder Faser nach Lilian, aber sie merkt es nicht?"
Er fühlte sich ertappt. „Du kannst tatsächlich Gedanken lesen, von diesem Talent hat mir Lilian schon erzählt."
„Hab nur Geduld, zur großen Liebe ist man ein Leben lang unterwegs."
Sie schlang liebevoll die Arme um ihn, drückte ihn an sich und dachte, *du bist so nett und zuverlässig, wirkst aber so wenig vorhanden.*
„Schon interessant, wie oft der äußere Schein trügt. Wer euch beide hier zusammen sieht, denkt, du seist der glücklichste Mann mit einer Frau, die zu den Allerschönsten zählt, aber das Gegenteil ist der Fall. – Es erinnert mich an meine Freundin Julia, die

betreibt in München einen Erotikladen. Vor Jahren übernommen, weil sie den Vorbesitzer kannte, der ihn ihr aufschwatzte. Jeder denkt, sie macht das aus Passion, um den ganzen Tag in Lust zu schwelgen, denkt, sie sei die *best satisfied woman ever,* lasse Kunden am süßen Manna ihrer reichen erotischen Erfahrungen, Filme, Toys und Crèmes teilhaben. Dabei verkauft sie alles genauso nüchtern wie Brot oder Rasenmäher, hatte nach eigenem Bekunden nur dreimal Verkehr in ihrem Leben und nie einen Orgasmus."

Nachdem Joris wieder zurück ins Dorf gefahren war, vermisste Lilian ihn, nicht wie einen Geliebten mit dem berstenden Gefühl der Leidenschaft, sondern wie einen vertrauten Freund, der Geborgenheit, Ruhe und Frohsinn verbreitet, oder doch mehr? „Unsinn", schalt sie sich.

Der Start war erfolgreich, anders als damals; frühere Kunden bestellten, Joris' teils skurril kreierte Hutformen bereicherten das Angebot und zogen neue Interessenten an. Lilian gewann allmählich ihre Kraft zurück, nur hin und wieder merkte man, dass sie beim Gehen ein wenig steif war und das verletzte Bein leicht nachzog. Joris arbeitete emsig an Hutentwürfen und Zeichnungen für die Shirts, mit denen ein lukrativer Geschäftszweig erschlossen war. Er liebte es, wenn aus seinen Strichen plötzlich etwas entstand, eine interessante Skizze, ein Bild, ein neuer Cartoon. Dann bekam die Welt eine neue Qualität. Auch die Buchführung lag bei ihm in besten Händen. Die Aufgabe fesselte, ja trieb ihn geradezu nach vorne, von früherer Lethargie war nichts mehr zu spüren, Entschlossenheit flutete Körper und Geist. Moll-Akkorde, die seine Tage so lange begleitet hatten, waren verstummt und Lilian zu einer Art Fluß geworden, der alle Felder bewässerte.

Die Begegnung mit Lilian hatte Mauern eingerissen, ihn verändert, stärker, selbstbewusster, aktiver werden lassen. Bald war der Geschäftsverkehr nicht mehr alleine zu bewältigen, Kerstin, eine junge Frau aus der Nachbarschaft, gerade in der Babypause, half ihm daher an drei halben Tagen in der Woche und brachte den kleinen Spross im Tragebettchen mit. Ein anderes Leben führte er nun. „Ich kenne Sie kaum wieder“, lobte Kerstin, und er schmunzelte dazu. Auch einige seiner Kuriositäten hatte er abgelegt, aß mittlerweile Fleisch und Beilagen zusammen auf einem Teller, nur die Aversion gegen bestimmte Farbkombinationen war geblieben.

Schon Wochen vorher freute er sich wie ein Kind auf die Besuche in Mainz, um Lilian die Früchte seiner Kreativität vorzulegen, vor allem, in ihrer Nähe zu sein. Zwischen ihnen hatte sich eine pragmatische, ungezwungene Freundschaft entwickelt. Dennoch empfand er seine Zukunft, mit dem Blick voraus, einsam und still, denn Lilian schien in Michael ihren Partner gefunden zu haben, so oft, wie sie miteinander telefonierten und sich offenbar trafen. Er vermied es, sie danach zu fragen, und sie unterließ es, davon zu erzählen. Von Rosie wusste er, dass Michael ihr einen Ring geschenkt und seiner Familie die Verlobung bekannt gegeben hatte, über Lilians Kopf hinweg, zu ihrem großen Ärger. „Unnötiger Formalismus, dich ausdrücklich zu fragen, schließlich wissen wir doch, füreinander bestimmt zu sein“, rechtfertigte er sich. Ihn im Hintergrund zu wissen, fühlte sich für Joris an, als sei ihm ein Phantom mit der Waffe auf den Fersen, ohne sich umdrehen und ihm in die Augen sehen zu dürfen. Hin und wieder brachte er Lilian Diamanten aus dem Safe mit, um sie diskret *verflüssigen* zu lassen. Knapp die Hälfte lag noch als Reserve im Tresor. Seidelbach und sein Handlanger sahen im Gefängnis ihrem Prozess wegen versuchten Mordes und Brandstiftung entgegen.

Beim letzten Besuch hatte Joris sich etwas anderes ausgedacht, als über Geschäftliches zu reden. Er lud sie zu einer Schifffahrt auf dem Rhein ein, von Rüdesheim an den beeindruckenden Burgen, der *echten Loreley* vorbei, bis nach St. Goar und zurück. Für die Jahreszeit war es angenehm warm, deshalb blieben sie an

Deck, amüsierten sich in Erinnerung an Mathildes humorvolle Bemerkungen und die Geschehnisse an Bord der Poseidon, die sie so unerwartet zusammengebracht hatten. Die Stimmung war friedvoll und heiter. Lilian saß ihm gegenüber, ein Bein angewinkelt auf der Bank abgestützt, blätterte in einem Magazin, ohne darin zu lesen. Sonne spiegelte sich in ihrem Gesicht, Wind spielte mit den schwarzen Haaren. Die Wangen hatten wieder Farbe angenommen, die Lippen ihr früheres sinnliches Rot, und doch konnte er die überstandenen Schmerzen noch als Schattenhauch unter ihren Augen erkennen. Sie war ein überaus anmutiger Anblick, durch und durch weiblich, und an den Fingern trug sie keinen Ring.

„Es hat Mut von dir erfordert, die Nächte im Laden zu verbringen und die Einbrecher zu stellen. Ohne dich, wäre alles in Flammen aufgegangen und Lore gestorben. Ich hätte resigniert und nie mehr die Energie für einen Neubeginn aufgebracht. Hattest du nicht fürchterliche Angst?"

„Wie geht es Lore denn?", lenkte er ab.

„Wir haben uns drei Mal danach gesehen, einmal noch im Krankenhaus, später in Wiesbaden, die Brüche sind verheilt, das Gebiss ist wiederhergestellt. Sie war sehr mutig, mir die Papiere zu verschaffen und sich Arthur entgegenzustellen. – Heute kommt sie ganz anders daher, du würdest dich wundern."

„Was meinst du mit ‚anders'?"

„Sie macht nicht mehr auf blonden Vamp, wirkt seriöser, kleidet sich anders, suchte einen Job. Ich hab sie Gus empfohlen, für den arbeitet sie demnächst. Aber das ist noch nicht alles, sagt dir Florian Puttkammer was?"

„Nicht, dass ich wüsste oder ... halt, hieß nicht der fast Ertrunkene im Pool so?"

„Genau der hat sich nach der Rettung bei Lore erkenntlich gezeigt und sie in seinem Wiesbadener Haus aufgenommen. Unvorsichtigerweise ist sie draußen herumgelaufen und dabei Arthur in die Fänge geraten. Ich bin nicht sicher, vermute aber, dass es zwischen ihr und Florian gefunkt hat. Der steht auf üppige Formen."

Ein verschwörerisches Grinsen huschte über ihr Gesicht.

„Das freut mich für Lore, sie hätte es verdient. – Um deine Frage von eben zu beantworten, ich hatte erbärmliche Angst, bin den Kerlen keineswegs entgegengetreten, habe mich feige in der Toilette eingeschlossen und zitternd die Polizei angerufen. Von wegen mutig, ein Angsthase bin ich."

„Das Vernünftigste, was du in der Situation machen konntest, besser was im Kopf haben, als in den Fäusten", sagte sie mit zärtlichem Blick und legte die warme Hand auf seinen Arm, „und deinen Mut hast du schon in Barcelona bewiesen, ohne dich darin zu sonnen. Danke Joris, du bist, ... wie soll ich es sagen, in deiner Art ... einzigartig."

Lilians Anerkennung, die seinem Herzschlag ein paar Extrasystolen bescherte, freute ihn, ein bescheidenes, flüchtiges Lächeln spielte um die Mundwinkel. Sie erinnerte ihn an die Worte seiner Mutter: ‚*Du musst nie werden wie andere, denke daran, dass du einzigartig bist.*'

„Weißt du eigentlich, dass ich früher Kleptomanin war?"

„Ich habe es vermutet."

„Wieso, sieht man mir das an?"

Er lachte: „Klar, du stiehlst Männerherzen."

„Nein im Ernst, ich war's wirklich, hatte Angst vor mir selbst. Stört es dich im Nachhinein?"

„Nein, es gibt solche Lebensphasen, du hast sie überwunden, und ich bin hundertprozentig überzeugt, dass es keinen Rückfall geben wird."

„Was macht dich so sicher?", fragte sie amüsiert.

„Du bist ausgeglichen heute, genießt Anerkennung, Erfolg, hast eine Aufgabe, die dich zufrieden stellt. Und gegenüber dem Ding, das du auf dem Schiff gedreht hast, würde alles andere doch ohnehin verblassen und seinen Reiz verlieren, bis auf einen Postraub vielleicht wie damals in England."

Er liebte ihre Ehrlichkeit, Standfestigkeit, wenn sie von etwas überzeugt war, ihre Stilsicherheit, Energie, Geradlinigkeit, ihren Stolz und die mit viel Mühe verborgene Verletzlichkeit.

Die Sonne verabschiedete sich, es wurde kühl und sie zogen ihre Jacken über, kurz darauf legte das Schiff an. „Es hat gutgetan, in der frischen Luft gewesen zu sein und wieder laufen zu können", meinte sie, übermütig auf dem Anlegesteg tänzelnd. „Gute Idee von dir, die Fahrt zu machen."

Joris begleitete sie nach Hause.

„Kommst du noch mit oder willst du gleich ins Hotel?"

„Komme noch mit auf ein Glas."

Er folgte ihr, half, die Jacke auszuziehen und hängte sie mit seiner an die Garderobe. Sie saßen auf der Couch, dort, wohin er sie damals getragen und zum ersten Mal mit ihr gegessen hatte. Obwohl es inzwischen etliche Begegnungen, gar einige intimere Momente gegeben hatte, entstand plötzlich eine verlegene Stimmung. Vielleicht, weil es diesmal anders und er nicht zum Helfen gekommen war, sondern als normaler Besucher. Eine Distanz, die er zuvor auf dem Schiff nicht gespürt hatte. *Sie wird ihr Leben für sich weiterführen, die besondere Nähe durch die Krankheitsumstände und Hilfsbedürftigkeit wird sich verflüchtigen und ihr logisches Ende finden.*

„Ich bin jetzt sehr müde", sagte sie, nachdem er das angebotene Wasser getrunken hatte. „Danke für den schönen Tag."

Beim Aufstehen griff er nach ihrer Hand, die angenehm warm war, hielt sie fest und verabschiedete sich. Sie entzog ihm leicht ihre Finger. „Dir auch gute Nacht, es war ein zauberhafter Nachmittag, bis morgen in der Firma."

War es das?

Die nächsten Wochen beschäftigten ihn zuhause sehr, die Tourismuszentrale von Barcelona hatte von den originellen Shirts erfahren und wollte ein bestimmtes Motiv in Auftrag geben. Als sich herausstellte, dass er derjenige war, der den Amoklauf zur *Sagrada-Familia ‚heldenhaft'* gestoppt hatte, erhielt er die Bestellung über einhunderttausend Stück mit dem gewünschten Aufdruck. Einen Teil der Kosten würden spanische Zeitungen als Gegenleistung für die interessante Story übernehmen, er müsse allerdings zum Foto- und Interviewtermin erscheinen. Er freute sich riesig, es Lilian gleich berichten zu können. Aber er erreichte sie nicht, sie sei abgeholt worden, von einem gutaussehenden Herrn, wie Frau Lautwein extra betonte, der den Siegfried bei den Nibelungenfestspielen verkörpern könne. Enttäuscht flog er zwei Tage später nach Barcelona, was noch vor einem halben Jahr unmöglich gewesen wäre. Die Weissagung des Brunnens bewahrheitete sich auf ungeahnte Weise. Kurze Zeit danach standen Verhandlungen in Basel an, über das Joint Venture des Hutladens mit einem Schweizer Modekonzern, das den Einstieg in neue Märkte erhoffen ließ.

Da Lilian sich die lange Autofahrt nicht zumuten wollte, nahmen sie die bequeme Schweizer Bundesbahn, verwundert, am Zielort zwei Bahnhöfe vorzufinden, rechtsrheinisch den Kleinbasler auf eidgenössischem Hoheitsgebiet, der als deutsche *Enklave* gilt und den linksrheinischen Hauptbahnhof SBB. Zwei Zimmer waren im Hotel Pullman-Basel gebucht, wo am späten Nachmittag die Besprechung stattfinden sollte. Die Ergebnisse waren überaus positiv und ließen eine gute Zusammenarbeit erwarten. Neben der Hutkollektion fanden auch Joris' Shirt-Modelle Gefallen. So zügig hatten sie nicht mit einem Abschluss gerechnet und damit den Abend zur eigenen Verfügung. Kein Wunder, dass Lilian sich in Hochstimmung befand, zweifellos hatte ihr Charme, dem die Verhandlungspartner sich nicht entziehen konnten, zur raschen Einigung beigetragen.

Bevor die Tram sie in Großbasels malerische Altstadt brachte, nahmen sie an der Bar noch einen Apéro zu sich. Beim Bummeln durch die Gassen fiel ihnen öfter der Basler Stab der Bischöfe, das Wappen der Stadt, an Fahnen, Fassaden, selbst Kirchenfenstern auf. Als Schildhalter diente ein Fabeltier, der *Basilisk*, eine Mischung aus Drache, Schlange und Hahn mit tödlichem Biss. Am *Schifflände*-Haus entdeckten sie die Skulptur eines Königskopfs, des *Lällekönigs*, der Vorbeigehenden die Zunge herauszustrecken scheint. Wie sie später erfuhren, hatte man Mitte des 17. Jahrhunderts im Stadttor eine Königsmaske angebracht, die, von einem Uhrwerk getrieben, ihre Zunge herausstreckte, just in Richtung Kleinbasel, wo die *‚minderwertige'* Einwohnerschaft ihr Domizil hatte, und noch heute scheint der steinerne König sie zu verspotten. Ein steiles, gepflastertes Gässchen führte den Rheinsprung hinauf, an alten Fachwerkhäusern vorbei, zum höchsten Punkt über dem Rhein, dem Münsterplatz und dem imposanten Münster aus rotem Sandstein. Das beeindruckende Gotteshaus mit gotisch geprägten Seitenschiffen wartete beim Betreten mit einer Überraschung auf, einem vielstimmigen Chor, der gerade für ein stattfindendes Konzert übte, sodass sie Platz nahmen und unverhofft in den Genuss hoher Gesangskunst mit fantastischem Raumklang kamen.

Vitaler Kontrast der fröhlich lärmende Jahrmarkt mit Verkaufsbuden, Musik und Imbissständen auf dem Münsterplatz, in der Mitte das sich majestätisch drehende Riesenrad. „Wie lange habe ich das nicht mehr gesehen", rief Lilian sehnsüchtig, zerrte Joris übermütig in eine Gondel hinein. Bald hatten sie die höchste Position erreicht mit großartiger Aussicht auf das in Rautenmustern symmetrisch gedeckte Dach des Münsters, den Rhein mit Brücken, Schiffen und Fähren, winzig klein wie Spielzeuge und den Stadtteil Kleinbasel mit seinen Quartieren. Neben ihnen war eine Schar Vögel aufgestiegen, ließ sich vom Wind spielerisch emportragen und unter lautem Krächzen spotten, was ihr erreicht habt, können wir besser und höher. Es klang wie hämisches Lachen. Nur noch gedämpft kam der Lärm dort oben an, der Wind pfiff ungestüm, es wurde kühl, und Lilian begann zu frösteln. Er legte den Arm um sie, zog sie nah zu sich, um ihr etwas von seiner Wärme abzugeben. Für ein paar Minuten stand die Gondel still, über allem schwebend, ein berührender Moment, in dem niemand sprach, bis sich das Rad wieder in Bewegung setzte. „Wunderschön, hab' mich wie als Kind gefühlt", sagte Lilian mit roten Wangen beim Aussteigen und hängte sich in seinem Arm ein. Im Restaurant *zum Isaak*, ganz in der Nähe, mit puristisch modernem Ambiente und Kunst an den Wänden, aßen sie zu Abend bei einer Flasche *‚Schlipfer Wysswyy'* von Urs Rinklin und ließen den erfolgreichen Tag gemütlich ausklingen.

Der nächste Morgen verwöhnte schon früh mit strahlender Novembersonne und ließ die in mittelalterlichem Flair erscheinende Idylle der Altstadt wie im Theaterlicht wirken. Der Barfüsserplatz mit quirliger Lebendigkeit, attraktiven Häuserfassaden, der ehemaligen Kirche, Cafés, Brunnen, Restaurants, dem traditionsreichen *‚braunen Mutz'*, dessen Gastronomie sie sich so groß nicht vorgestellt hätte und vielen Museen in der Nähe, verzauberte Lilian. Es ließ sie Gedanken an das Geschäft für eine Weile vergessen. Joris faszinierte das repräsentative rote Rathaus am Marktplatz mit dem Respekt fordernden markanten Turm, dem beeindruckenden Innenhof und seinen prächtigen überdimensionalen Freskenmalereien. Etwas an der Atmosphäre des Bauwerks erinnerte Lilian an das Lübecker Rathaus, ohne es näher begründen zu können. Sie besuchten das Historische Museum, fuhren mit der Tram zur *Fondation Beyeler*, vom Architekten Renzo Piano kunstvoll geschaffen, mit ihrer kostbaren Sammlung klassischer Moderne, flanierten durch ansprechende Einkaufsstraßen mit geschmackvollen Läden und ließen die brennenden Füße in einem Café bei exquisitem Kuchen und Kaffee zur Ruhe kommen. Auf dem Rückweg betrachteten sie interessiert die hochwertigen Auslagen im Fenster eines Juweliergeschäfts, als der Patron persönlich hinzutrat: „Wir hätten noch sehr schönen Diamantschmuck drinnen." Schelmisch grinsend sahen sie sich an, entgegneten wie aus einem Mund: „Schade, Diamanten mögen wir leider überhaupt nicht", und gingen kichernd davon wie Kinder, die gerade einen Streich verübt haben.

Abends entdeckten sie auf der Suche nach einem urigen Lokal die *‚Hasenburg'*, versteckt in der Schneidergasse, eine Basler Institution im historischen Ambiente mit steil gewundener Holztreppe, kleinen gemütlichen Räumen unter niedrigen Decken und himmlisch guter Rösti, als hätten Engel sie gemacht. Der Koch kam aus seiner winzigen Küche an den Tisch, um zu hören, ob alles recht war. Zwei unbeschwerte Tage in der prächtigen Stadt, wie ein kleiner Urlaub, der an die erholsamen, spannenden Tage ihrer Schiffreise erinnerte.

„Bist du glücklich?", fragte Joris auf der Rückfahrt unvermittelt. Es verblüffte und rührte Lilian, weil ihr in diesem Moment bewusst wurde, dass keiner sie jemals danach gefragt und sich offenbar auch niemand für ihr Glück interessiert hatte. Wie kam der Mann dazu, sich nach ihren Gefühlen zu erkundigen? *Will er mehr über mein Verhältnis zu Michael erfahren. Ja, wir hatten uns kürzlich getroffen, versucht, an früher anzuknüpfen, Konversation zu machen, originell und witzig zu sein, während ich die ganze Zeit über dachte, warum sitze ich überhaupt hier.*

Auch wenn es ungewöhnlich war und sie etwas in Verlegenheit brachte, konnte sie nicht leugnen, dass ihr Joris' Frage guttat.

„Es kommt darauf an, wie man *‚glücklich'* interpretiert, jeder sieht es anders", antwortete sie ausweichend, weil sie ihr Inneres nicht bloßlegen wollte. „Glück ist sehr fragil. Der gute Abschluss unserer Verhandlungen war es vielleicht schon?"

„Ich denke, es ist heute schwerer, glücklich zu sein, man propagiert Superlative, ewige Jugend, Schönheit, ein Leben ohne Sorgen, voller Abenteuer und Zerstreuung, selbst den idealen Traumpartner zu finden, was aber nicht der Realität entspricht. Das erzeugt einen sinnlosen Wettlauf um das Glück, bei dem viele unzufrieden werden, resignieren, weil sie die Ziele nicht erreichen können und sich außerhalb der Norm fühlen."

„Ist die Welt egoistischer, materialistischer, innerlich ärmer geworden? Sind uns Gefühle für andere oder Freude am Einfachen abhandengekommen?"

„Ich fürchte, ja."

Rosie hatte tatsächlich gekündigt, gleich im neuen Jahr würde sie ins Geschäft einsteigen, alle freuten sich darauf. Auch Joris hatte Pläne für das Jahr, den Führerschein anzugehen, angemeldet war er schon, motorisiert wäre es künftig einfacher, Lilian und das Geschäft zu erreichen. *Zweitausendachtzehn wartet darauf, dass* ich *etwas mit ihm anfange, ich habe keine Angst vor ihm.* Der Winter war eingezogen, die Weihnachtstage standen bevor, Tannenduft, bunte Kugeln, Lichter, Weihnachtsmänner in Schaufenstern, alles von sentimentalen Adventsliedern berieselt. Wie oft in den letzten Jahren hatte er das Fest einsam, emotionslos und ohne Weihnachtsblues an sich vorüberziehen lassen, aber diesmal schmerzte ihn der Gedanke, es nicht mit einer Person oder anderen zusammen feiern zu können. Kerstin, die Hilfe, hatte ihn netterweise eingeladen, aber wer stört schon gern junge verliebte Leute mit ihrem Kind. Lilian würde über die Tage mit Michael, dem unwiderstehlichen Beau, verreisen. Rosie hatte ihm erzählt, wie hartnäckig er sie umworben, nach Davos zum Skifahren und zu einer gigantischen Silvesterparty eingeladen hatte.

Joris hatte nicht gewusst, ob es angebracht war, Lilian etwas zu schenken, schließlich waren sie Geschäftspartner und nicht privat verbunden, was zu betonen ihr immer wichtig war, keinesfalls wollte er aufdringlich erscheinen. Aber er verspürte einfach den großen Wunsch danach, hatte beim Zeichnen, eher unbewusst als gezielt, ein Schiffsemblem entworfen und danach einen Goldanhänger fertigen lassen, als Erinnerung an die schicksalhafte Kreuzfahrt. Ob er ihr gefallen würde, war schlecht einzuschätzen, er hoffte es. Am Tag vor dem Heiligen Abend fuhr er nach Mainz, um ihr schöne Festtage zu wünschen.

Frost glitzerte in der Luft, es schneite, als er die Straßenbahn verließ, und sein Atem fror zu bizarren weißen Gebilden. Bald stand er zitternd im Winterdunkel vor dem pittoresken Haus, aus dessen Schornstein weißgraue Qualmstränge zum Himmel strebten. Er roch die Zeder im Garten, den leicht metallenen Geruch fallenden Schnees, hörte Flocken in den Bäumen ticken und das Knacken der Äste unter ihrer weißen Last. Sein Haar war feucht und stand wild in alle Richtungen. Auf das Klingeln reagierte niemand, aber im Haus brannte Licht. Er wartete, während er ungeduldig mit den Füßen auf den Boden stapfte, um die kalten Zehen zu beleben. Enttäuschung überkam ihn, vielleicht war Lilian zum Abendspaziergang aufgebrochen, ausgegangen oder zu Besuch bei Lautweins? Auch sein nochmaliges Klingeln blieb ungehört. Da er nicht stören wollte, versuchte er das Päckchen in den Briefkasten zu stecken, was sich schwierig gestaltete, denn der Schlitz war zu schmal. Plötzlich öffnete sich die Tür, sie kam heraus, lächelte ihn an, alles an ihr schien zu lächeln, die Augen, der Mund, das Gesicht, ihre Stimme, selbst die vorgestreckten Hände.

„Der Weihnachtsmann, nehme ich an?“, fragte sie.

„So ist es“, ging er mit verstellter Stimme darauf ein, „aber er kommt nur hinein, wenn er nicht beim Kofferpacken stört.“

„Wohin sollte ich denn reisen, heiliger Mann?“, fragte sie verwundert.

„Nach Davos, zum white carpet vielleicht, oder zu einer Silvesterparty in den Bergen?“

„Ach, was soll ich da, wo ich gerade die Knochen gebrochen hatte, miserabel Ski fahre und Partys mit selbst ernannten Promis nicht ausstehen kann? Nein, ich habe mich auf gemütliche Weihnachtstage eingerichtet, allein oder mit solchen, die ich besonders mag.“

Dann bat sie ihn herein.

Danksagung

Von der ersten Idee bis zur endgültigen Fertigstellung eines Buches ist es ein langer Weg, auf dem mich viele mit ihrer Hilfe, tatkräftiger Unterstützung und wertvollen Tipps begleitet haben. Ohne euch wäre dieser Roman nicht zustande gekommen.

Besonders danke ich: Fritz Frey und dem tüchtigen Team des IL-Verlags Basel, Regine und Samuel Lerch und Ulrike Linnenbrink.

Ebenso Nicolai Franz, Karin Göbel, Brigitte Nehmzow, Ingrid Ramigé, Peter und Renate Bauch, Dr. med. Carina Ersfeld, Philipp Ersfeld, Manfred Heinz und Gudrun Groß.

Ein weiterer Dank gebührt Ihnen, liebe Leserin, lieber Leser, dass Sie sich auf diese Reise aus Zeilen eingelassen und mir etwas sehr Kostbares geschenkt haben, nämlich Ihre Zeit.

Im Frühjahr 2018
Rolf Ersfeld

Rolf Ersfeld

Winterbirnen

Roman

IL-Verlag, 2012
Paperback, 338 S.
ISBN: 978-3-905955-25-5

Eiskalt, doch zuckersüß sind die Birnen, die sich drei Kinder im deutschen Nachkriegswinter teilen. Die Früchte werden gleichsam zu einer Allegorie ihrer lebenslangen, turbulenten Freundschaft mit guten und schlechten Phasen.

Luisa umgibt ein dunkles Geheimnis, das sie auch ihrem treuesten Freund Joe nicht offenbaren kann und mehr Distanz zu ihm hält, als sie im Grunde ihres Herzens möchte.

Ben verliebt sich in die bezaubernde Biologin Belle, die auch Joe heimlich verehrt. Als sie beruflich in Afrika weilt und schwer erkrankt, droht Tom, ihr Arzt, das geordnete Leben auf den Kopf zu stellen. Und dann löst die rassig schöne Lilly, die sich ihrer erotischen Wirkung nicht bewusst ist, eine schicksalhafte Wendung aus.

Feinfühlig und fesselnd entwickeln sich die unterschiedlichen Charaktere und das diffizile, zum Teil geheimnisvolle Gefühlsgeflecht. Aber auch das leidenschaftliche Sevilla, die Liebe zu Wein und klassischer Musik machen diesen Roman zu einem genussvoll packenden Erlebnis.

Rolf Ersfeld

Mattuschke

Roman

IL-Verlag, 2012
Paperback, 288 S.
ISBN: 978-3-905955-35-4

Die hübsche Studentin Louise lernt den schweigsamen Rick kennen und bezieht mit ihm eine Wohnung im Hause seines Chefs, des charmant-raffinierten Autohändlers Mattuschke.
Mattuschke, aufgewachsen im Zirkus, hat durch diese Erfahrung gelernt, Reaktionen von Mensch und Tier vorauszuahnen. So konnte er sich zu einem überlegenen Gegner mit genialer Überredungskunst entwickeln, was ihm nicht nur bei seinen Geschäften entgegen kommt. Nach Louises Trennung von Rick unternimmt Mattuschke alles, um sie als Mieterin zu behalten. Er gibt ihr einen Job, wird zu ihrem Wohltäter und bringt sie durch sein großzügiges Verhalten unmerklich in gefährliche Abhängigkeit. Die arglose Louise bemerkt nicht, was hinter Mattuschkes Verhalten steckt. Ihrer burschikosen, selbstbewussten Freundin Gila jedoch kommt so viel Freundlichkeit verdächtig vor. Gilas Warnungen nimmt Louise nicht ernst.
Als sie Paul lieben lernt, zerbricht die scheinbare Idylle. Mattuschkes wahre Beweggründe und subtile Manipulationen kommen ans Tageslicht. Louise ist schockiert und sinnt auf Rache.

Der Roman deckt menschliche Abgründe hinter liebenswerten Gesichtern auf, feinfühlig, hoch spannend, erotisch.

Rolf Ersfeld

Balthasars Hände

Roman

IL-Verlag, 2012
Paperback, 250 S.
ISBN: 978-3-905955-60-6

Balthasar Krügers Zukunft steht unter keinem guten Stern. Verspottet wegen seiner Gesichtszüge – von Geburt an, die eines alten Mannes – hinterlässt der frühe Unfalltod seines Vaters, eines gewalttätigen Trinkers, auch noch einen Berg Schulden. Trotz der Häme, die ihn von allen Seiten trifft, umgibt den sensiblen, linkischen Jungen, den alle „Baba" nennen, eine mystische Aura: Seine Hände können auf unerklärliche Weise Schmerzen lindern. Als er nach einem erneuten Schicksalsschlag abstürzt und sich vor Gericht medienwirksam der Kleidung entledigt, um seine Mittellosigkeit zu beweisen, wird Daniel Lagarde auf ihn aufmerksam. Der belgische Industrielle leidet seit Jahren an einer schmerzhaften Erkrankung. Bei ihm findet Baba ein neues Zuhause, die Erfolge seiner Hände sprechen sich herum. Heimlich verehrt er Alissa, Daniels ebenso attraktive, wie eigenwillige Tochter. Hat er eine Chance auf Glück? Jemand missgönnt ihm Anerkennung und Erfolg seiner physiotherapeutischen Praxis, trachtet ihm gar nach dem Leben. Die Ereignisse überstürzen sich ... Feinfühlig, fesselnd, knisternde Spannung!

Rolf Ersfeld

Delfin und Magnolie
Roman

IL-Verlag, 2013
Paperback, 250 S.
ISBN: 978-3905955-51-4

„Ich habe keine Angst vor dem Sterben, nachdem ich den Tod der Sonne gesehen und vom Geschmack der Liebe gekostet habe", lautet der letzte Eintrag in Violas Tagebuch, das nicht nur ihre unbekannten Seiten, sondern auch Geschehnisse aufzeigt, die Jessie zutiefst erschüttern und verstehen lassen, warum sie sich ungeliebt fühlte. Die junge Frau lässt ihre wilden Jahre hinter sich, macht sich auf die Suche nach dem wahren „Ich" ihrer Mutter, mit dem starken Wunsch, sie zu verstehen und – wenn auch spät – für sie einzutreten.
Per Internet verliebt sie sich in einen Mann; ihre Emails, unter den Pseudonymen „Delfin" und „Magnolie", werden mit der Zeit vertrauter, liebevoller, offenbaren gemeinsame Interessen, Empfindungen, unerklärlichen Gleichklang.
Beide ahnen nicht, wer der virtuelle Partner ist. Hat ihre Liebe auch real eine Chance?
Ein mitreißender, gefühlvoller Roman über Spiegelungen der Liebe, Rache, verletztes Vertrauen und fein gesponnene Ränkenetze.

Rolf Ersfeld

Vereinzelt Nebel

Roman

IL-Verlag, 2014

Paperback, 322 S.

ISBN: 978-3-905955-99-6

„Im behüteten Kosmos eines kleinen Dorfs wächst die fantasievolle Isa auf. Ihre Freundin Agnes, mit der sie symbiotisch verbunden ist, verschwindet von einem auf den anderen Tag und hinterlässt quälende Ungewissheit. Der sensible Pianist Claudio wird zum vertrauten Freund, aber sein Verhalten gibt Rätsel auf, die sie nicht zu lösen vermag.
Isa verlässt das Dorf in eine Glamourwelt der Intrigen und freizügigen Moral, immer von dem Gedanken beherrscht, Agnes wiederzufinden. Vieler Versuchungen zum Trotz bleibt sie sich treu, geht beharrlich ihren Weg zur erfolgreichen Künstlerin, und auch Agnes Schicksal klärt sich schließlich auf unerwartete Weise.
Fesselnd und berührend spannt sich ein Lebensbogen der Protagonisten, zeigt persönliche Tragödien, gesellschaftliche Intoleranz, Facetten von Liebe, Freundschaft und den Fluch, der auf einem beschaulichen Dorf lastet.

Ein feinsinniger Roman voller Spannung und mitreißender Erzählkunst.

Rolf Ersfeld

Paul und die Herbst-Zeitlose

Roman

IL-Verlag, 2016
Paperback, 324 S.
ISBN: 978-3-906240-42-8

Als der Arzt Paul Priewe und die junge Floristin Kathi – beide in einer Lebenskrise – zufällig aufeinander treffen, erzählen sie von ihren Biografien. Lebensläufe, wie sie unterschiedlicher nicht sein könnten. Zutiefst beglückende und ebenso erschütternde Momente.

So gegensätzlich sie auch sind, und so viele Jahre sie trennen, entsteht aus der Begegnung etwas, das beide nie für möglich gehalten hätten. Eine ungewöhnliche, sensible Liebesgeschichte mit überraschenden Wendungen. Ein Roman voller Emotion, Klugheit, Witz und spannender Wucht, mitreißend erzählt im unverwechselbaren Stil.